공감의 미학, 고려속요를 말하다

정보처리문법의 이해

정보처리문법의 이해

김 원 경

도서출판 역락

머리말

　인간은 '언어'라는 표현 기제를 통해 참으로 많은 지식과 감정, 의견들을 타자에게 전달합니다. 언어정보처리는 인간이 사용하는 자연어의 다양한 정보를 전산적으로 가공하여 기계가 이해할 수 있도록 처리하는 분야입니다. 그러므로 이 분야는 인간과 기계 사이의 의사소통을 목표로 한다고도 할 수 있습니다. 그런데 인간과 기계가 서로 소통할 수 있다는 것은 인간 지능의 신비가 제한적인 범위 내에서라도 밝혀졌음을 의미하므로, 이러한 '소통'은 매우 의미 있지만 동시에 도달하기 어려운 목표이기도 합니다.

　정보처리에서는 문자나 음성으로 표현된 모든 언어 자료체가 그 처리 대상이 될 수 있습니다. 그런데 정보처리가 인간의 언어를 기계가 이해하도록 만드는 분야라고 하면, 음성으로 표현된 언어에 대한 인식과 소통 기술을 먼저 떠올리시는 분들을 종종 만나게 됩니다. 인간이 사용하는 자연스러운 언어라는 구절에는 문자 텍스트로 전달되는 언어보다 음성으로 표현되는 언어가 더 잘 어울리기 때문인 듯합니다.

　또한 인간 상상력의 결과이며 또 그 원천이 되기도 하는 SF 영화에서 익숙하게 보아 온 놀라운 성능의 로봇들이 인간의 음성을 인식하고 인간과 자연스럽게 대화하는 장면도 흔히 볼 수 있습니다. 이와 대조적으로 자판을 통해 문자를 입력하여 로봇들과 대화하는 장면은 거의 보신적이 없을 것입니다. SF 영화의 한 장면처럼 음성 언어와 텍스트 언어의 처리 기술이 전면적으로 조화를 이룬다면 가까운 시일 안에 매우 편리한 로봇이 등장할 수 있습니다.

그런데 요즈음 형상화되는 로봇들은 이러한 언어적인 능력뿐 아니라 데이터베이스에 없는 자료를 취득하여 스스로 학습하고 추론하는 능력, 주체적으로 판단할 수 있는 능력을 갖추고 있으며, 드물지만 인간과 유사한 감성을 지니는 로봇도 등장합니다. 이러한 존재는 인간의 곁에서 도움을 주기도 하고 때로는 비극적인 최후를 맞이하기도 하며, 인간의 친밀한 친구로 또는 위험한 적으로 자기 존재감을 과시합니다.

이런 눈부신 기술의 진화 과정에는 인공지능의 구현이 필수적이며, 그 한편에서는 언어정보처리 분야가 그 몫을 담당해야 합니다. 그런데 현실 속의 정보처리 결과물은 아직 사용자들에게 유용하다는 느낌을 줄 만큼의 완성도를 갖추지 못한 것 같습니다. 이는 음성 언어와 문자 언어를 처리하는 기술 사이의 결합에도 어려움이 존재하지만, 각각의 분야에서 해결해야 할 난제들이 아직 많이 남아 있기 때문입니다.

기계 번역 시스템을 사용해 보신 분이라면 한국어와 일본어처럼 계통적으로 비슷한 언어 사이에서는 다소 만족감을 느낄 수도 있으나, 한국어와 영어처럼 이질적인 언어에 대한 번역 결과를 대한다면 아쉬움을 가졌을 것입니다. 그리고 한국어를 기반으로 영작이라도 하려고 하면 더욱 커다란 답답함을 느끼게 됩니다. 검색 엔진을 이용하면서도 지나치게 많은 결과가 제공되거나 그 결과의 정확성이 기대 이하일 때는 양질의 결과를 얻기 위해 다시 시간과 노력을 소비해야 합니다. 이러한 응용 프로그램의 기반 기술이 되는 형태소 분석기나 구문 분석기의 성능 또한 더 높아져야 하며, 특히 구문 분석기의 성능 향상에는 많은 과제들이 있습니다.

언어정보처리에는 이처럼 해결을 기다리는 문제들이 많이 있지만, 동시에 대량의 자료를 모으고 데이터베이스로 관리하며 이를 빠르고 안정적으로 탐색하는 기술이 비약적으로 발전하고 있습니다. 그리고 이를 기반으로 좀 더 편리하고 유연하게 자연어를 다루는 언어처리 방식에 대한 연구도 계속 진행되고 있습니다. 이러한 기술의 발달은 검색이나 번역 등의 질을 높이는 데에서 더 나아가 개인의 의도와 취향을 파악하고 그 필요에 따라 능동적으로 유용한 정보를 제공하도록 도울 것입니다.

언어정보처리 기술은 언어정보를 가공하는 기술과 소프트웨어 개발 기술의 복합체로, 전산학 분야에서 먼저 시작되었습니다. 이러한 이유로 전산학에서 주로 이용한 통계적 접근 방식이 아직도 주종을 이루고 있습니다. 이는 현재에도 매우 유용한 방식으로, 전 영역에 걸친 안정된 처리를 가능하게 한다는 장점을 지닙니다. 그리고 이에 더해 계량적인 접근으로는 포착이 쉽지 않은 문제들을 언어학적 규칙을 도입함으로 해서 보다 유연하게 처리하는 이론들도 발전하게 되었습니다. 인간이 대화할 때 활용하는 책략이나 주요한 정보를 표현하는 방식 등에 대한 언어학의 오랜 연구 성과물들이 이 분야에 활용됨으로써 보다 더 유용하고 친근한 방식의 소통이 가능해질 것입니다.

이 책에서는 이와 같은 관점에서 언어학 규칙, 특히 자질연산문법을 기반으로 하여 언어의 정보를 처리하는 방식과 그 응용의 예를 보이려 합니다. 이 문법은 언어의 본유적 자질과 그 연산 과정을 중요시하는 것을 특징으로 하며, 이는 최근 언어학의 흐름이나 응용물 제작의 경향성에 부합하는 특징이기도 합니다. 이 이론은 한국어 분석기와 기계 번역, 정보 추출, 자연어 질의응답, 대화 시스템 등의 제작에 적용되었으며, 그 단점을 보완하며 아직도 발전 중인 언어 이론입니다.

언어정보처리의 이론과 그 적용이라는 과제를 처음으로 접할 수 있었던 기회는 고려대학교 한국어공학 연구소와 민족문화연구원의 영한－한영 기계 번역 프로젝트로, 이 기간 중 선생님들과 동료들에게 많은 것을 배울 수 있었습니다. 하나의 영어 문장이 프로그램의 전 과정을 거치고 한국어로 출력된 최초의 경험은 참으로 신기하고 즐거운 것이었습니다. 이후 내추럴어프로치에서 정보 추출, 질의응답, 대화, 검색 등의 여러 시스템들을 제작하면서 그 즐거움이 배가되었지만, 언어정보처리의 어려움 또한 실감했습니다.

이러한 과정에서 얻게 된 이론적인 성과와 그 응용 시스템들의 모습을 하나의 책으로 담았습니다. 이 책에서 다루어지는 정보처리문법은 실제적인 시스템 제작의 이론적 근거가 되었을 뿐 아니라, 피드백의 과정을 거쳐 다시 수정되는 과정을 거쳤습니다. 그동안 많은 가르침을 주신 고려대학교의 홍종선 선생님과 최호철 선생님께 감사드립니다. 그리고 함께 고생한 여러 연구원 선생님들과 멋진 책을 만들어 주신 역락 출판사에도 감사드립니다. 마지막으로, 많은 논쟁을 하기도 하지만 이상적인 정보처리의 모형을 만들기 위해 함께 애쓰고 또 적절히 이끌어주는 고창수 선생과 아들 고정호에게 사랑을 전합니다.

2008년 봄에 김 원 경

차 례

1. 언어정보처리란 무엇인가?

1.1. 언어학과 언어정보처리

1.1.1. 언어정보처리의 개념

언어정보처리는 자연언어를 분석하거나 생성하는 데 필요한 정보를 컴퓨터가 이해할 수 있는 형태로 가공하는 정보처리의 한 분야이다. 이는 사람들이 의사소통 과정에서 사용하는 언어 자료체를 수집하고 가공하는 작업으로부터 시작하여, 이러한 자료체를 대상으로 하는 언어 정보 분석 과정, 그리고 이 분석 결과를 이용한 응용 시스템의 제작에 이르기까지의 다양한 절차들로 이루어진다. 그리고 이러한 각각의 절차에서는 유용한 정보처리 결과물들이 산출된다.

언어에 대한 정보를 다루는 언어정보처리 분야는 인공언어에 대비되는 자연언어의 정보를 처리한다는 의미에서 자연어처리 Natural Language Processing/NLP로 약칭로도 지칭하며, 전산언어학의 분야로 다루어진다. 하우써 (2002)에서는 '전산언어학의 목표'가 "화자의 생성과 청자의 해석을 적합한 유형의 컴퓨터에 모형화함으로써 자연언어로 정보전달을 재생하는 것"이며, 이는 "자연언어를 써서 자유롭게 정보소통을 할 수 있는 인지기계를 구축하는 일과 같다."고 서술하고 있다.

이러한 목표는 궁극적으로 인공지능 Artificial Intelligence의 실현과 관련이 있다. 인공지능에 대한 연구는 인간이 가지고 있는 지능을 기계에 구현하는 것을 목표로 하며, 인간이 어떻게 세계를 인식하고 이해하며 이를 표상하는지에 대한 문제들을 탐구한다.[1] Russell & Norvig(2003)에서는 AI에 대한 기존의 몇 가지 정의를 종합하여 인공지능의 정의를 다음의 <표 1>과 같이 정리하였다. 이 표는 '사고 과정'과 '행위'라는 인간의 대표적인 두 가지 특성을 기본 축으로 한다.

인간과 같이 사고하는 시스템	이성적으로 사고하는 시스템
• 컴퓨터가 사고하도록 만드는 흥미롭고 새로운 노력 (……) 전면적이고 문자적인 의미의 '마음을 가진 기계'(Haugeland, 1985) • 인간의 사고와 관련이 있는 행위들과 의사 결정, 문제 해결, 학습과 같은 행위들에 대한 자동화(Bellman, 1978)	• 전산적인 모형을 이용한 정신적 능력에 대한 연구(Charniak and McDermott, 1985) • 지각하고 사고하고 행위하는 것을 가능하게 하는 전산적인 연구(Winston, 1992)
인간과 같이 행동하는 시스템	이성적으로 행동하는 시스템
• 인간의 지적 활동에 요구되는 기능들을 수행할 수 있는 기계를 만들어 내는 기술(Kurzweil, 1990) • 현재까지는 인간이 더 잘 수행하는 활동을 컴퓨터가 수행하도록 하는 방법에 대한 연구(Rich and Knight, 1991)	• 전산적인 지능은 지능적 에이전트를 고안하는 것에 대한 연구이다(Poole et al., 1998). • 인공지능은 (……) 인공물의 지능적 행동과 관련이 있다(Nilsson, 1998).

〈표 1〉 인공지능에 대한 네 가지 범주의 정의(Russell & Norvig, 2003)

---

1) '인공지능'이라는 용어는 1956년 다트머스 대학에서 열린 인공지능 연구 프로젝트 Dartmouth Summer Research Project on Artificial Intelligence의 준비 과정에서 존 맥카시 John McCarthy에 의해 처음 사용되었다.

인공지능에 대한 이상의 네 가지 정의는 다음과 같은 연구 분야와 연관성을 지닌다. 인공지능에 대한 첫 번째 정의인 '인간과 같이 사고하는 시스템'은 인간 마음의 작동 원리를 연구하는 인지 과학과 관련된다. 인간과 같이 사고하는 시스템을 제작하기 위해서는 인간이 특정한 문제에 대해 생각하고 그 해결 방안을 탐색하여 결정을 내릴 때 인간의 내부에서 작동하는 사고의 원리에 대해 탐구하여야 한다.

두 번째 정의인 '인간과 같이 행동하는 시스템'은 인공지능의 성공적인 구현을 테스트하기 위해 1950년 튜링 Alan Turing이 고안한 튜링 테스트와 관련이 있다. 질문자가 자신과 대화하는 상대가 인간인지 컴퓨터인지를 구별해 낼 수 없을 만큼 컴퓨터가 인간의 답을 잘 모방한다면 이 시스템은 튜링 테스트를 통과하게 된다. 그리고 이러한 결과는 인공지능에 대한 모의가 성공했음을 의미하는 것으로 간주된다.

세 번째 정의인 '이성적으로 사고하는 시스템'은 아리스토텔레스 Aristoteles의 삼단논법에서 유래한 것으로, 논리적으로 올바르게 표현되었다면 어떠한 문제라도 원리적으로는 해결 가능하다는 논리학자의 전통 logist tradition과 연관된다. 그러나 비형식적인 지식을 논리적인 형식으로 표현하는 과정에는 늘 어려움이 있으며, 또한 원리적으로 문제를 해결하는 것과 실제적인 문제 해결 사이에는 명백한 차이가 있다는 점에서 이 정의는 논란의 여지가 있다.

인공지능에 대한 마지막 정의인 '이성적으로 행동하는 시스템'은 사용자들이 자신에게 필요한 결과를 적절하게 얻어낼 목적으로 제작하는 이성적인 에이전트의 존재와 관련이 있다. 지능적인 에이전트는 단순한 기능의 프로그램들과는 구별되는 것으로, 이 프로그램은 자신과 관련이 있는 주변의 환경을 인식하고 이를 이해하며 이러한 정보를 바탕으로 일정한 목적을 수행하도록 제작된 전산적인 대상이다.

이상의 네 가지 인공지능에 대한 정의 중 어떠한 정의에 입각하더라도 이의 구현에는 많은 과제가 남아있다.2) 만족할 만한 인공지능을 구현하기 위해서는 다양한 분야의 연구 성과가 통합되어야 하지만, 관련된 여러 분야의 연구 중에서도 언어정보처리의 역할은 매우 핵심적이다. 인간은 언어에 대한 선천적인 지식을 가진 채 태어나며, 자신을 둘러 싼 주변 환경의 자극에 의해 언어능력language faculty/competence이 촉발되어 결국에는 자유로운 의사소통이 가능한 단계에 이르게 된다. 언어능력 발현의 이러한 전 과정을 살펴보면 인간 지능에 대한 다양한 자료들을 얻을 수 있다.

---

2) 기술적 어려움과 같이 인공지능의 구현에 직접적인 영향을 미치는 것은 아니지만, 이에 다소 부정적으로 작용할 수 있는 심리적인 장애 요인이 존재하기도 한다. 이러한 요인 중 하나는 인공지능 분야의 발전 가능성과 그 순기능에 대한 '지나친 믿음'이다. '히스토리 채널'의 '대우주' 시리즈 중 '외계 생명체를 찾아서' 편에서 '레이 커즈와일'은 컴퓨터 처리 속도의 발전을 언급하면서 40년 이내에는 '인간 정신의 복제'가 가능할 것이라고 언급하고 있다. 그러나 인공지능의 구현이 컴퓨터 성능의 발전에만 전적으로 의존하는 것은 아니며, 또한 매우 제한적인 의학적 기능을 수행하는 나노 로봇을 대상으로 하여서도 그 역기능에 대한 우려의 목소리가 존재하기도 한다는 점에서 지나친 낙관은 경계해야 한다. 이와는 상반되는 심리적인 반응으로는 인공지능에 대해 인간이 지니고 있는 '강한 거부감'을 들 수 있다. 하우써(2002)에서는 자연어의 정보소통을 모형화하는 데 반대하는 비합리적인 이유로, 인간을 닮고 초인간적인 힘을 갖는 인공적 존재에 대한 인간의 잠재적인 두려움을 들고 있다. 그리고 '신화 속 난쟁이, 도플갱어, 골렘' 등의 존재를 예로 든다. 이러한 두려움 때문에 문학 작품과 영화 속에서도 이러한 대상은 종종 부정적인 이미지로 형상화된다. 그리고 SF에 등장하는 로봇들은 그 행동반경을 넓혀가면서 로봇의 삼대 원칙과 같이 자기를 유지하는 가장 원리적인 부분이 서로 충돌하는 것을 경험하거나 '자기'에 대한 인식이 싹트면서 정체성의 혼란을 느끼기도 한다. 그런데 현재까지 총 3편이 제작된 '터미네이터' 시리즈를 보면, 인류 전체에 완벽한 두려움의 대상이던 첫 번째 시리즈에서의 로봇의 존재와 이후 시리즈에 등장하는 순화된 로봇은 본질적으로 차이를 지닌다. 이러한 '희망적 변모'는 향후의 기술 발전 과정에서 인본주의적인 가치가 인간의 삶에 대한 길잡이와 안전장치의 역할을 수행해 주길 바라는 많은 사람들의 기대와 요구를 반영하는 게 아닐까?

인간이 언어를 사용하여 자신의 의사를 표현할 때에는 언어학적인 지식뿐 아니라 광범위한 영역에 걸쳐있는 세상 지식을 적절하게 사용하여 타자와 소통한다. 따라서 우리는 '언어'라는 기제를 통해서 자신이 속해 있는 세상에 대한 정보를 인간이 인식하고 이해하는 방식, 이러한 정보를 저장하는 방식, 그리고 이 정보를 응용하여 문제를 해결하는 방식 등에 대한 직접적이거나 간접적인 여러 정보들을 얻을 수 있다.

언어정보처리와 관련하여 언어학의 영역에서는 언어 자료체의 가공 방식과 정보 분석 방법론에 대한 다양한 연구가 이루어지고 있으며, 전산학과 언어심리학 등의 분야에서도 언어정보처리에 대한 활발한 연구가 진행되고 있다. 이와 같은 다양한 분야의 연구들은 크게는 '인공지능'의 구현이라는 하나의 목표를 향하고 있지만, 세부적인 문제와 이를 해소하기 위한 방법론에는 각각의 분야에 따라 차이가 있다.

인공지능 분야의 궁극적 목표인 '말하고 생각하는 로봇'을 만들기 위해서는 수학적으로 모순이 없으며, 주어진 범위의 언어 자료체를 일정한 정확률 이상으로 처리할 수 있는 언어 이론이 필요하다. 그리고 이러한 언어 이론을 효율적으로 구현할 수 있는 기술도 뒷받침되어야 한다. 이와 같은 높은 수준의 목적을 달성하기 위해서는 시스템의 목표나 자료체의 범위를 한정하여 단계적으로 언어정보처리를 수행해 나가는 방법론과, 인접 학문의 연구 성과를 적극적으로 활용하는 태도가 필요하다.

언어정보처리는 이론적이고 추상적인 논리에 의거해 서술되고 수학적인 형식의 알고리듬으로 구현되기 때문에, 이 연구의 결과물이 인간이 실제로 사용하는 '언어'라는 대상의 본질을 바로 규명하는 것과는 다소 거리가 있는 것으로도 생각할 수 있다. 그러나 인간이 추상적인 언어능력과 논리적 절차를 근간으로 하여 복잡하고 다양한 상황에 섬세하게 부합하는 표현들을 적절하게 생산해 낸다는 점은 명백한 사실이다.

또한 언어처리 방법론을 대용량의 자료체에 적용하였을 때 이를 일정 수준 이상으로 분석하고 생성해 낼 수 있다면, 이러한 언어 이론이 인간의 언어능력을 설명하기에 적합한 이론이라고 평가하는 것은 자연스러운 귀결이다. 이처럼 언어정보처리는 복잡한 수학적 논리에 의해 구현되지만, 그 최종적인 관심은 언어능력을 포함한 인간의 인지능력 자체의 규명에 있다고 할 수 있다.

1.1.2. 문법의 역사와 언어정보처리

이상에서 살핀 것처럼 언어정보처리는 인간의 언어능력 규명을 최종 목표로 하여, 언어 자료체에서 발견되는 정보들을 처리하기 위한 최적의 방법론을 탐구하는 분야이다. 이러한 관점에서 본다면 '언어학'이라는 학문이 그 연구를 통해 지향하는 바와 '언어정보처리'가 추구하는 목적은 본질적으로 동일한 속성을 지닌다고 할 수 있다.

언어학의 역사는 고대 수메르인들이 문자를 제작하고 이를 사용하는 방법을 궁구한 것으로부터 시작하였으며, 이후 언어학은 외국어 교육을 위한 도구 학문의 개념으로 발전하였다. 이는 기원전에 이미 앗시리아인들이 이중 언어 사전을 제작한 사실에서도 확인할 수 있다(Mounin, 1978). 그리스인들은 변론을 위한 도구로 언어학을 발전시켰으며, 이때부터 '읽고 쓰기 위한 기술grammatikē technē'이라는 의미에서 유래한 오늘날의 명칭 'grammar'를 얻게 되었다. 이후 언어학은 라틴어 교육 및 기타 이중 언어 교육이나, 서지학 또는 고고학 등의 분야에서 그 실용적 지위를 강화해 왔다.

전통문법의 시기에는 격과 품사에 대한 개념 정의가 이루어졌다. '격'

이라는 용어는 그리스의 철학자 아리스토텔레스가 창안한 것으로, '떨어져 빗나가다'라는 의미의 그리스어 'ptosis'의 라틴어 'casus'에 그 어원을 두고 있다. 또한 아리스토텔레스는 문장의 구성 요소를 'onomatos, rhematos, syndesmos'로 분류하기도 하였다.[3] 이러한 분류에 근거하여 시락스 Dionysius Thrax는 그리스어를 대상으로 8품사에 대해 최초로 정의하였으며, 이는 로마의 라틴어 문법서를 통해 계승되어 이후 영어 문법 서술의 토대가 되었다.

이와 같은 격과 품사의 개념은 현대 언어학에서도 핵심적인 기제로 이용되고 있다. 언어정보처리에서 대용량의 자료체를 분석하고 이를 목적에 맞게 분류하기 위해서는 '태그셋 tag set'과 같은 표기 규약이 필요하다. 언어에 대한 규칙을 수립하거나 통계 정보를 분석하기 위해서는 자료체에 대한 품사나 성분어 등의 표시가 이루어져 있는 자료를 이용하여야 적절한 정보처리가 가능하다.

이와 같이 언어정보처리에서 언어의 다양한 범주를 체계화하기 위한 목적으로 만든 구조적인 표기 규약을 '태그 tag'라 하며, 이러한 태그의 집합을 '태그셋'이라 한다. 여러 형태의 태그셋 중 품사 분류 체계나 문장 성분 정보를 기반으로 하는 태그셋이 가장 널리 이용된다. 이러한 분류 체계는 전통적인 문법 술어의 개념을 바탕으로 개별 언어의 특성이나 정보처리 시스템의 제작 목적을 함께 고려하여 설정한다.

---

3) 'onomatos'는 명사 혹은 주어를, 'rhematos'는 동사 혹은 서술어를, 'syndesmos'는 접속사 혹은 지시대명사를 의미한다.

대분류	소분류	세분류
(1) 체언	명사 NN	일반명사 NNG
		고유명사 NNP
		의존명사 NNB
	대명사 NP	
	수사 NR	
(2) 용언	동사 VV	
	형용사 VA	
	보조용언 VX	
	지정사 VC	긍정지정사 VCP
		부정지정사 VCN
(3) 수식언	관형사 MM	
	부사 MA	일반부사 MAG
		접속부사 MAJ
(4) 독립언	감탄사 IC	
	담화표지 DM	
(5) 관계언	격조사 JK	주격조사 JKS
		보격조사 JKC
		관형격조사 JKG
		목적격조사 JKO
		부사격조사 JKB
		호격조사 JKV
		인용격조사 JKQ
	보조사 JX	
	접속조사 JC	
(6) 의존형태	어미 E	선어말어미 EP
		종결어미 EF
		연결어미 EC
		명사형전성어미 ETN
		관형형전성어미 ETM

	접두사 XP	체언접두사 XPN
	접미사 XS	명사파생접미사 XSN
		동사파생접미사 XSV
		형용사파생접미사 XSA
	어근 XR	
(7) 억양 기호	마침표, 물음표, 느낌표	SF
	쉼표	SP
	붙임표	SO
(8) 분석불능범주	(끊어진 어절)	UNT
	(불분명한 어절)	UNC
	(기타)	UNA

〈표 2〉 세종전자사전 표기 규약의 예

구조주의 언어학에서는 블룸필드Leonard Bloomfield에 의해 '형태소'의 개념이 정립되었으며, 이러한 개념을 기반으로 하는 형태소 분석은 언어정보처리에서 가장 기본적인 작업이 되었다. 검색이나 기계 번역, 대화 시스템 등 대부분의 응용 시스템에서는 필수적으로 형태소 분석 과정을 거치게 되는데, 이는 첫째로 어간 정보의 동형성을 확보하기 위해서, 둘째로 격 정보를 추출하기 위해서, 그리고 셋째로 시제, 상 등의 양태 정보를 확보하는 것을 목적으로 수행된다.

야콥슨Roman Jakobson은 음소를 '변별적 자질의 집합'으로 정의하면서 언어학 논의에 '자질'의 개념을 도입하였는데, 이는 대상의 본질적 특성을 명시적으로 나타내는 효율적인 표현 기제로 기능하게 되었다. 이 개념은 음운론에서 출발하여 생성문법이나 자질 기반의 다양한 문법 이론 등에 적용되고 있다. HPSG나 LFG, 그리고 이 논의에서 다루고 있는 자질연산문법Feature Computation Grammar/FCG로 약칭) 등 언어정보처리에 응용되는 다양한 문법들에서 이러한 자질의 개념은 매우 핵심적인 기제로 작용한다.

해리스 Zellig Harris는 '구절 구조'와 '변형'의 개념을 정립하였으며, 이는 촘스키 Noam Chomsky에 의해 생성문법으로 계승되었다. 20세기 중반에 들어 촘스키는 이전의 패러다임과는 달리, 품사와 성분어에 대해 내포적인 정의에서 탈피하여 외연적인 방식으로 이들 대상을 정의하였다.

어휘부 중심의 문법 모형에 대한 논의를 촉발한 Chomsky(1970)에서는 [N]과 [V]의 두 가지 자질을 이산적으로 조합하여 '명사, 동사, 형용사, 전치사'의 네 가지 주요 부류 자질을 표시하였다. 이에 의하면 명사는 [+N, -V], 동사는 [-N, +V], 형용사는 [+N, +V], 전치사는 [-N, -V]로 표시된다.

(1) 주요 부류 자질 표시(Chomsky, 1970)

자질 표시	[+N]	[-N]
[+V]	A	V
[-V]	N	P

이러한 자질 표시의 기본 개념은 GPSG나 HPSG와 같은 문법 모형에서도 유지되고 있다.

'주어'라는 용어에 대한 내포적 정의 방식은 '문장 또는 절에서 서술어의 주체가 되는 부분'과 같이 표현된다. 이에 대해 생성문법에서는 이론의 발전 과정에 따라 용어의 변화를 겪긴 했으나, 기본적으로는 'S에 의해 직접 관할 direct dominate되는 명사구'와 같은 형태로 주어를 정의한다.[4] 이는 내포적 정의에 의해 불필요한 원소들이 포함되거나 필요한 원

---

4) 촘스키는 생성문법에서 격 할당 구조를 격을 할당하는 성분과 격 할당을 받는 성분 사

소들이 배제되는 등의 문제를 해소하고자 시도한 정의의 방식이다. 이에
의해 문법의 구성 요소를 그 특성에 의해서가 아니라 구조적 형상 내의
위치에 의해 외연적이고 지시적으로 정의하는 것이 가능하게 되었다.

자질의 사용이나 외연적 정의의 방식은 언어정보처리에서도 매우 유
용하게 사용되고 있다. 특정 단어에 대한 속성을 자질로 표시함으로 해
서 그 단어를 전체 체계로부터 명확하게 변별할 수 있을 뿐 아니라, 자
질의 탐색을 통해 연산을 효율적으로 진행할 수 있다. 그리고 개념에
대한 외연적인 정의 방식은 연속되는 문자열에서 특정 요소를 탐색하
여 처리하는 정보처리의 절차에서 매우 효율적으로 기능한다.

필모어 Charles Fillmore에 의해 도입된 격문법도 격 정보처리에 대한 중
요한 토대를 제공하였다. 언어정보처리에서는 형태격 정보와 의미격 정
보가 모두 중요하게 기능하며, 특히 대화 프로그램과 같은 시스템에서
는 의미격 정보의 효용성이 더욱 강조되기도 한다. 의미적인 격에 대한
체계는 문법 모형에 따라 세부적인 차이를 보이지만, 기본적으로는 필
모어가 제시한 심층격에 기반을 두고 있다.

Chomsky(1957)에서 보편적인 통사 구조와 규칙 체계에 대한 논의가
이루어진 것에 대하여, Fillmore(1968)에서는 언어 보편적으로 존재하는
의미 관계의 집합에 관해 논의하였다. Fillmore(1968)에서는 격의 집합으
로 'Agentive(행위자격), Instrumental(도구격), Dative(여격), Factitive(작위격),
Locative(처소격), Objective(대상격)' 등을 설정하였으며, Fillmore(1971)에서는
이를 'Agent(행위자격), Experiencer(경험자격), Instrument(도구격), Object(대상
격), Source(원천격), Goal(도달격), Place(처소격), Time(시간격), Path(경로격)' 등

이의 관할이나 지배 구조 등으로 설명한다. 이는 각 문장 성분이 지니는 구조적인 위치
를 지시하는 방식에 의한 기술로, 내포가 아닌 외연에 의한 진술이라 할 수 있다.

으로 수정하였다.

이러한 격 개념은 관계 문법이나 LFG, 후기 생성문법의 의미역 논의 등으로 이어지면서, 보편적인 의미격 정보에 대한 심도 있는 논의를 촉발하였다. 언어 보편적인 의미격이 존재하며 이 정보가 적정한 형식에 의해 어휘부에서 표시된다는 이러한 개념은 서술어의 결합가_{Valency}에 대한 다양한 연구로 발전되었다. 서술어가 지니는 의미역의 목록은 Williams (1981), Marantz(1984), Grimshaw(1990) 등에 의해 다음 (2)와 같은 논항구조 Argument Structure로 형식화되었다.

(2) 논항구조 표시

ㄱ. hit : Actor, Theme (Williams, 1981)
ㄴ. give : theme, goal (Marantz, 1984)
ㄷ. break : (x (y)) (Grimshaw, 1990)

문장의 서술어에 대한 논항 정보 표시 방식은 '내재논항 : 외재논항, 직접논항 : 간접논항, 의미격으로 논항을 표시하는 방식 : 변수로 논항을 표시하는 방식' 등에 대한 다양한 논점을 제공하며 꾸준히 논의되고 있다. 현재의 언어정보처리 구문분석 과정에서는 구조격에 대한 정보와 의미격에 대한 정보를 분석하는 절차가 별도로 마련되기도 하는데, 이러한 절차에서는 문장 내의 기능 표지들과 서술어에 대한 자질 정보, 논항 정보 등이 정보 분석의 토대가 된다.

촘스키는 언어 자료체를 분석하고 생성하는 방법론뿐 아니라 언어학의 연구 대상이나 언어과학의 위상에 대해서도 다양한 논의를 진행하였다. 그리고 '언어능력'의 파악을 통해 언어 연구가 인간의 생물학적 탐구와 이해의 근간이 되어야 함을 주장하였다(Chomsky, 1990). 생성문법의 연구 목표 자체가 이론적인 문제와 실용적인 문제 모두와 관련되기도 하였으며, 또한 이러한 연구 과정에서 발생한 언어 지식의 정보화 과정은 다양한 응용물을 만들어내기도 하였다.5) 이러한 연구 성과들이 축적됨과 동시에 컴퓨터의 성능이 크게 향상되면서, 체계적으로 가공된 언어 자료체의 이용이 가속화되었다는 사실도 주목할 만하다.

이러한 흐름은 본격적인 언어정보처리의 연구를 가능하게 하였으며, 이에 따라 언어정보처리 프로그램에 적합하게 형식화된 문법 모형인 GPSG, HPSG, LFG, LAG, Dependency Grammar 등이 등장하였다. 이러한 문법의 적용과 수정에 의해 형태소 분석기나 구문 분석기와 같은 기반 분석 시스템과 함께 검색, 기계 번역, 정보 추출 등의 다양한 응용 시스템들이 더욱 정확하고 편리한 방식으로 진화하고 있다.

이 중 형태소 분석기와 구문 분석기는 재현율을 높이며 처리 시간을 단축하는 방향으로 발전하고 있으며, 응용 시스템에서 중요한 키워드로 이용되는 특정 개체명들을 인식하고 효율적으로 관리하는 과제에도 관심을 기울이고 있다. 그리고 검색이나 정보 추출은 사용자들에게 필요한 양질의 정보를 적절히 선별하고 이를 보다 능동적인 방식으로 제공하는 방향으로 변모하고 있다. 번역 시스템 또한 번역의 대상 언어와 목표어의 목록을 확장하며 번역의 성공률을 높여 가고 있으며, 다국어 번역 모형에 의한 효율적인 번역 시스템의 개발에도 노력을 기울이고 있다.6)

---

5) 생성문법의 창시자인 촘스키의 언어 연구가 NLP의 한 분과로 시작되었음은 잘 알려진 사실이다.

6) 앞서 논의한 것처럼 인공지능의 발전에서 언어정보처리는 매우 핵심적인 역할을 수행한다. 하우쎄(2002)에서는 인공지능의 역사를 '고전적 인공지능, 새로운 인공지능, 가상현실 시스템'과 같이 정리하고 있다. '고전적 인공지능'은 추상적 상징들을 조작하여 지능적 행동을 분석하는 것으로, 폐쇄된 세계에 대한 탐색이 이루어지면 지능적 행동을 모사할 수 있게 된다는 개념이다. 대표적으로는 체스 게임과 같은 컴퓨터의

이상에서 살펴 본 바와 같이 언어정보처리 연구의 흐름은 언어를 통해 얻을 수 있는 정보를 가공하여 특정 목표에 부응하는 결과물을 산출하는 방향으로 발전해 왔으며, 이러한 관점에서 보면 언어정보처리는 언어학 역사의 주된 흐름과 궤를 같이 한다고도 할 수 있다. 이와 같은 언어 이론의 발전은 언어 현상의 규명이라는 본질적인 과제의 수행과 함께, 인접 학문과 공유할 수 있는 연구 방법론의 발전을 가능하게 하였다. 그리고 최근에 와서는 특정 용도에 맞추어 적절히 가공한 언어정보처리 결과물을 활발하게 생산하고 있다.

1.2. 언어정보처리를 위한 방법론

1.2.1. 규칙 기반 방법론

1.2.1.1. 규칙 기반 방법론의 태깅 작업

언어정보를 처리하는 방법론에는 시스템의 종류나 구현 목적 등과 함께 문법 이론의 모형에 따라 매우 다양한 방식이 존재한다. 이러한 방법론들은 흔히 규칙 기반 방법론과 통계 기반 방법론으로 나뉜다. 실제 응용 작업에서 이들 두 방법론은 서로 독립적으로 기능하기도 하며 많은 경우 서로 보완하는 방식으로 이용되기도 한다.

운용을 예로 들 수 있다. '새로운 인공지능'은 세상의 환경과 자율적으로 상호작용하는 자율적인 행위자, 즉 이성적이고 지능적인 에이전트의 개발에 초점이 맞추어져 있다. 이에 더하여 '가상현실 시스템'이 있는데, 이는 시스템이 사용자를 위한 인공적 환경을 조성하는 것을 목표로 한다. 가상현실 시스템에서는 로봇이 인간의 움직임이나 시선 등에 반응하여 현실과 같은 환경을 만들어 내는 것을 시도하기도 한다.

'규칙 기반 방법론'은 언어 자료체를 통하여 언어 현상에 내재하는 규칙들을 형식화하고, 이러한 규칙을 이용하여 언어정보를 분석하고 생성하는 언어정보처리의 방식을 의미한다. 언어정보처리의 대상이 되는 언어 자료체로부터 유의미한 언어정보를 추출하기 위해서는 먼저 이 자료체를 가공하는 작업이 필요하다. 이 작업에서부터 규칙 기반의 방법론과 통계 기반의 방법론이 선택적으로 이용될 수 있다.

(3) 태깅 규칙
ㄱ. [A or B] → A [C or D]
ㄴ. A ? B → not C
ㄷ. ɑ : A → B

(3ㄱ)은 태깅 규칙의 '긍정 정보'로, A와 B 사이에 중의성이 존재할 때 후행 단어의 태그가 C 혹은 D이면 A와 B 중 A로 태깅하는 결론이 선호된다는 의미이다. (3ㄴ)은 '부정 정보'로, 어떤 단어를 태그할 때 '?'로 표시된 위치를 기준으로 이를 선행하는 태그가 A이고 후행하는 태그가 B이면 해당 단어 '?'를 C로 태깅하는 것은 배제된다는 의미이다. (3ㄷ)은 '수정 정보'로, 문맥 ɑ에서는 태그 A를 B로 수정하라는 규칙을 표시한 것이다.

규칙 기반 태깅 방식의 장점은 언어 자료에 대한 보다 정밀한 처리가 가능하다는 것이다. 태깅의 내용으로는 시스템의 제작 목적에 따라 품사 정보 태깅, 성분어 정보 태깅, 의미 정보 태깅 등이 존재한다. 그리고 자연언어가 지니는 중의성이나 그 분류 체계의 복잡도를 고려하면, 태깅의 항목과 그 환경을 세밀하게 고려하여 기술하는 규칙 기반 방식에 장점이 있다. 다만 대용량의 자료체를 분석 대상으로 하는 언어정보처리의 특성을 고려할 때, 규칙 기반 방식은 언어 자료를 효율적으로 처리하고 그 범위를 확장하는 과정에서 문제점을 노출하기도 한다.

1.2.1.2. GPSG

언어 자료체에 대한 본격적인 분석 절차로 이행하기 위해서는 그 기반이 되는 문법 모형이 필요하다. 다양한 언어 이론 중 GPSG는 일반 구구조 문법으로 번역되는 'Generalized Phrase Structure Grammar'의 두 문자로, 1970년 가즈다 Gerald Gazdar 등에 의해 제안된 문법이다.

이 문법의 특징으로는 변형이라는 기제를 사용하지 않는다는 점, 심층 구조가 없는 단층 문법이라는 점, 통사 범주는 <자질, 값>의 쌍을 이루는 자질 구조를 갖는다는 점을 들 수 있다. 문법 규칙으로는 ID 규칙과 LP 언명이 있으며, 의미적으로는 몬태규 문법 Montague Grammar 을 받아들이고 있다. ID 규칙은 직접 지배 규칙 immediate dominance rule 을 의미하며, LP 언명은 선행 관계 linear precedence statement 를 나타낸다.

(4) GPSG의 중심어 자질

HEAD={N, V, PLU, PER, VFORM, SUBJ, PFORM, AUX, INV, PAST, PRD, ADV, SLASH, AGR, SUBCAT, BAR, LOC}

HEAD 자질은 중심어와 모문이 공유하는 자질이다. 이 중 N과 V는 주요 부류를 변별하기 위한 자질이며, PLU는 단/복수, PER은 인칭, VFORM은 동사의 어형 변화, SUBJ는 주어 존재 여부, PFORM은 전치사 형태, AUX는 조동사, INV는 어순 도치, PAST는 과거, PRD는 서술어 여부, ADV는 부사, SLASH는 무한 의존 구문, AGR는 일치, SUBCAT은 하위 범주화, BAR는 $\overline{X}$의 계층 구조, LOC은 처격을 나타낸다.

(5) GPSG의 어휘 표시 예

<weep,

[[−N], [+V], [Bar 0], [SUBCAT 1]],

{wept},

weep´>

(6) ID 규칙과 LP 규칙

ㄱ. A → B, C, D

ㄴ. B<C

(7) ID 규칙 예

VP → H[4], NP, PP[for]

buy, cook, reserve……

예문) (Tom) bought a book for me.

(5)는 동사 weep에 대한 GPSG의 어휘 정보 표시이다. (6ㄱ)은 A가 B, C, D를 모두 지배하며, B, C, D 사이에는 선형 순서만 존재할 뿐 지배 관계가 성립하지 않음을 보여준다. (6ㄴ)은 B가 C를 선행하는 선행 규칙을 나타낸다. 그리고 (7)은 명사구와 for 전치사구를 보어로 취하는 동사구의 규칙 예이다.

GPSG는 자질들이 서로 공기하는 데 대한 조건을 '자질 공기 제약'으로 명세화하고, ID 규칙에 적용되어 새로운 ID 규칙을 만드는 '상위 규칙'으로 수동태나 어순 도치 구문 등을 설명한다. 그리고 '중심어 자질 규약'을 통해 (4)에 명기한 중심어 자질과 모 절점과의 자질 일치를 설명한다. 그리고 'FOOT 자질'로 명명되는 비중심어 자질의 설정으로, 비중심어 자질이 수형도 구조를 통해 전달될 수 있도록 하는 '비중심어 자질 원리'도 설명된다.[7)]

1.2.1.3. HPSG

HPSG는 'Head-Driven Phrase Structure Grammar', 즉 중심어 주도 구조 문법이다. 이는 중심어의 역할이 중요하게 기능한다는 의미로 붙여진 이름이다. HPSG는 문법 규칙의 수를 줄이고 어휘 정보의 역할을 강조한다는 의미에서 어휘부 중심의 문법으로 분류된다. 이 문법의 자질 체계는 다음과 같다.

(8) HPSG의 자질 체계

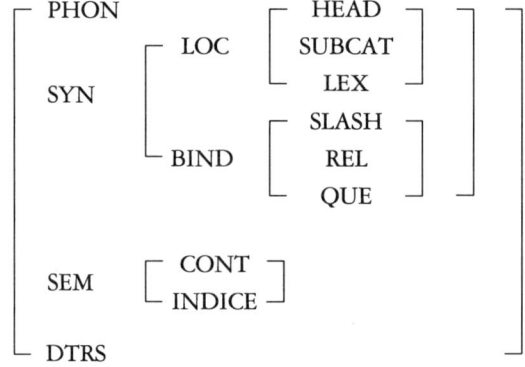

HPSG의 자질은 음운 자질 PHON, 통사 자질 SYN, 의미 자질 SEM으로 이루어져 있으며, DTRS은 자녀 절점을 의미한다. 음운 자질은 해당 음운에 대한 자질의 연쇄로 표현된다. 통사 자질은 국부 자질 LOC과 결속 자질 BIND로 나누어진다.

LOC으로 표기된 국부 자질로는 중심어 자질 HEAD, 하위 범주화 자

---

7) 비중심어 자질로는 gap을 표시하는 자질인 SLASH, 의문대명사 자질인 WH, 재귀대명사 자질인 RE 등이 있다.

질 SUBCAT, 어휘성 자질 LEX 등이 있다. 중심어 자질은 중심어와 전체 구절이 특정한 자질을 공유하도록 하여, 결과적으로는 문장 전체와 중심어가 동일한 자질을 갖게 된다. 하위 범주화 자질은 동사의 하위 범주 정보를 나타내며, 어휘성 유무를 나타내는 어휘성 자질은 '±'의 이산 연산 방식으로 표시된다.

BIND로 표기된 결속 자질은 무제한 의존 관계의 예를 처리하기 위해 고안된 자질이다. 이는 갭gap과 필러filler 사이의 관계를 나타내는 SLASH, 관계 대명사와 선행사가 지니는 관계를 나타내는 REL, 의문사와 선행사의 관계를 나타내는 QUE로 이루어진다.

SEM으로 표기된 의미 자질은 상황 의미를 표현하는 CONT와 무제한 의존 관계 또는 대용어 관계 등을 위한 INDICE로 구성된다. DTRS은 자녀의 자질에 따라 다시 다음과 같이 구별된다. 중심어를 자녀로 가지는 HEAD-DTRS, 보어를 자녀로 갖는 COMP-DTRS, 필러를 자녀로 갖는 FILLER-DTRS, 등위 접속 성문을 자녀로 갖는 CONJ-DTRS 등이 그것이다.

　(9) HPSG의 중심어 자질 원리
　　　[DTRS headed-structure[　]　] →
　　　SYN : LOC : HEAD (1)
　　　DTRS : HEAD-DTRS : SYN : HEAD (1)

(9)의 원리는 특정 구절에 중심어 자녀가 있으면 이 구절 전체와 중심어 자질이 서로 공유됨을 의미한다. GPSG와 HPSG의 중심어 목록에는 공통되는 부분이 많지만, HPSG에서 중심어의 품사를 나타내는 자질로 N이나 V 대신 MAJ 자질을 사용하는 점, 격 정보를 나타내는 CASE 자질의 설정, it이나 there와 같은 부가적 대명사를 위한 NFORM 자질 설정 등에서는 서로 차이를 지닌다.

1.2.1.4. LFG

어휘기능문법으로 번역되는 LFG는 'lexical functional grammar'의 두문 자로, 브레즈넌 Joan Bresnan과 캐플런 Ronald Kaplan에 의해 개발된 문법이다. LFG의 특징 중 첫 번째로는 이 문법이 인간 두뇌에 존재하는 언어에 관한 보편 구조를 형식화하는 것을 목표로 한다는 점을 들 수 있다. 두 번째 특징은 명사구 NP나 동사구 VP 등의 품사 표시 대신 주어 SUBJ, 목적어 OBJ 등의 문법 관계를 분석의 기초 개념으로 삼는다는 점이다.

세 번째 특징은 문법 구조를 성분 간의 외적이고 계층적인 결합관계를 표시하는 성분 구조 c-structure와, 성분 간의 내적이고 내용적인 결합 관계를 보여주는 기능 구조 f-structure로 나누어 분석한다는 것이다. 이 때 그 의미는 실사 이론 substantive theory에 의해 해석한다. 네 번째 특징은 어휘가 본유적으로 지니는 정보가 매우 핵심적인 것으로 기능한다는 점이다. 어휘에 대한 정보는 분석 작업의 기반이 되므로, 구문 구조는 단순화하고 어휘 정보를 명세화하는 작업은 매우 섬세하게 처리하는 방식으로 이론을 전개하였다.

(10) LFG 분석 예

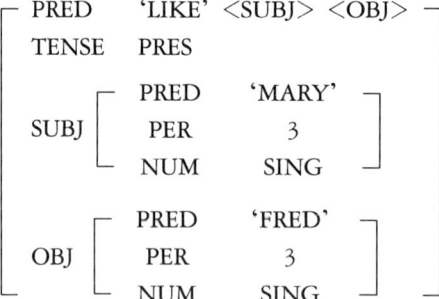

(10)은 LFG에서 "Mary likes Fred."라는 문장을 분석한 것으로, 서술어인 **PRED**, 시제인 **TENSE**, 주어인 **SUBJ**, 목적어인 **OBJ**에 대한 각각의 정보가 표시되어 있다. 이는 단말 절점의 정보어, 즉 서술어와 목적어의 정보가 공유 과정을 거쳐 하나로 통합된 정보이다.

LFG에서는 능동태-수동태와 같은 의미역 사상 과정을 실사 이론으로 설명한다. 예를 들어 어휘 catch에 대한 개념 **CATCH**와, 잡는 행위의 주체인 행위자역 **SUBJ**, 행위의 대상인 대상역 **OBJ** 등의 추상화된 정보는 문장 형태 전환이나 상이한 언어가 동일한 내용을 가지는 예들을 분석할 수 있게 한다. LFG는 이러한 특성으로 인해 기계 번역의 중간 언어로서 활용 가능하다는 장점을 지니기도 한다.

1.2.1.5. LAG

LAG는 'Left Associative Grammar'의 두문자로 '좌연접 문법'으로 불리며, 하우써 Roland Hausser에 의해 개발된 문법이다. 이 '좌연접'이라는 개념은 논리학에서 유래한 것으로, 이는 (11)에서 볼 수 있는 것과 같이 연산자를 적용하는 순서와 관련이 있다. 피연산자를 (11)과 같이 왼쪽에서 오른쪽으로 배치하면 +가 좌연접되는 것이며, 반대 방향으로 피연산자를 배치하면 우연접이 된다.

(11) **누진적 좌연접 파생**
  ㄱ. a
  ㄴ. (a+b)
  ㄷ. ((a+b)+c)
  ⇒ 좌연접은 그리스-로마 쓰기법의 전통적 방향

좌연접은 서양에서 문자를 쓰고 읽는 방향과 일치하며, 그 반대 방향으로의 진행은 우연접이 된다. 이를 언어 분석에 적용하면 a, b, c 등은 단어형에 해당하며, ＋는 접합 연산자에 해당한다.

(11)의 단어 a는 문장의 시작으로, 다음 단어 b와 통합하여 새로운 문장의 시작 (a＋b)가 된다. 그리고 이 단위는 다시 새로운 단어 c와 통합하여 ((a＋b)＋c)라는 새 문장의 시작이 된다. 이러한 절차는 새로운 단어가 나타나지 않을 때까지 계속된다. 이는 문장의 외형적인 선형 순서와 일치하며, 증가 방향이 시간이 흐르는 방향과도 같은 시간 선형적인 특징을 갖는다.

(12) LAG 분석 예

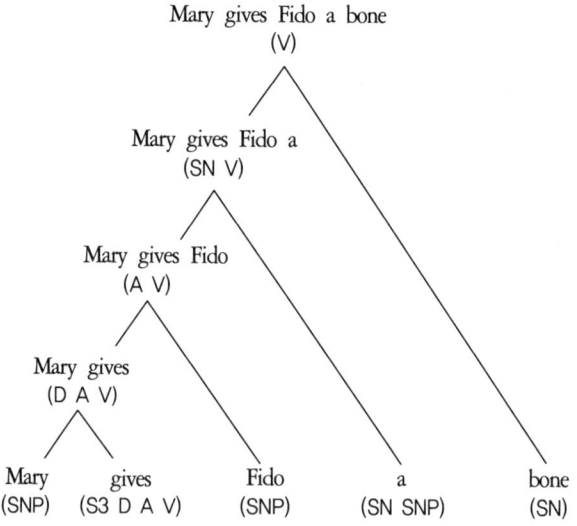

(12)는 하우써(2002)에서 제시한 "Mary gives Fido a bone."의 분석 예이다. (12)에서 'SN'은 단수 명사, 'SNP'는 단수 명사구를 나타낸다. 그리

고 'S3 D A V'는 특정한 동사, 이 예에서는 'gives'라는 동사가 제3인칭 단수 S3의 주격과 여격 D, 그리고 대격 A를 논항으로 취하는 동사 V임을 보여준다.

이 구조에서 첫 번째로 Mary와 gives가 결합한 결과는 (D A V)라는 범주 문장의 시작이 되며, 이는 여격과 대격이 충당되어야 하는 중간 표현을 나타낸다. 이때 Mary의 범주 부분 SNP에 의해 gives의 범주 첫 번째 부분이 취소된다. 이는 동사 gives의 주격에 대한 체언 수가 3인칭 단수 명사구인 Mary의 범주에 의해 충당됨을 의미한다.

이러한 첫 번째 결과와 다음 단어 Fido가 결합하면 두 번째 결합 결과가 만들어지는데, 이 결과에서는 Fido에 의해 여격이 충당된다. 따라서 이 결과는 여격이 취소된 (A V)라는 범주 문장의 시작이 되며, 이는 대격을 요구하는 중간 표현이 된다. 이 구조는 한정사와 결합하여 단수 명사를 위한 새로운 수가 정보를 더하며 (SN V)가 된다. 그리고 이 문장의 시작 (SN V)이 마지막 단어 bone과 결합하여 동사를 위한 범주 (V)의 시작이 된다.

이상의 결과를 거치면서 더 이상 충족되지 않은 정보가 없게 될 때 문장은 완전한 구조가 된다. 그렇지만 자연언어의 표현은 연속되므로 이러한 완전함을 잠재적인 것으로 간주한다. LAG에서는 이와 같이 선형 순서에 따라 좌연접의 방식으로 문장을 분석하고, 충족되지 않은 정보가 더 이상 남아있지 않으면 분석을 완료한다.

1.2.1.6. 규칙 기반 방법론의 특성

규칙 기반의 문법 모형에서는 언어 자료체의 분석을 통해 획득되는 구조적인 정보나 어휘적 속성을 중심으로 언어정보를 처리한다. 이상에서 규칙 기반 방법론의 몇 가지 논의를 살펴보았는데, 이는 다음과 같은 공통 특성을 가지고 있다.

(13) 규칙 기반 방법론의 특성

ㄱ. 어휘부 중심의 문법이다.

ㄴ. 변형이나 심층 구조를 인정하지 않는 단층 문법이다.

ㄷ. 언어 구조의 계층성을 국부적인 것으로 파악한다.

이상의 문법 모형들은 (13ㄱ)과 같이 언어의 정보를 처리하는 절차에서 어휘부의 정보를 매우 중요시한다. 언어학 연구의 흐름을 살펴보면 품사론이나 형태론, 음운론 등을 주로 논의하던 시기를 거쳐, 생성문법이 태동하면서는 문법론 위주의 문법 기술을 주로 행하였음을 알 수 있다.

생성문법은 출발부터 언어정보처리를 염두에 둔 이론으로, 언어학의 개념들을 외연적으로 정의하고 언어에 대한 구조적 정보를 형식적인 기술 방식에 의해 명시적으로 분석하는 것이 가능하도록 설계하였다. 이러한 언어 이론은 하나의 개별 언어에서 관찰되는 현상을 포함하여, 언어 보편적인 범위에서도 적용이 가능하도록 보편 문법의 개념 아래에서 논의되었다.

그런데 언어를 '규칙'이라는 기제만으로 설명하는 방법론에서는 올바른 결과를 배제하거나 원치 않는 결과를 과잉 생산하는 문제, 또는 규칙의 예외적 처리에 대한 문제 등이 종종 발생하였다. 그리고 이러한 개념하에서 언어의 보편성을 지지하는 논의 또한 심리적 실재성이나 유용성 면에서 해결이 쉽지 않은 문제들을 남겼다. 이러한 이유로 '규칙'이라는 기제에 집중하였던 논의의 관심사는 언어라는 개념이 본질적으로 갖는 '보편적 원리'에 초점을 맞추는 쪽으로 변모하게 되었다.

원리는 규칙과 비교하여, 언어 현상의 기저를 관통하는 경향성을 강조하는 개념이다. 원리 중심의 언어 이론에 따라 보다 세부적인 정보의 처리는 각 원리를 보완해 주는 제약에 의해 이루어지기도 하지만, 가장 두드러지게는 어휘부에 기재된 어휘 정보에 크게 의존하게 되었다. 따라서 현재 언어정보처리에서 활발하게 사용하는 대부분의 언어 이론들은 어휘부에 존재하는 어휘 정보, 즉 음운론적, 형태론적, 통사론적, 의미론적, 화용론적인 정보를 근간으로 하여 언어의 분석과 생성 절차를 진행한다.

(13ㄴ)은 표면 구조의 기저가 되는 심층 구조나 이 두 구조 간의 사상을 설명하는 '변형'이라는 개념을 이상의 문법 모형에서는 받아들이지 않음을 의미한다. 구조주의에서 시작된 변형이라는 개념은 진리 조건이 동일하거나 유사한 정보 내용을 담고 있는 문장들 간의 관계를 명시적으로 파악하게 하는 매우 획기적인 기제로 관심을 모았다. 그러나 동시에 변형에 대해서는 그 논의의 시초부터 많은 비판이 이루어졌다. 이는 변형이라는 기제의 전후에 있는 문장들이 서로 동일한 대상인지에 대한 의문과, 변형 규칙의 형식화에 따르는 다양한 문제점들에 기인한다.

그리고 무엇보다 중요한 원인으로는 효율성을 중시하는 언어정보처리에서, 변형의 과정을 처리하기 위해 시스템의 자원을 분배하는 방식이 실용적이고 필수적인 것으로 판단되지 않는다는 점을 들 수 있다. 현재에도 문법 모형에 따라서는 사상 규칙과 같이 변형의 역할과 유사한 기제를 일부 이용하기도 하지만, 기본적으로는 심층 구조나 변형의 개념을 적극적으로 활용하는 방식을 사용하지 않는다.

(13ㄷ)은 문장의 구조를 계층적으로 파악하는 데 대한 관점의 문제이다. 문장의 계층성을 인정하는 문법 모형에서는 주어와 목적어의 비대칭성 등을 근거로 문장 성분 간의 위치나 지위가 서로 동일하지 않음을 주장하였다. 그리고 계층성에 입각한 분석 방법론에 의해 생길 수 있는 잘못된 분지의 경우를 배제하기 위해 관련 제약들의 형식화에 관심을 기울이기도 하였다. 이러한 논의는 '형상 언어'와 '비형상 언어'에 대한 구분을 가져왔으며, 비형상성 논의에 의해 한국어와 일어 등은 VP와 같은 중간 절점이 존재하지 않는 비형상 언어로 분류되기도 하였다. 또

한 형태론에서도 단어의 구조가 통사적 구성과 유사한 계층성을 갖는 것으로 논의를 진행하였다.

그런데 언어의 구조를 계층적인 것으로 파악하고 분석하는 방법론에도 논란의 여지가 있다. 명사구나 동사구 등의 구성이 전체 구조 안에서 보면 상대적으로 긴밀한 관련성을 갖는다거나, 혹은 수식어—피수식어 관계가 부분적으로 계층 구조를 이루는 것으로 볼 수 있다 하더라도 문장의 성분 구조 자체가 계층적인 구조를 갖는다는 서술에는 심리적 실재성이 부족하다.

그리고 계층성을 기반으로 하여 상향이나 하향의 방향으로 문장 분석의 결과를 나타내는 수형도 등의 표기 방식이 언어 자료의 본질을 좀더 정확하게 반영한다거나 처리의 효율성을 높이는 데 기여한다는 논거를 찾기도 어렵다. 이와 유사한 관점에 근거하여 좌연접 문법에서도 문장 성분 구조에 의한 분석이 아닌 시간 선형 순서에 의한 분석 방법론을 채택하고 있다.

이 논의의 2장에서 주로 언급할 '자질연산문법'도 규칙 기반 방법론으로 분류할 수 있다. 이 문법 모형 또한 이상의 방법론들과 동일하게 어휘부의 자질 정보를 기본으로 하며, 심층 구조나 변형을 인정하지 않는 단층 문법이다. 그러나 문장 구조의 계층성에 대한 관점이나 자질의 운용 등의 측면에서 위의 문법 모형들과 차이를 보인다.

1.2.2. 통계 기반 방법론

1.2.2.1. 통계 기반 방법론의 태깅 작업

통계 기반 방법론은 대규모의 언어 자료체를 대상으로 하여 그 자료체에 나타나는 단어나 형태 등에 대한 통계 정보를 추출하고 이러한 정보를 바탕으로 언어정보를 처리하는 방법론이다. 이러한 방법론은 자료체를 태깅하는 작업이나 형태소 분석, 구문 분석 등의 기반 시스템 제작뿐 아니라 기계 번역, 검색, 군집, 분류 등의 응용 시스템 제작에도 널리 이용되고 있다.

언어정보처리에서는 주어진 언어 자료에 대한 정밀한 분석과 함께, 처리 대상을 확장했을 때의 안정성 또한 항상 염두에 두어야 한다. 언어 자료의 전반적인 특성과 세부적인 특이 사항 등을 미리 파악하기 위해서는, 규칙 기반 방법론이나 통계 기반 방법론 중 어느 방식을 사용하든 충분한 양의 자료체를 대상으로 주요 언어정보를 추출하는 작업이 필수적이다.

통계 기반 태깅 방식에서는 분석 대상 문장의 집합을 적절하게 구성하는 작업이 무엇보다 중요하다. 대상 문장들이 확정되면 이에 의해 유의미한 정보들, 즉 특정 어휘들에 대한 빈도 정보와 공기어 정보 등을 추출하게 된다. 분석 대상 문장 집합을 구성할 때에는 통계의 결과가 편중되거나 일반적인 언어 사실에 배치되지 않도록 충분한 양과 내용의 안배에 유의하여야 한다.

통계 기반의 방식을 적용하기 위해서는 일정 크기 이상의 태깅된 자료체가 존재하여야 한다. 이는 시스템 제작의 목표나 처리 분야 등을 고려하여 분석 대상 문장 집합을 적절하게 구성하고, 이 자료에 올바른 태그를 부착하는 작업 순서로 진행된다. 그러므로 통계 기반 방식에서는 유의미한 통계 정보들을 자동 추출하기 위해 대상 문장을 구축하고 그 체계와 방법론을 확정하는 초기 작업에 많은 시간이 소요된다는 부담이 있다. 그런데 다양한 기능의 가공 자료체들의 구축 결과가 축적되고 대용량의 자료를 처리하는 데 대한 시스템의 기능이 현저히 향상되면서, 통계 기반 방법론은 자료체의 가공에 유용한 방법론으로 선호되고 있다.

언어 자료체에 대한 태깅 방법론과 결과는 언어 자료체를 가공하는 방법론의 발전에 기여하며, 여타의 언어처리 시스템을 제작하는 작업에도 다양하게 이용될 수 있다. 특정한 시스템에서의 태그셋은 경험적인 자료가 추가됨에 의해 수정되고 보완되어, 대용량의 태깅 작업을 자동화하는 과정에서 이용 가능한 분류의 체계를 제공한다. 그리고 태깅 정보가 표시된 언어 자료체는 그 자체로 언어에 내재한 자료들을 정량적으로 표시하는 자료로서의 가치를 가지며, 언어 이론을 수립하고 검증하거나 다양한 시스템을 제작하는 데 대한 자료로도 활용될 수 있다.

1.2.2.2. 통계 기반 방법론의 언어처리

특정한 문헌이나 웹 페이지에서 색인어를 자동으로 선정하는 작업은 통계적 기법을 이용하는 대표적인 응용 예의 하나이다. 통계적 기법의 자동 색인은 단어의 출현 빈도수에 근거하여 주제어로서의 중요도를 측정하고 색인어를 추출하는 작업이다. 빈도수의 개념에는 단어의 출현 수치만을 고려한 절대 빈도수와 문헌의 크기를 고려하여 빈도수를 정규화한 개념인 상대 빈도수가 있으며, 주로 후자의 개념을 이용하여 색인 작업을 진행한다.

주제어를 선정할 때는 고빈도 어휘가 후보가 되지만, 특정 문헌 내에서 지나치게 자주 출현하는 단어는 일상적인 용어이거나 형식적인 표현, 혹은 기능 범주 등으로 사용되었을 가능성이 많으므로 '불용어'로 처리하여 색인어에서 제외한다. 또한 주제어가 아닌 어휘는 문헌 전체에 임의적으로 분포하지만 주제어는 특정 부분에 집중석으로 분포할 수 있다는 점에 근거하여, '집중도'의 산출을 통한 색인어 선정 방식을 사용하기도 한다.

통계 기반 방식은 대용량의 문서를 자동으로 분류하는 자동 분류기의 제작에도 활용 가능하다. 현재 온라인이나 오프라인에서 생산하고 이용하는 문서의 양을 고려할 때, 동일한 주제나 내용을 지니는 문서를 체계적으로 분류하고 관리하는 작업은 업무의 효율성 제고에 큰 영향을 미친다. 인터넷 검색의 경우에도 체계적인 구조의 디렉토리 방식으로 주요 문서들을 미리 분류하여, 검색 결과에 대한 만족도를 높이고 시스템의 안정성을 도모한다.

통계 기반 방법론은 이외에도 언어정보처리의 다양한 분야에 두루 이용된다. 예를 들어 기계 번역기의 제작에서는 분석의 대상어와 생성의 목표어에 대한 자료체의 구축이 필수적이며, 이는 대상어와 이에 대한 대역 자료체로 이루어진 '병렬 자료체'의 형태로 구축된다. 이러한 병렬 자료체가 가지고 있는 정보들을 통계적으로 분석하여 기계 번역 시스템의 제작에 이용하는 것이 통계 기반의 번역 방식이다.

이러한 방법론은 자료에 나타난 통계적인 정보만을 이용하기 때문에, 주로 대상어와 목표어가 구조적으로 유사한 경우의 번역에 이용한다. 그러므로 언어 유형적으로 구문 구조나 어순 등에서 서로 차이가 많은 언어 사이의 번역 방법론으로는 적합하지 않다. 또한 예약 등의 특정 영역에서 적용 가능한 언어 사이의 번역 시스템에도 이러한 방법론이 사용 가능하다.

1.2.2.3. 통계 기반 방법론의 한국어 분석 예(남윤진, 2000)

통계적인 방법론은 언어정보처리의 주요 방법론 중 하나일 뿐 아니라, 대용량의 언어 자료체에 대한 유의미한 통계 결과를 근거로 하여 논의를 진행하는 방식은 최근 언어학 연구의 주요한 흐름 중 하나이기도 하다. 남윤진(2000)은 한국어의 조사에 대한 계량 언어학적인 논의로, 그 연구의 성격을 '말뭉치에 기반한 연구, 확률론을 이용한 연구, 응용을 전제로 한 연구'라고 밝히고 있다.

남윤진(2000)에서는 한국어 문어체의 특징을 보여줄 수 있는 100만 어절의 말뭉치를 구축하여 논의를 진행하였다. 말뭉치의 규모 면에서나 구어체의 정보를 얻을 수 없다는 점에서는 추가적인 논의가 필요하지만, 언어 규범을 잘 지켜 작성된 텍스트를 처리하는 데에는 충분한 정보를 제공하고 있다고 할 수 있다. 이 논의에서 추출한 조사의 수는 단순조사가 71종, 복합조사가 452종이다.

남윤진(2000)에서는 조사와 관련이 있는 '식별'의 실제를 '어미와 조사, 계사의 활용형과 조사, 조사의 일부와 조사, 용언의 활용형과 조사, 명사구와 조사, 파생 접미사와 조사, 의존 명사와 조사, 부사와 조사' 등의 문제로 분류하였다. 그리고 각각의 식별 절차를 통해 말뭉치 내에서 발견된 조사의 전체 목록과 그 빈도를 제시하고 있다. 조사의 식별 기준으로도 이용되는 조사의 특성으로는 '형태/음운론적 특성(2가지), 통사의미적 특성(3가지), 분포상의 특성(2가지)' 등 8가지가 있다. 이러한 특성 중 특징적인 논의는 다음과 같다.

(14) 조사의 특성(남윤진, 2000)

    ㄱ. 형태 음운적 특성 : 조사는 자립성이 없으며 선행어와 결합하여 음운론적 단어를 이룬다. 따라서 선행어＋조사 구성은 자립성을 가진다.

    ㄴ. 통사/의미적 특성 : 조사는 통사적 구성과 관계를 맺는데, 이때 통사적 구성의 단위는 형태소, 단어, 구, 절 등으로 다양하다.

    ㄷ. 분포상의 특징 : 조사는 자립성을 가지는 선행어(체언, 용언의 활용언, 부사, 감탄사 등)의 뒤에 올 수 있다.

ㄹ. 분포상의 특성 : 조사 결합은 선행어의 어휘적 특수성에 제
약 받지 않는다. 즉, 특정 범주에 속하는 어휘와 조사의 결
합 범렬표(paradigm table)를 작성할 때, 선행어의 어휘적 특
수성에 의한 빈칸이 발생하지 않는다.

(14ㄱ)과 (14ㄴ)은 조사 범주 설정 논의에서 조사를 '접어'로 규정하는
데 주요한 근거를 제공하는 조사의 특성이다.[8] 그리고 이 중 (14ㄱ)은
조사 식별의 실제에서 매우 중요하게 기능하는 특성이기도 하다. (14ㄷ)
은 조사의 선행어에 대한 특성을 진술하면서, 특정 품사 등과 관련짓지
않고 '자립성'이라는 관점만으로 논의를 진행한다는 특징을 지닌다.

조사의 선행어에 대한 이러한 관점은 조사를 기본적으로는 명사 혹
은 명사구에 부착되는 형태로 인식하고, 이 인식을 바탕으로 부사나 감
탄사 등에 용례를 설명하고자 했던 기존의 연구 태도와 차이를 보인다.
이는 조사를 명사와 관련시키는 기존의 논의에 비해 조사가 부사나 용
언 등과 함께 나타나는 경우를 설명하는 데 있어 문법의 부담을 덜어
줄 수 있다는 장점을 갖는다. 그러나 조사가 명사 혹은 명사구와 출현
하는 빈도가 매우 높다는 조사의 기본적인 특성을 포착해 주지 못한다
는 약점을 아울러 지닌다.

실제로 조사의 형태를 식별하는 절차에서는 조사에 대한 이러한 특
성 이외의 기준들을 별도로 제시하고 있다. 예를 들어 계사/조사 식별
의 경우에 쓰이는 기준으로는 'NP가 NP이다, '이' 탈락의 수의성, '이'
＋선어말어미' 등의 테스트에 대한 내용이 있으며, 용언/조사 식별 경

---

8) 남윤진(2000)에서는 한국어의 조사와 굴절접사와의 유사한 속성을 근거로 조사를 접
어, 특히 특수접어로 분류한다. 그런데 한국어의 조사는 명사의 굴절 체계 전반에 대
한 논의와 관련이 있으므로, 한국어의 조사와 접어의 비교는 신중히 이루어질 필요가
있다.

우의 기준으로는 '형태의 고정, 관계 의미, 선어말어미 결합, 논항구조 유지, 조사의 특성' 등이 있다.

또한 조사 식별 기준을 보완하는 다른 주요 기제로는 빈도수를 들고 있다. 그런데 이와 같은 개별적인 조사 식별 기준은 어떤 필요성이나 근거에 의해 선정되었는지, 조사의 전반적인 특성과 개별적인 조사 식별 기준 사이에는 어떤 관련성이 있는지, 식별 기준 적용의 필수 혹은 수의성이나 식별 시의 우선순위는 어떤 원리에 의해 결정되는지 등에 관해서는 추가적인 논의가 필요할 것으로 보인다.

예를 들어 파생 접미사와 조사의 식별에서 (14ㄹ)은 만족하지 못하지만 (14ㄴ)은 만족하는 경우 후자의 기준을 위주로 하여, 조사와 접미사의 특성을 공유하는 것으로 보이는 '꼴'이라는 형태를 조사로 처리하고 있다. 식별 기준의 정밀성을 위해서는 이들 기준 사이의 적용 순위나 비중 등과 관련한 운용 원리들을 상술할 필요가 있다. 전반적인 맥락에 의하면 (14ㄴ) 의 '통사/의미적 특성'은 매우 중요한 조사의 특성으로, 조사 식별 기준으로도 다른 기준에 비해 상대적으로 큰 비중을 차지하는 것으로 보인다.

남윤진(2000)의 논의에서는 조사를 식별하기 위해, 말뭉치에서 발견된 용례들을 기준으로 이 용례에서 특정 형태소를 결합하거나 삭제하거나 대체하는 등의 변형을 가하며 문법성을 판단한다.

(15) ㄱ. *베에토벤의 음악이 <u>모찰트이라든가</u> 쇼팽과 유별되는 것은 이념적인 것을 그 내용으로 하고 있기 때문이다.
ㄴ. 소릿재이니 <u>소릿재주막이니</u> 하는 소리도 거기서 나온 말이고요
ㄷ. ?아리랑고개는 온 민족의 <u>고개이요</u> 이 겨레 모두의 마음의 고개다.
ㄹ. *블랙보드 시스템에서는 <u>블랙보드이라고</u> 부르는 작업역을 중심에 두고

ㅁ. 그것이 올바른 <u>이론이라고</u> 말하는 것은 아닙니다.

(15)의 예들 중 (15ㄴ, ㅁ)은 정문, (15ㄷ)은 문법성이 낮은 문장, (15ㄱ, ㄹ)은 비문 등으로 표시되어 있다. 그러나 이러한 문법성 판단의 타당성에는 의문의 여지가 남는다.

(16) ㄱ. *베에토벤의 음악이 <u>모찰트였다든가</u> 쇼팽과 유별되는 것은 이념적인 것을 그 내용으로 하고 있기 때문이다.
ㄴ. 가령 판도라의 상자는 원래 상자가 아니라 <u>항아리였다든가</u>, 별자리로도 잘 알려진 오리온은 오줌에서 나왔다는 식이다. (≪중앙일보≫, 2001년 7월 13일 기사)

또한 (16ㄱ)을 비문이라고 하여 '-(이)라든가'는 과거 시제 형태와 같은 '선어말어미'와의 결합이 불가능하다고 보아 조사로 보고 있으나, 이와 동일한 형태들의 결합인 (16ㄴ)과 같은 예는 정문으로 판별하는 게 자연스럽다. 예를 들어 '모찰트였다든가', '항아리였다든가' 등의 표현이 어떠한 문장 구조 안에서 사용되느냐에 따라 정문과 비문이 모두 가능하다면 이 현상들을 일률적으로 결합의 제약으로 논의하기에는 적절하지 않은 것으로 보인다. 이는 조사와 다른 형태들 간의 결합 제약에 관한 논의는 논항구조나 문장의 의미 등 문장의 전체 구조하에서 이루어져야 함을 의미한다.

이상에서 살핀 남윤진(2000)은 한국어의 교착어적 특성을 가장 잘 나타내는 범주 중의 하나인 격 조사에 대한 계량 언어학적인 방법론을 적용한 논의이다. 이러한 방법론의 적용은 보다 명시적인 격 조사 식별 절차를 가능하게 하며, 조사의 본질에 대한 논의의 활성화에도 기여한다. 이와 같이 통계적인 결과의 도출이나 적용 등에서도 그 근

간이 되는 방법론의 정당성이나 해석의 타당성이 우선해야 함은 주
지의 사실이다.

1.2.2.4. 통계 기반 방법론과 규칙 기반 방법론의 통합

언어정보처리에서 사용하는 규칙 기반의 방법론과 통계 기반의 방법
론은 각각의 장단점을 지니고 있다. 규칙 기반 방법론은 언어에 내재한
규칙을 기반으로 언어정보를 처리하며, 이는 정량적으로는 관찰할 수 없
는 언어의 본질적 특성을 잘 반영한다. 그러므로 적절한 내용과 순서로
구성된 언어 규칙을 근간으로 하는 언어정보처리는 주어진 언어 자료체
와 시스템의 특수성에 부합하는 정밀한 결과물의 제작을 가능하게 한다.

그러나 규칙 기반 방법론은 통계 기반의 방식에 비해 확장성이 부족
하다는 단점을 지닌다. 대상 범위의 확장 중 예측하지 못한 자료가 추
가되면 규칙 기반 방법론만으로는 이에 대한 대응이 유연하지 못하거
나 더 나아가 시스템의 안정적인 운용에도 지장이 있을 수 있다. 언어
의 규칙을 구성하는 내용의 적정성이나 경제성 또한 규칙 기반 방법론
의 난제 중 하나이다.

통계 기반 방법론은 앞에서 살핀 것처럼 자료체에서 얻어지는 통계
적인 결과의 비중이 절대적이므로, 언어 자료체에 대한 의존도가 강하
며 또한 적절한 자료체의 구성에 시간과 노력이 많이 소요된다. 그리고
통계 기반 방식은 특히 언어에 대한 정밀한 정보처리가 필요한 대화 시
스템이나 번역 시스템 등의 용도에서는 난점을 지니기도 한다.

이러한 각각의 장단점은 자연스럽게 서로의 통합 가능성과 그 필요
성을 떠올리게 한다. 통계 기반의 방법론에서 자료체의 구축에 드는 노
력이나 시스템에 대한 부담은 이미 경험적인 자료의 축적과 기술의 발

전에 의해 많은 부분이 해소되었다. 이러한 상황은 전국적인 현상을 관찰하고 이를 계량하는 데 대한 통계 기반 방법론의 강점을 부각시킨다. 동시에 보다 지능적이고 능동적인 시스템에 대한 요구는 언어정보를 가공하고 관리하는 데 대한 규칙 기반 방식의 필요성을 증대시킨다.

언어의 규칙이나 통계 정보는 모두 언어라는 대상이 본질적으로 지니고 있는 특성에 대한 통찰의 결과이다. 특정한 논의가 규칙 기반의 방식을 사용한다 하더라도 그 규칙의 내용이나 순서는 대규모의 언어 자료체를 가공하고 분석한 이후에야 그 결과를 토대로 작성이 가능하다. 그리고 이러한 대상 자료의 정보량을 늘여나감으로 해서 전면적으로 혹은 특정적인 부분에 대해서 성능 향상을 도모할 수 있다.

통계적 기법 위주의 논의에서도 순수하게 통계적인 정보만을 이용하는 것 외에 언어에 대한 정보를 사용함으로써 보다 적절한 결과를 얻을 수 있다. 품사 태깅 작업에서 규칙 기반의 방식과 '연어'나 '공기어' 등의 통계 정보를 이용하는 방식을 병용하거나, 중의성 해소 규칙 작성 시 중의적 용법에 대한 다양한 통계적 결과를 단계적으로 확대 적용하여 시스템의 정확성과 안정성을 함께 확보하는 방식이 이용 가능하다.

이 두 방법론의 결합은 언어학의 이론적 측면에서도 매우 중요한 의미를 지닌다. 통계 정보를 언어 연구에 적극적으로 활용하는 방식은 언어학의 영역에서 종종 제기되어 온 '자료의 제한성' 문제에 대한 해소 방안이 될 수 있기 때문이다. 지나치게 제한된 양의 자료를 대상으로 이론을 전개하거나 문법성과 용인 가능성 등에 대한 주관적 판단 등으로 논란이 되기도 했던 언어학의 연구 방식은, '자료체 중심의 언어학'이라는 흐름에 의해 보다 생산적인 국면으로 변화하고 있다.

언어 자료체에서 발견 가능한 특정 언어 현상에 대한 통계적인 정보들은 관련 언어 이론의 근거가 되며, 또한 역방향으로 그 이론의 타당

성에 대한 검증을 가능하게 한다. 특히 한 언어에서 전국적으로 관찰되
거나 상호 공기 관계가 중요한 주제, 예를 들어 '격 표지와 격 범주와의
관계, 기능 범주들의 분포와 지위, 중의성의 해소' 등을 다루는 논의에
서는 이러한 계량적 정보의 유용성이 특히 강조될 수밖에 없다.

1.3. 한국어 정보처리의 논점

1.3.1. 기능 범주 : 어미와 조사의 정보처리

1.3.1.1. 어미의 정보처리

한국어를 대상으로 언어정보를 처리하기 위해서는 한국어의 언어 보
편적인 특성과 함께 한국어의 고유한 특성을 충분히 고려하여야 한다.
한국어는 언어 유형적으로 '교착어'로 분류되며, 문법 기능을 표시해
주는 다양한 기능 범주들이 발달된 언어이다. 한국어의 특성을 잘 나타
내주는 범주인 '조사'와 '어미'는 일반 언어학의 측면에서도 중요한 정
보를 제공하지만, 정보처리의 관점에서도 핵심적인 정보들을 풍부하게
담고 있는 주요 연구 대상이다.9)

한국어의 동사와 명사를 후행하는 위치에는 다양한 기능 범주들이
나타나는데, 이 중 동사를 후행하는 형태들에 대해 먼저 살펴보자. 동
사 후행 형태 중 어휘 파생을 담당하는 접미사는 동사의 어간 형성에
참여한다. 그리고 이 파생 접미사들의 바깥쪽에 위치하는 접미사는 다

---

9) 권재일(1985)에서는 한국어의 교착어적인 언어 구조를 중시하는 측면에서 형태소 결
   합의 제약, 통사 구조의 제약 등을 기술하고 설명하는 방법이 모색되어야 한다고 하
   면서, '어미 체계'에 바탕을 둔 문법 연구 방법론을 제안하였다.

양한 문법 기능을 수행하는 기능 범주로 분류된다. 한국어 동사 부류에 후행하는 기능 범주의 형태는 선형적인 순서에 따라 '선어말어미와 어말어미'로 구분하기도 하며, 그 형태·통사론적인 특성에 따라 '어휘적 접미사와 통사적 접미사'로 구분하기도 한다.

선어말어미와 어말어미는 용어 자체가 단어 안에서 지니는 해당 형태의 선형 순서를 나타낸다. 즉 선형 순서상 외적 구성을 이루는 형태를 '어말어미'로, 내적 구성을 이루며 어간에 포함되지 않는 형태를 '선어말어미'로 지칭한다. 이에 비해 '어휘적 접미사와 통사적 접미사'는 통사부에서의 독립 교점 인정 여부 혹은 어휘부 등재 가능성 등을 추가적으로 고려한다.[10]

이상과 같이 '어미' 혹은 '통사적 접미사' 등으로 불리며 동사를 후행하는 기능 범주는 문법 모형에 따라 그 지칭 대상의 범위나 특성 등에 대한 차이가 존재하기도 한다. 그러나 어떠한 체계하에서도 어미는 조사와 함께 한국어의 교착어적인 특성을 드러내며, 정보처리의 분석과 생성 과정에서 매우 중요하게 기능한다.

한국어의 어미를 대상으로 얻을 수 있는 정보로는 '양태 정보'가 있다.[11] Fillmore(1968)가 'S → M + P'로 문장의 구성을 표시한 이래, 문장의

---

10) 이 두 종류의 구분에서 선어말어미가 어휘적 접미사에, 어말어미가 통사적 접미사에 대응되는 것은 아니다. 이는 두 구분 방식 사이의 기준이 다르며, 따라서 세부적인 목록에서도 서로 차이가 나기 때문이다. 후자의 방식에 의해서는 어휘적 접미사에 포함되는 예 중에, 전자로는 선어말어미나 어말어미 어느 쪽에도 속하지 않는 경우가 존재하기도 한다. 예를 들어 피·사동 접미사를 순수한 어휘적 접미사로 파악하거나 어간의 일부로 처리하면, 이 접미사는 전자의 분류에서는 선어말 어미와 어말어미 어디에도 속하지 않는다. 그러나 후자의 구분에서는 어휘적 접미사에 귀속될 수 있다. 이와 같이 '선어말어미+어말어미'의 전체 목록과 '어휘적 접미사+통사적 접미사'의 전체 목록은 동일하지 않다.
11) 명제 정보 바깥에 위치하는 정보는 '양태 정보'로 통칭하겠다.

정보를 흔히 명제에 관한 정보와 이러한 명제 범위 바깥쪽에 위치하는 정보로 파악한다. 이 중 전자는 문장의 '진리 조건'과 관련이 있으며, 후자의 정보는 문장의 '시제, 상, 서법' 등을 나타낸다. 어미 체계 전체 중에서 선어말어미는 주로 시제나 상에 대한 정보를 제공하며, 어말어미는 서법 정보를 담당한다.

한국어의 어미는 그 형태와 기능이 다양하며 선형 순서와 관련한 제약들이 존재한다. 이러한 어미의 정보처리에서는 어미를 각 형태 별로 분석하고 필요한 경우 정보를 통합하는 방식과, 어미 결합체를 어휘부에 등재하고 이 결합된 전체 단위를 기반으로 정보를 처리하는 방식이 존재한다.

전자의 방식은 어미 결합체의 적형 조건에 대한 규칙이 별도로 필요하다는 부담이 있으나 유연한 정보처리가 가능하다는 장점을 지닌다. 후자는 규칙 수립에 대한 부담이 없으나 결합체의 목록이 누락되는 경우에 대해서는 처리가 어려운 난점을 갖기도 한다. 다음의 (17)은 FCG에서 사용하는 양태 정보 자질연산의 한 예이다.

(17) '돌보셨습니다'의 자질연산[12)

돌보 [v, lex, act]
셨 [v, aff, spol, pt, pp]
습 [v, aff, pr, hpol]
니 [v, aff, pr, yq, wq, fin]
+ 다 [v, aff, pr, dec, fin]
──────────────
[v, aff, pt, spol, hpol, dec, fin]

12) 이러한 연산은 어간 최장 일치법, 일음절 적출법, 그리고 시제 좌−우선성 원리와 상우−우선성 원리 등을 기반으로 한다. 이러한 방법론과 자질 표시에 대해서는 FCG의 개념과 운용에 관해 논의하는 3장에서 다룰 것이다.

  FCG는 원칙적으로 어미 결합체가 아니라 개별 형태의 어미를 사전에 등재하고, 각 어미 자질의 연산 결과를 결합 단위로 통합하는 방식을 사용한다. 이 문법 모형에서는 동사 부류에 후행하는 기능 범주가 가지는 자질을 [v, aff]로 명세화한다. 이 자질 표시에서 [v]는 동사 자질이며, 이는 동사 부류에 후행하는 어미와 같은 기능 범주가 동사와 서로 동일한 주요 범주 자질을 공유함을 의미한다. 그리고 [aff]는 이 형태가 자립적인 어휘 형태와 달리 형태론적으로 의존성을 지니는 접미사임을 나타낸다. 그러므로 [v, aff]는 동사 자질을 가진 접미사, 즉 '동사 접미사'에 대한 자질 표시이다.[13)]

  시제와 상, 서법 등의 정보는 형태소 분석 과정을 거치면서 저장되고, 이 결과는 다양한 정보처리 시스템의 구현에 활용된다. 그런데 유형적으로 차이를 지니는 각 언어는 양태 정보를 표현하는 문법의 형식에서도 차이가 난다. 그러므로 이 차이를 정확히 분석하고 적절한 정보 저장 방식을 이용하여야 한 언어에서 다른 언어로 자연스럽게 번역하는 것이 가능하다. 이를 위하여 기계 번역의 양태 분석 과정에서는 우선 분석 대상어가 지니는 양태 정보를 정확하게 분석하는 과정을 거치고, 이 분석 결과를 번역 목표어의 구조적 특성에 맞게 제작된 정보 저장 틀에 저장하는 방식을 이용할 수 있다.

  이에 따라 분석 대상어에 대한 '과거, 현재, 미래' 등의 시제 정보, '진행상, 완료상' 등의 상 정보, '평서문, 의문문, 감탄문, 명령문' 등의

---

13) [v, aff]라는 자질 표시로는 동사와 결합하는 접두사도 이 범주에 포함되는 것으로 생각할 수 있다. 그러나 FCG에서는 하나의 단어로부터 접두사를 분석해 내지 않으며, 접두사를 위한 별도의 자질도 설정하지 않는다. 이러한 분석 방식하에서는 [v, aff]가 동사 접미사를 지시하는 데 대한 충분한 변별 기능을 지닌다고 할 수 있다. 명사의 경우에도 이러한 분석 방식을 동일하게 적용한다.

서법 정보는 새로 생성해 낼 목표어의 형식적 특징에 맞는 생성 방식을 통해, 그 명제 정보 분석 정보와 함께 하나의 문장 분석 결과를 완성한다. 한국어와 상이한 특성을 지니는 언어에서는 한국어의 '어미'가 담당하는 정보가 '굴절접사, 전치사, 동사구, 관용적인 표현' 등으로 다양하게 표현되므로, 이러한 대응 관계와 그 구문 구조의 차이 등에 유의하여 목표어를 생성해야 한다.

'정보 추출'과 같은 응용 분야에서도 양태 정보의 효율적인 이용이 추출된 정보의 유용성을 높여 줄 수 있다. 정보 추출 시스템은 대량의 정보 중에서 사용자에게 필요한 정보만을 추출하고 제공해 준다. 이러한 시스템이 특정 문건을 대상으로 핵심적인 명제 내용을 제공할 때, 이 명제가 이미 확정된 '기정사실'에 대한 것인지, 혹은 '계획'이나 '예정'에 관한 것인지, 아직 '추측'이나 '예측' 단계인지 등에 관한 정보는 그 정보의 해석에 있어서 중요한 차이를 낳는다.

어말어미가 담당하는 서법 정보는 한 단위의 문장을 분할하는 절차의 표지로 쓰이기도 한다. 하나의 문장이 종결되는 지점에는 문장 부호를 사용하여 문장이 종결된 상태와 문장의 유형 등을 표시한다. 그러나 문장 부호가 생략되거나 정확하게 사용되지 않은 예에서는 서법 정보가 일차적으로 문장을 분할해 주며, 또한 문장 부호의 복원도 가능하게 한다.

1.3.1.2. 조사의 정보처리

명사 부류에 후행하는 기능 범주는 '조사'나 '명사 접미사' 등으로 지칭되며, 이러한 형태의 일부는 인구어의 전치사에 대응되는 개념으로 '후치사'로 불리기도 한다. 그리고 격 범주의 실현과 직접적인 관련성이 있는지의 여부에 따라 조사를 다시 '격조사'와 '보조사'로 나누기도 한다. 이 중 격조사는 구조적 위치나 격 할당 조건, 의미 기능 등에 따라 다시 구조격 조사와 본유격 조사로 구분된다.

FCG에서는 명사 부류에 후행하는 이러한 형태의 자질을 [n, aff]와 같이 명세화한다. 이 자질 표시는 명사 자질인 [n]을 가진 접미사, 즉 '명사 접미사'임을 나타내며, 이 접미사가 명사류와 동질적인 형태론적 특성을 지님을 표현한다. 이 연구에서는 이러한 명사 접미사를 널리 쓰이는 용어를 따라 '조사'라고 칭하겠다. 이 '조사'라는 용어는 격조사와 보조사를 총칭하는 집합의 표찰로 사용된다.[14]

격에 관한 논의에서 빠지지 않고 언급되는 문제 중 하나는 '격조사'와 '격 범주' 사이의 관계에 관한 것이다. 서정수(1994)에서는 '조사'라는 용어를 여러 기능 요소를 한데 묶어서 담는 일종의 '주머니'에 비유하고 있다. 이 주머니는 내용을 담고 있을 뿐이고, 그 내용물이 지니는 기능과는 직접적인 관련이 없다는 것이다.

격 정보처리에서는 자료체에 나타나는 격 형태를 대상으로 '구조격'이나 '의미격' 정보를 연산하며, 필요한 경우에는 분석 결과를 바탕으로 실제적인 격 형태를 생성하는 절차를 다룬다. 이러한 격 정보처리에서는 특정 형태의 조사가 가지고 있는 여러 종류의 정보를 그 분포에 따라 적절한 기능으로 사상하는 방법의 제안이 연구의 핵심을 이룬다. 이러한 사상 절차는 기본적으로 격 범주와 격조사 사이를 구분하는 관점에 의거한다.

문장 내의 격 정보는 격조사가 지니는 고유 자질, 격조사와 결합한 명

---

14) '조사'라는 용어의 사용은 이 형태의 독립 품사 인정 여부와 관련이 있다. 그러나 이 논의에서의 조사는 기능 범주의 하위에 속하는 '명사 접미사'를 지칭하는 편의상의 용어이며, 따라서 독립적인 품사의 설정과는 무관하다.

사구를 포함한 문장 내 명사구의 정보, 서술어 정보 등의 총합에 의해 처리된다.

(18) 선희가 어제 학교에서 점심을 먹었다.

한국어 구문 분석이나 생성 과정에서 격 정보의 처리는 가장 핵심적인 절차이다. (18)에서 격조사와 결합한 명사구는 '선희가', '학교에서', '점심을' 등이다. 이 중 '선희가'는 문장의 주어이고 '행위자격'의 의미격을 가지며, '점심을'은 '먹었다'의 목적어로 '대상격'의 의미격을 갖는다. 그리고 '학교에서'는 '공간'을 나타내는 부사어로 '처소격'으로 분석된다. 한ㅡ영 번역의 경우라면 (19)와 같은 분석 결과에 따라, 직접 목적어를 취하는 타동사 구문으로 필요한 명사구가 모두 충족된 평서문의 영어 문장을 생성하게 된다.

(19) 문장 분석 결과

선희+가	어제	학교+에+서	점심+을	먹+었+다.
sub	adv	adv	obj	V
Agent	Time	Space	Theme	pt, dec
⇒ Yesterday, Sunhi had a lunch at school.				

(18)의 문장과 비교할 때, 다음의 (20)은 추가적인 처리가 필요한 예이다.

(20) ㄱ. 지난 2학기부터 학교에서 다시 급식을 실시했다.
　　　ㄴ. 오늘 생일 주인공 없으면 나 간다.

ㄷ. 나는 UFO를 사진으로 찍는 데 성공했다.

ㄹ. 그렇게 거울 자주 안 봐도 이뻐 네 얼굴.

ㅁ. 정부는 이라크 재건 복수 사업에 적극 참여하기로 하고 미군 주도로 현지에 재건 인도 지원처를 설치하는 데 합의했다.

ㅂ. 난 밥은 됐어.

'에서'는 흔히 '원천격'이나 '처소격'의 의미격으로 분석하지만, (20ㄱ)의 '학교에서'와 같이 '행위자격'의 의미격을 갖는 경우도 있다. (20ㄴ)은 조사가 생략된 예로, 이러한 무표 명사의 격 처리 절차에서는 문장의 어순과 서술어 자질, 논항 자질 등을 확인해야 한다. (20ㄷ)은 문장이 중의성을 지니는 예로, '나는'이 '명사＋조사'인지, '동사＋어미'인지를 판별하는 절차가 필요하다.

(20ㄹ)은 조사의 생략과 어순의 도치가 하나의 문장 안에 함께 나타나는 예이고, (20ㅁ)은 복문 구조에서 문장 성분의 일부가 생략되어 이 성분의 복원을 필요로 하는 경우이다. 규범적인 자료에 비해 상대적으로 문제의 해결이 어려운 (20)에 대해서도 올바른 분석 결과를 도출할 수 있도록, 각 경우에 대한 처리 알고리듬이 세밀하게 작성되어야 한다.

조사의 처리를 어렵게 하는 예로는 (20ㅂ)과 같은 보조사 구문도 있다. (20ㅂ)은 조사 '은'이 주격과 목적격 위치의 명사구와 모두 결합한 타동사 구문의 예이다. '은'이 본유적으로는 주격이나 목적격을 표시하는 조사가 아니지만, 이 예에서는 '난'을 주어로, '밥은'을 타동사의 목적어로 연산하여야 한다. 이 용례에서 '은'은 기본적으로 보조사의 기능을 수행하지만, 주격이나 목적격을 연산하는 절차의 표지로도 활용 가능하다.[15]

---

15) 이러한 보조사와 격조사는 상보적으로 분포한다. 따라서 '은'이 격조사의 기능을 수행한다기보다는, 격조사는 무표로 나타나고 '은'은 보조사의 기능을 수행하는 경우로 설명하는 것이 자연스럽다. 그런데 '은'이 다른 조사와 결합하지 않고 단독으로

격 정보의 처리 대상 문장에 격 형태가 드러나 있으면, 이 형태는 격 처리 절차에서 매우 결정적인 정보로 활용된다. 각 조사의 어휘부 정보에는 격 정보처리를 위한 문법 자질과 의미 자질 등이 표시되어 있으며, 이 정보를 기반으로 형태소 분석과 구문 분석 절차에 의해 격 정보들을 올바르게 처리할 수 있다. 격 정보는 '조사의 형태, 서술어의 자질, 그리고 논항으로 나타나는 명사구의 자질 정보' 등을 기반으로 하여 연산한다.

문장에 따라서는 명사구의 조사가 생략되거나 보조사 등의 형태로 표현되기도 하고, 필수 논항으로 기능하는 명사구 자체가 생략되어 나타나기도 한다. 한국어에서는 문장의 주어나 동사의 목적어 등의 생략이 비교적 쉽게 이루어지므로, 표면적인 문장의 구조만으로는 형태소 분석이나 구문 분석을 수행하기 어려운 예도 존재한다. 이러한 경우는 문장 내 성분들의 선형 순서나 동사의 문형 정보 등 추가적인 정보를 통하여 연산을 수행해야 한다.

격 정보처리 결과를 언어정보처리 응용 시스템에 적용하기 위해서는, 각 시스템에 필요한 격 정보가 어떠한 것인지를 먼저 파악해야 한다. 한국어 정보처리에서는 한국어가 분석의 대상어이거나 생성의 목표어가 되는 경우를 다루게 된다. 기본적으로는 '한국어'라는 동일한 언어에 대한 격 정보의 처리이므로, 각 시스템에서의 격 정보 분석이나 생성 방식은 상당한 공통부분을 지닌다. 그러므로 한−영 기계 번역에서의 한국어 분석과 한국어 대화 시스템에서의 한국어 분석은 기본적으로 동일한 방법론의 적용을 받는다.

그런데 세부적인 처리 방식에는 차이점이 있다. 예를 들어 기계 번역

명사에 부착할 때 이 명사구가 주어나 목적어로 기능하는 빈도가 높으므로, 언어정보처리에서는 '은' 명사구를 무표의 경우로 처리하는 것보다 주격과 목적격의 후보로 간주하고 연산하는 방식이 더 유용하다.

에서는 대상어를 분석할 때 목표어가 지니는 어순 등의 특성을 감안하여 생성 절차가 효율적으로 진행될 수 있도록 분석 결과표의 형식을 결정하기도 한다. 이러한 방식에 의하면 생성의 목표어가 영어인 '한−영 번역'과 목표어가 한국어인 '한국어 대화 시스템'에서는, 동일한 대상인 한국어가 다소 다른 형식으로 분석될 수 있다.

또한 형태격과 의미격의 비중도 시스템의 유형에 따라 차이를 보인다. 한국어 대화 시스템에서는 한국어가 분석의 대상어이며, 동시에 생성의 목표어가 된다. 한국어 대화 시스템에서는 입력된 질문에 대해 형태소 분석과 구문 분석을 수행하고, 이 분석 결과를 토대로 하여 사용자가 원하는 답변을 제공한다. 이러한 용도에서는 형태격에 대한 분석 결과뿐 아니라 의미격 분석 결과가 매우 중요하게 기능한다.

1.3.2. 중의성 해소

언어정보는 자연언어를 대상으로 하지만, 자연언어를 처리하는 기제로 이용하는 프로그래밍 언어는 인공언어이다. 인공언어는 에스페란토어와 같은 공용어의 용도나 컴퓨터에서 수행 가능한 이산 연산 등을 위해 인간이 인위적으로 만든 언어이다. 이처럼 인간이 의사소통 과정에서 자유롭게 사용하는 자연언어와 특정 목적에 의해 인위적으로 개발한 인공언어 사이의 가장 두드러진 차이점은 '중의성'의 존재 여부이다.

'중의성'은 동일 형태에 대한 분석 결과가 여러 가지 품사나 의미, 구조 등에 대응하는 경우이다. 인공언어는 중의성을 철저히 배제하는 방식으로 개발된 반면, 자연언어에는 여러 유형의 중의성이 존재한다. 자연언어에 존재하는 중의성은 그 자체로 유연하고 다양한 표현을 제공하며 언어를 통한 유희를 가능하게 하는 등 언어를 사용하는 데 대한 즐거움을 주기도 한다. 그러나 동시에 의사소통 과정에서 혼선을 야기하거나 소통의 효율성을 낮추는 작용을 하기도 한다.

중의성의 존재는 해결하기 어려운 언어정보처리의 과제이다. 이러한 언어 현상은 단어 차원에서 나타나기도 하며, 문장이나 그 이상의 차원에서 관찰되기도 한다. 중의성은 그 유형에 따라 어절 내의 음운론적 정보나 문장 내의 환경 정보를 통해 해소될 수도 있으며, 문장 전체의 정보를 이용해서도 중의성 해소가 불가능한 예 또한 존재한다.

중의성은 자연언어의 보편적 특성으로, 이에 대한 초기의 논의부터 다음의 유명한 예가 종종 언급되었다.

(21) ㄱ. Time flies like an arrow.

ㄴ. He saw a woman in the garden with a telescope.

(21ㄱ)과 같이 특정 어휘에 대한 범주 간 중의성이 발생하는 예에서는 이러한 중의성의 존재가 순차적으로 인접한 다른 성분에도 영향을 미치며, 결과적으로 문장 전체가 두 가지 이상의 분석 가능한 구조로 파악되기도 한다. (21ㄴ)은 전치사구의 구조 분석과 관련된 중의성의 예이며, 이러한 중의성은 양화사 구문의 해석에서도 종종 발생한다.

한국어 정보처리에서 발생하는 중의성 또한 문제의 유형이나 해소 방안의 측면에서 언어 보편적인 틀을 공유하지만, 한국어의 특성에 따른 고유한 특성이 존재하기도 한다. 이는 한국어와 유형적 차이를 지니는 굴절어 등의 언어에서 발생하는 범주 중의성 예와의 비교를 통해 확인할 수 있다. (21ㄱ)에서처럼, 영어의 범주 중의성은 하나의 어절을 단위로 하여 발생한다. 문장 내에서 한 어절을 이루는 어휘가 동일한 형태로 여러 가

지 품사로 사용 가능할 때 범주 중의성이 발생하며 이를 해소하는 절차가
필요하다.

이에 비해 한국어 정보처리에서는 어절 전체에 대한 중의성의 해소
보다는 중의적인 어절 단위에 대한 형태소 분석 결과에 더 초점이 있
다. 분석 과정 중에서 중의성을 지니는 어절이 탐색되면, 이 단어 내부
의 어느 위치를 경계로 형태소 분석을 수행하는 것이 적절한지의 문제
가 발생한다. 이러한 현상은 어근이나 어간에 기능 범주들이 부착하는
양상이 다양한 한국어의 교착어적인 특성에 기인한다.16)

(22) 중의성의 유형

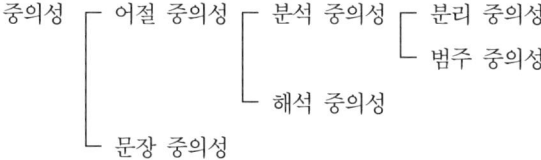

(22)와 같이 중의성의 유형은 어절을 어절 중의성과 문장 중의성으로
크게 나눌 수 있다. '어절 중의성'은 분석 대상 문장에 존재하는 특정
문자열이 하나의 어절을 단위로 중의성을 갖는 경우이다. 그리고 '문장
중의성'은 문장 전체가 중의적인 구조나 의미를 지니는 경우이다.

어절을 단위로 하여 발생하는 중의성에는 분석 중의성과 해석 중의

---

16) 황화상·최정혜(2003)에서는 형태론의 분리와 해석의 양상에 따르는 '형태론적 중의
성의 유형 1'과, 품사의 차이에 따르는 '형태론적 중의성의 유형 2'로 중의성을 구분
하였다. 그리고 전자는 다시 '형태소 분리 중의성, 형태소 해석 중의성, 형태소 분리
와 해석 중의성'으로 나누고, 후자는 '명사-동사 중의성, 명사-관형사 중의성, 명
사-부사 중의성, 명사-감탄사 중의성, 동사-관형사 중의성, 동사-부사 중의성,
동사-감탄사 중의성'으로 나누어 논의하였다.

성이 있다. '분석 중의성'은 형태소 분석 과정에서 형태소 결합 위치나 문법 범주에 대하여 발생하는 중의성이다. 이 중 '분리 중의성'은 중의 어절에 대한 분석의 결과가 두 가지 이상의 서로 다른 형태소 결합 위치와 관련되는 유형이며, '범주 중의성'은 분석 결과가 두 가지 이상의 품사와 관련되는 경우이다. 교착어로 분류되는 한국어의 특성상 한국어 형태소 분석에서는 분리 중의성이 중요한 처리 과제이며, 영어와 같은 굴절어에서는 범주 중의성이 흔히 발생한다.

어절 중의성 중 '해석 중의성'은 범주 중의성의 경우와는 다르게, 분석 대상 어절의 의미 해석에서 차이를 보이는 경우를 지칭한다. 즉 분석 대상 어절의 형태소 분석 결과, 품사의 조합이나 형태소 결합 양상에서는 각 분석 결과가 서로 동일하지만 그 의미의 해석 결과에서 차이를 보이는 유형이다.[17] 해석 중의성의 예에서 그 의미의 차이가 큰 경우는 어휘부에서 동음이의어로 처리하게 된다.

'문장 중의성'은 위에서 언급한 것처럼 하나의 문장을 단위로 중의성이 발생하는 유형으로, 형태소 분석이나 구문 분석이 종료된 이후에도 문장의 의미나 구조에 대한 중의성이 해소되지 않는 경우를 가리킨다. 문장 중의성은 분석 중의성, 해석 중의성 등 어절 단위의 중의성들이 복합적이고 연쇄적으로 작용하여, 문장의 적법한 분석 구조나 해석 가능한 의미 구조가 하나 이상 존재하는 경우에서 관찰된다.

> (23) ㄱ. 저기 저 사람들이 먹는 음식은 뭐에요?
> ㄴ. 먹은 좋은 제품으로 구입해라.
> ㄷ. 먹은 그릇은 물에 좀 담가 주면 안 돼요?

---

[17] 형태소 분석 결과 동일하게 동사로 분석되지만 세부적으로는 서로 다른 논항구조를 지니는 서술어 간의 관계도 해석 중의성의 예에 해당한다.

ㄹ. 아침 사과는 의사도 필요 없대.

ㅁ. 나는 밥으로 먹고 싶은데.

ㅂ. 나는 새를 보았다.

ㅅ. 아빠는 엄마보다 나를 더 좋아해.

ㅇ. 아름다운 그녀의 목소리가 자꾸 떠오른다.

ㅈ. 정우는 상우와 정혁을 때렸다.

(23ㄱ)의 '먹는'에서 '먹'은 어휘부 정보에 의해 동사 어간과 명사로, '는'은 어미와 조사로 분석 가능하다. 그러나 이러한 가능성 중에서 명사와 조사의 결합으로 분석하는 것은 음운론적인 조건에 의해 배제된다. 이와 같은 예에서는 어절 단위 내의 정보를 통해 중의성이 해소된다. 그러므로 어절을 단위로 중의성 자질을 부여하고 이를 대상으로 중의성을 처리하는 방식에서는 이 어절에 중의성 자질을 부여할 필요가 없으며, 해당 어절은 중의성 처리 절차를 거치지 않는다.

(23ㄴ, ㄷ)은 명사나 동사의 어느 쪽으로 분석하여도 그 결과가 음운론적인 조건에 의해 배제되지 않는 경우로, '동사 어간＋어미, 명사＋조사'가 모두 분석의 후보가 된다. 어절 내의 결합 정보와 공기어 정보 등을 참조하여 중의성 처리 절차를 거치면 (23ㄴ)은 '명사＋조사'의 결합으로, (23ㄷ)은 '동사 어간＋어미'로 분석된다. 이는 분리 중의성에 해당하는 예이다. 한국어 형태소 분석 과정에서는 이처럼 분리 중의성과 범주 중의성에 함께 해당하는 용례를 흔히 발견할 수 있다.

(23ㄹ)의 '사과'는 '명사＋명사＋조사' 혹은 '명사＋조사'로 분석할 수 있다. 후자로 분석할 때에 그 명사의 의미는 'apple'이나 'apology'로 해석 가능하며, 이 예에서는 'apple'의 의미를 갖는다. 이처럼 '명사＋조사'로 그 범주나 형태소 경계가 동일하게 분석되는 예에서 각기 구별되는 의미의 분석 후보가 존재할 때, 이를 어절 중의성 중 해석 중의성의

경우로 분류한다.

(23ㄹ)의 '사과'가 가지는 위의 두 의미에 따라 문장의 전체 의미 또한 두 가지로 해석 가능하지만, 이 문장을 접하는 대부분의 사람들은 '세상 지식'을 이용하여 이 문장에서의 사과는 'apple'을 의미한다고 판단할 것이다. 그런데 정보처리 시스템에서는 지식 베이스 knowledge base 에 이러한 정보를 미리 삽입하지 않는 한 적절하지 않은 결과를 배제하는 것이 쉽지 않다.

(23ㅁ, ㅂ)도 분석 중의성이 발생하는 경우이며, (23ㅁ)에서는 '인칭대명사＋조사'로 분석하는 것이 적절하다. (23ㅂ)은 한국어 중의성에서 흔히 언급하는 예로, 문장 중의성의 예이기도 하다. '나는'이라는 어절 뒤에 날 수 있는 전형적인 부류에 속하는 '새'라는 단어가 공기하여 '날다'라는 의미 쪽에 무게가 실리기도 하지만, 문장 내 '주어'의 상정을 우선으로 하는 원칙이 존재한다면 이에 따라 명사와 조사로 분석하는 것도 가능하다.

(23ㅅ, ㅇ, ㅈ)은 문장 전체의 의미가 중의적인 경우이다. 이러한 문장 중의성의 경우, 한 문장 내의 정보만으로 중의성을 해소하려는 방식으로는 복수의 구조 중 하나의 분석 결과를 선택할 만한 결정적 증거를 찾기 어렵다. 이러한 예에 대해서는 복수의 분석 결과를 모두 적형 구조로 간주하거나 용례의 출현 빈도에 의거하여 대표적인 용법을 우선 선택하는 방식을 이용할 수 있다.

FCG에서는 '어절 중의성'이 발생하면, 중의성 사전의 정보와 중의성 해소 규칙을 통해 이를 해소한다. 중의성 사전은 언어 자료체에서 (23ㅁ)의 '나는'과 같은 중의 어절을 모두 찾아내어 이에 [ambi] 자질을 부여한 후, 이와 같은 중의 어절만을 모아 중의성 사전에 등재하는 방식으로 만들어진다.[18] 그리고 "나는 밥으로 먹고 싶은데."와 같은 문장의 분석에서 [ambi] 자질을 지니는 어절 '나는'이 탐색되면, 중의성 해소 규칙에 따라 이 어절의 문장 내 전후 환경을 탐색하며 '나는'이 동사류인지 명사류인지를 결정한다.

그런데 동일한 분석 중의성의 유형이지만, 한국어와 영어에서는 그 해소의 과정이 서로 다르다. FCG에서는 동음이의어를 포함하여 '동일한 형태는 동일한 표제어로' 사전에 등재하는 원칙과, 한국어는 어간과 접사를 영어는 굴절어 전체를 사전에 등재하는 원칙을 따른다. 그러므로 중의 어절이나 이에 대한 굴절형도 어절을 단위로 하는 영어의 등재 원칙에 따라 중의성 사전이 아닌 일반어 사전에 등재한다.

예를 들어 '형용사, 동사, 명사' 등의 용법을 함께 지니는 'present'라는 단어가 존재할 때 이 단어의 각 용법에 대한 뜻풀이나 자질 명세는 모두 하나의 표제어 아래에 기재한다. 그리고 실제 문장, "There was no one present."에 대해 중의성 해소 규칙을 운용하여, 사전에 기재된 'present' 전체의 정보 중 이 규칙의 연산 결과와 부합하는 정보만을 남기고 나머지 정보는 삭제하면서 문장 내의 중의성을 제거해 나간다.

이와 같은 한국어와 영어의 분석 중의성 해소 방법을 비교하여 보면, 영어의 분석 중의성은 오히려 한국어의 해석 중의성 해소 경우와 유사점을 지니기도 한다. 이는 '사과'라는 단어가 지니는 중의적인 용법의 정보를 일반어 사전의 한 표제어 아래 함께 기재하고 중의성 해소 규칙의 적용을 통해 사전의 적절한 정보만을 남기는 영어 분석 중의성의 유형과 유사하기 때문이다. 그러나 전자는 범주 중의성을, 후자는 의미 중의성을 해소해야 한다는 면에서는 차이를 보인다.[19]

---

18) 이러한 어절 단위의 중의성 목록은 원칙적으로 어간과 접사를 등재 단위로 하는 한국어의 일반어 사전에는 등재가 불가능하다.

19) 중의성의 처리 예에 대해서는 3장의 연산 규칙 부분에서 다시 다룰 것이다.

'문장 중의성'의 경우에는, 문장 내의 어절 중의성이 해소된 뒤에도 중의성이 남아 있으며 문장 내에 있는 정보만으로는 이러한 중의성이 해소되지 못하는 용법이다. 이러한 문장 중의성의 해소를 위해 상대적으로 사용 빈도가 높은 용법이나 규칙 순서 등에 의한 문제 해결 방식을 이용할 수 있다. 그리고 이에 더하여 문장 경계를 넘어서는 '맥락 정보' 등을 이용하여 본격적으로 중의성을 해소할 수도 있다. 그러나 문제 해결의 우선순위를 고려할 때, 문장 단위 이상으로 탐색의 범위를 넓혀 중의성을 해소하는 방식은 그 효율성과 정확성 면에서 적지 않은 과제를 남긴다.

2. 언어정보처리를 위한 언어학적 논의

2.1. 언어학의 연구 대상

2.1.1. 개인의 언어 직관

언어학은 언어를 대상으로 그 운용의 원리와 특성을 밝히는 과학의 한 분야이다. 언어 자료에서 관찰되는 형태·음운론적인 규칙을 형식화하는 데 많은 관심을 기울이던 기술 문법적인 연구의 흐름은, 생성문법의 도입 이후 보다 한정된 언어 현상들에 집중하면서 이러한 현상들에 내재한 원리들을 명시적으로 밝혀내는 방향으로 선회하였다. 잘 알려진 것처럼 생성문법은 언어 현상 자체의 체계화가 아니라, 이를 통해 파악 가능한 개인의 언어 직관과 언어능력의 규명에 궁극적 목표를 두었다.

언어가 지니는 '정량적'인 결과는 물론 그 '정성적'인 특성을 파악하는 데에도 대규모 언어 자료체를 이용한 연구가 활발히 이루어지면서, 언어 자료체를 구축하고 가공하는 작업은 현재의 언어학 논의에서 주류를 이루게 되었다. 이러한 자료체 중심의 언어학이나 생성문법의 연구를 비교해보면 두 논의의 초점이 다르긴 하지만, 모두 모국어 화자 개인에게 특정적으로 나타나는 '개인어 idiolect'를 중요시한다는 공통점을 지닌다.

개인어에 대한 자료를 확보할 수 있는 대표적인 방법으로는 '제보자 조사'가 있다. 제보자 조사는 제보자의 발화를 녹음하거나 정밀 표기 전사, 간략 표기 전사 등을 이용해 실제 발화를 기록하여, 살아 있는 언어 자료체를 취합하는 일이다. 이는 이미 언급한 대로 기술 문법에서 특히 중요한 것으로 여겼던 작업으로, 보편문법의 연구에도 이용 가능하다. 이러한 작업은 '언어 직관'이라는 개념이 공허한 것이 되지 않게 하며, 이론을 이끌어 내고 이를 다시 검증해 볼 수 있는 토대를 마련해 줄 수 있기 때문이다.

인터넷 공간에서 자유롭게 표현되는 언어들도 살아있는 개인어의 면모를 다양하게 보여주는 자료로 활용된다. 이러한 인터넷 언어는 그 자체가 개인어와 동일한 개념은 아니지만, '제보자 조사'라는 과정을 떠올려본다면 다양한 개인어의 사용 양상들을 가장 쉽게 접할 수 있는 매체라고 할 수 있다. 인터넷 언어 안에는 개인어와, 특정한 조건을 지니는 사회 구성원이 공유하는 일종의 사회 방언 등이 혼재되어 있다. 또한 인터넷 시대의 언어가 다양한 경로를 거쳐 빠르게 유통되고 변화하는 양상이 잘 나타나 있으며, 이는 언어의 사회성에 대한 새로운 관점의 필요성을 제기하기도 한다.

인터넷 커뮤니티, 자유게시판, 개인용 홈페이지, 인터넷 댓글, **MMORPG** Massively multiplayer online role-playing game[20] 사이트 등에서는 구어와 유사한

---

20) 이러한 '다중 사용자 온라인 롤플레잉 게임'은 다수의 사용자들이 가상세계에서 타인과 상호작용하는 온라인 컴퓨터 롤플레잉 게임의 한 종류이다. 이 게임의 참여자는 지정된 캐릭터의 역할을 수행하면서 다른 참여자의 캐릭터들과 협력하며 부여된

실생활 언어 자료의 다양한 면모를 접할 수 있다. 이러한 표현에는 일반적인 문법 지식으로는 알 수 없는 어휘나 용법들이 많으며, 따라서 특정한 연령층이라고 해도 이 표현들을 모두 이해하지는 못한다.

이 언어들도 나름의 경향성을 가지고 만들어지며 소수라 하더라도 함께 사용하는 사람들에 의해 이 표현들이 공유된다는 점에서는 기본적으로 언어의 사회성을 준수한다고 할 수 있다. 따라서 개인어의 전형적인 예는 아니다. 그러나 그 사용자가 매우 제한적이며 사용 기한도 짧아 단시간에 폐기되는 경우들이 허다하다는 점을 고려하면, 이러한 언어들이 '언어 공동체'나 '언어의 사회성'이라는 개념에 대한 문제를 제기함은 분명하다.[21]

이와 같은 인터넷 언어에는 신조어와 축약어, 이모티콘 등이 흔히 발견되며 또한 의도적으로 언어 규범을 지키지 않는 표현들이 빈번하게 등장하므로, 이 자료를 분석 대상 문장으로 사용하고자 할 때는 시스템의 용도를 고려한 적절한 취사선택이 필요하다.

과제를 완수해 나간다.

21) 완성된 결과를 이용자들이 수동적으로 이용하는 일반 사전과 달리, 인터넷 사이트에서는 그 이용자들이 그 내용을 추가하고 발전시키면서 신조어 사전을 만들어가기도 한다. Google의 'wikipedia'나 Naver의 '오픈 사전' 등이 쉽게 볼 수 있는 예이다. 이 사전에는 신조어도 종종 등재되는데, 이러한 신조어를 대상으로 사전의 제작이 가능하다는 것은 이 어휘들의 사회성을 보여주는 것이라 할 수 있다. 그러나 이 어휘들이 국어사전에 등재되지 못하며 그 사용 주기가 길지 않은 것은 규범적으로 통용되는 언어와 차이를 지니는 점이다. 인터넷 사전은 다양한 관점이 관찰 가능하며 언어 변화의 양상을 실시간으로 반영할 수 있다는 점에서 장점을 갖는다.

(24) 인터넷 언어의 대표적 예

어 휘	의 미
강퇴	강제 퇴장. 컴퓨터 채팅이나 게임 중에 강제로 퇴장시키는 것
갠전	개인전. 개인끼리 하는 1:1 형식의 게임
광클	빛의 속도로 클릭. 매우 빠른 속도로 클릭하는 것
노작	게임 아이템에 특수한 기능을 첨가하지 않은 것
눈팅	인터넷에 게시물을 등록하지 않고 눈으로만 보는 행위
도촬	도둑 촬영. 몰래 촬영하는 것
득템	게임 중 아이템을 얻음
망작	게임 아이템에 특수한 기능을 첨가하는 일에 실패하는 것
먹튀	먹고 튐. 높은 계약금이나 연봉을 받고도 기대에 미치지 못하는 사람을 일컫는 말
무플	답글이 없는 것
문상	문화상품권
므흣	수상한 미소. 마음이 흐뭇한 상태
미드	미국 드라마
베프	베스트 프렌드
본좌	무협지의 고수 등이 본인을 높여 부르는 말
볼매	볼수록 매력적인 사람
불펌	불법으로 퍼 감. 인터넷에서 사진이나 글 등을 허락 없이 다른 곳으로 옮기는 것
비추	추천하지 않음
뽀샵	포토샵
생선	생일 선물
생파	생일 파티
쌩얼	맨 얼굴
악플	악성 댓글
악플러	악성 댓글을 다는 사람
안습	안구에 습기가 찬다는 말로 눈물이 나는 것을 의미

엄친아	엄마 친구 아들. 거의 모든 것이 완벽한 존재로 엄마의 잔소리 가운데 늘 자신과 비교 대상이 되는 존재. 브라질 축구 대표팀 '카카' 선수의 별명이기도 함
엑박	엑스 박스. 웹상에서 그래픽 파일이 뜨지 않을 때 나타나는 엑스 박스를 지칭
열공	열심히 공부하는 것
열렙	열심히 게임에 임하여 레벨을 올리는 것
완소남	완전 소중한 남자. 매우 소중한 남자를 지칭
완소녀	완전 소중한 여자. 매우 소중한 여자를 지칭
익게	익명 게시판
일드	일본 드라마
전번	전화번호
즐겜	즐거운 게임. "즐거운 게임 되세요."의 의미로 쓰임
지름신	사고 싶은 게 있으면 앞뒤 가리지 않고 바로 사 버리는 사람이 믿는 가상의 신
짤방	짤림 방지. 게시물이 잘리는 것을 방지하기 위해 재미있는 사진이나 동영상 등을 올리는 행위
출첵	출석 체크
캐빨	캐시 빨. 게임에서 현금을 지불하고 구입한 아이템으로 치장한 상태를 의미
킹왕짱	어떤 대상이 매우 대단함을 강조하는 의미. 'king'과 '王'과 '짱'이 결합한 표현
팀플	팀 플레이
팀킬	팀을 죽임. 게임에서 자기 팀원을 맞히거나 죽이는 것을 의미
훈남	훈훈한 남자. 전형적인 미남은 아니지만 볼수록 정이 가는 남자를 지칭

(24)는 현재 게시판, 채팅창, 게임 등에서 매우 생산적으로 쓰이는 어휘들로, '인터넷 언어'로 불리는 대표적인 단어들의 예이다.

(25) 인터넷 언어의 유형[22]

ㄱ. 강퇴, 갠전, 문상, 미드, 일드

ㄴ. 득템, 악플, 악플러, 열렙, 즐겜

ㄷ. ㄱㄱ, ㄱㅅ, ㅊㅋ, ㄷㄷㄷ

ㄹ. ㅠㅠ, OTL, (-.-)(-.-)(-.-)

ㅁ. 비호감, 급호감, 급방긋

ㅂ. 좋아라 한다, 재밌당, 쩌번에, 웃쥐마라욧,

ㅅ. ∖ᄔ 허락없에 6Γ프ㅈㅣㅁΓ

　　이러한 표현에서는 (25ㄱ)과 같이 단어의 첫 음절만을 취하여 새로운 단어를 만들어내는 방식이 자주 눈에 띄며, (25ㄴ)과 같은 외래어나 외국어와 우리말의 혼성어도 흔히 발견된다. 또한 (25ㄷ)에서처럼 각 음절의 초성만으로 의미를 전달하는 경우도 있다. (25ㄹ)은 한글이나 알파벳 자모, 기호 등을 이용하여 특정한 모양이나 감정을 표현하는 방식이다.

　　(25ㅁ)은 방송에서 사용되면서 일반적으로도 널리 쓰게 된 표현으로, 이를 처음 접하는 사람들이라도 무슨 의미인지를 짐작하기는 어렵지 않은 예이다.[23] 그러나 마치 하나의 단어처럼 이러한 표현을 만들어 사용하는 것은 언어 규범에 맞지 않으므로, 다양한 계층 간에 이루어지는 실제적인 대화의 과정에서는 그 의사의 소통이 쉽지 않을 수도 있다.[24]

---

22) (25ㄷ)의 ㄱㄱ은 '고고', ㄱㅅ은 '감사', ㅊㅋ는 축하→'추카', ㄷㄷㄷ은 '덜덜덜'의 의미이다. 그리고 (25ㄹ)의 OTL은 좌절하여 무릎을 꿇고 있는 형상을 알파벳을 이용하여 표현한 것이며, (-.-)(-.-)(-.-)은 두리번거리는 모양을 나타낸다.

23) (25ㅁ) 이외에도 인터넷 언어가 매스컴의 영향을 받는 예는 흔히 발견되는데, 인터넷을 통하여 이러한 표현이 매우 빠른 속도로 퍼지기도 한다.

24) '생파'와 '생선'은 각각 '생일 파티', '생일 선물'을 의미한다. 이는 축약에 의해 새로 만들어진 어휘가 기존의 다른 단어와 우연히 형태가 같아진 예이다. 이와는 좀 다른 용법으로 동사 '낚이다' 등이 있는데, 이는 인터넷 기사 등에서 흥미 있는 제목을 보고 실제 내용을 확인해 보니 별로 유익하거나 재미있지 않을 경우 사용하기도 한다. 이러한 예는 어휘의 기본적인 의미로부터 파생된 용법이라는 점에서 '생파'나 '생선'

(25ㅂ)은 다른 유형에 비해 상대적으로 개인어의 특성을 잘 나타내주는 예이다. 이 유형은 특정한 어휘나 표현에 국한되는 것이라기보다는 개인적인 말투에 가까운 용례이다. 이러한 표현 또한 대중 매체를 통해 전달되거나 특정 시기에 집중적으로 쓰이는 특성을 지니기도 하지만, 그 선택에는 전적으로 말하는 이의 취향이나 정서가 반영된다고 할 수 있다.

또한 (25ㅅ)과 같이 한글과 기호, 외국어의 자모 등을 한꺼번에 조합하여 음절을 만들기도 한다. 이 예는 언어 표현의 내용을 논의할 때는 별다른 특이점이 없는 대상이지만, 문자 텍스트에 대한 정보처리에서는 별도의 처리 절차가 필요한 유형이다. 이에 더해 별다른 의미가 없는 문자의 연쇄에 특정한 뜻을 부여하거나, 다양한 종류의 이모티콘이나 이미지로 자신의 감정을 간결하면서도 강렬하게 전달하는 표현들이 흔히 관찰된다.

개인어 자료의 구축은 개별 언어 사용자의 핵심 언어를 구성하거나 각 개인에게 특정적인 언어 직관을 연구하는 데 대한 실제적인 근거를 제공한다. 이러한 자료체는 언어능력과 언어수행, 언어의 보편적 속성과 매개 변항적 속성 등을 모두 가지고 있는 것으로, 필요에 따라 보편 문법, 사회 언어학, 심리 언어학, 지역 언어학 등의 자료로 다양하게 활용될 수 있다. 이를 통해 언어는 지역, 세대, 계층 등에 따라 다르게 발화되며, 또 특정 개인이 선호하거나 다른 사람들과 구별되는 사용하는 용법이 있음을 알게 된다.

의 경우와는 차이를 지닌다. 이 중 어떠한 용법에 속하든, 이처럼 일반적으로 익숙한 단어가 특정 집단이나 맥락에서 표준적인 용법과 다르게 사용되는 경우에는 의사소통의 관점에서 더욱 큰 혼란을 야기할 수 있다.

(26) 지식 사이트 질문 예

- 질문 1

> 갈때는 새마을호타고, 올때는 KTX타려는데요.
> 어른2명에 유치원생1명인데 ;
> 어떻게 예약 해야 하나요?
> 상세예약 해서 보니까.. 동반석 -ㅅ-.. 은 또 뭐고 ..아..
> 그냥 예약하면, 알아서 같이 앉는거 아닌가욤? ;;

- 질문 2

> 안녕하세여~^^ 새해 복 많이 받으시구여...
> 저는 대학1년생으로 올 2월 둘째주에
> 일본 삿포르로 가려 합니다.
> 제가 태어나 비행기를 타본 경험이 없는지라 너무 막막합니다..
> 아래 질문에 자세히 답변해 주시면 정말 감사하겟구여..
> 답변해 주시느 분들께 내공도 드릴 수 있는 만큼 다 드리겠
> 습니다..;;;;;
>
> 1. 여행사를 통해 비행기 예약을 하는게 더 싼가여?
> 2. 그렇다면 어디 여행사를 통해 하면 좋을 지 좀 구체적으로
>   알려주시기 바래여..^^
> 3. 아니면 비행기 예약 어디가서 해야 하나여?ㅠ;;
>   (저는 삿포르에 현지 일본인이랑 조금 안면이 있어 숙식
>   같은 건 여행사의 도움을 받지 않아도 됩니다..)
> 4. 제가 갈 예정인 2월 둘째주가 설 구정 연휴라 비행기 삯이
>   더 비싼가여?
>   (참고로 제 친구 1명이랑 해서 둘이서 갈수도 있고 혼자서
>   갈 수도 있습니다..)
>
> 꼭 좀 가르쳐 주시구여 답변 해주시는 분들 복 두배로 받으
> 실꺼에여^^/
> **답변해 주시는 분들께는 내공드릴수 있는 만큼 최대로 드
> 릴께여ㅜ.ㅜ;;**

(26)은 교통편 예약을 위한 질문 내용이다. 이와 같은 질문에서는 단어를 부적절하게 사용하거나, 언어 규범을 지키지 않는 예 등을 흔히 발견할 수 있지만, 대체로는 의사소통에 큰 지장이 없다. 이러한 언어 자료는 자동 예약 시스템과 같이 실생활에 유용한 시스템을 만들기 위한 기초 자료로 활용될 수 있다.

(27) 게시판 댓글 예

> ① 역삼동에서 압구정 방면으로 쭉 올라가는 길인데 ……
> …………안되겠니??
> ② 25일이면 날짜 좋다~ 금요일들보다 훨... 근데 ○○아,
> 참석한다는 얘기 맞지?^^
> ③ ○○아, 내가 그날 확실치 않아서 댓글 지웠다~ 미안^^
> ④ 언제 댓글 달고 지우고 했냐? 빠르다. 위의 세사람 오는
> 것으로 안다. 7시도 좋고.
> ⑤ 25일을 도모 해 보자구요....
> ⑥ 20일에 만나는 줄 알고 갈 수 있겠다 싶어서 좋아라 했
> 는데 25일이라니..쿨럭..다들 재미난 시간 보내렴. 담엔
> 나도 꼭 낄래..^^:
> ⑦ ○○아 어떻게 안되겠니?
> ⑧ 나도 담에... ㅠㅠ 질투나게 재미있길~~~
> ⑨ 낼 보자고~○○이 홧팅~!
> ⑩ 그래! ○○야. 곧 보자. 뿅~

(27)은 온라인 커뮤니티에서 정기 모임을 갖기 위해 게시한 글에 대해 회원들이 달아놓은 댓글의 일부이다. 이와 같은 내용은 구어체를 분석하는 연구의 자료로 쓰이며, 구어체 중심의 대화 시스템 등의 개발에도 이용될 수 있다. 개인어에 관한 자료들의 축적은 개인의 요구에 최대한 부응하는 '사용자 맞춤형 시스템'의 설계를 가능하게 한다.

(28) ㄱ. 철수가 영희가 좋다.
ㄴ. 나는 밥을 먹고를 싶다

(28)은 (27)과 같이 구어체의 특이점을 반영하거나 소통의 혼란상을 보이는 경우가 아니지만, 특정 구문의 문법성이나 용인 가능성에 대한 판단이 개인에 따라 다를 수 있음을 보여 주는 예이다. 대상 자료에 대한 직관의 차이는 '언어'를 연구의 대상으로 삼는 언어학자들 사이에서도 발견할 수 있으며, 다수가 용인하지 않는 언어 직관을 바탕으로 문법 이론을 전개하여 논란이 되는 경우도 흔히 존재한다.

2.1.2. 개인어에 대한 논의

언어학의 연구 대상은 언어 이론에 따라 '자료체' 자체로 간주될 수도 있고, 그 자료체를 통해 관찰하고 규명할 수 있는 '언어 직관'이 될 수도 있다. 그리고 이러한 자료체 혹은 언어 직관이 단일한 언어 공동체 내에서는 서로 동일한 것으로 파악 가능하다는 견해와, 언어를 사용하는 각 개인에 따라 서로 다르다는 견해가 공존하고 있다. 여기에 언어 공동체를 넘어서는 보편적인 언어능력의 실체에 대한 연구까지 더해져서 언어학 논의는 매우 복잡하고 다양한 영상으로 전개되었다.

앞 절에서도 언급한 것처럼 다양한 언어 자료체를 수집하고 분석하는 과정을 통하여, 언어는 그것을 사용하는 개인에 따라 매우 다양한 방식으로 발화됨을 관찰할 수 있다. 소쉬르Ferdinand de Saussure는 '동질적인 언어 공동체'에 대하여 언급하였으며, 촘스키도 그의 초기 논의에서는 이상적이며 동질적인 언어 공동체의 존재를 상정하였다. 그러나 실재하는 언어 현상들을 관찰해 보면, 하나의 언어 공동체 내에 다양한

요소들이 서로 혼재되어 나타남을 쉽게 알 수 있다.[25]

소쉬르는 '랑그 langue'에, 촘스키는 '언어능력 competence'에 초점을 맞추어 언어에 대한 연구를 진행해야 함을 강조하였다. 이에 따라 우리는 랑그 또는 언어능력에 관한 한 동질적인 특성을 지니는 공동의 언어가 존재한다고 생각해 볼 수 있다. 즉 동질적인 부분은 언어능력과 관련되며, 그 밖의 주변적인 부분은 언어 외적인 능력과 관계가 있다고 간주하는 것이다.

그러나 개인어 간의 차이는 단순히 어휘 선택의 문제나 문체론적 차이 등의 국부적인 문제에만 국한되지 않는다. 동일한 언어를 사용하는 화자들 간의 문법성 판별에 있어서도 적지 않은 차이를 발견할 수 있으며, 이는 근본적으로 '구조에 대한 직관'에도 서로 차이가 있음을 보여준다. 화자들 간의 문법적 직관을 비교하면 특정 자료에 대해서는 일치된 직관을 가지는 경우에도, 비교 자료가 바뀌거나 추가되면 이와 다른 결과를 보일 수 있다. 이는 동질적인 언어 공동체를 상정하기보다는 언어능력이 개인마다 모두 다르다는 결론을 내리는 것이 더 합리적임을 보여준다.

후기 생성문법에서는 인간의 머릿속에 인지 체계의 형태로 존재하는 언어를 'I-언어'라 지칭하고 이러한 I-언어가 수행 체계를 통한 해석을 거쳐 외부로 표출되는 언어를 'E-언어'라 하여, 언어를 두 가지 대상으로 구별하고 있다. 그리고 I-언어를 언어 연구의 대상으로 하여 보편문법의 실체를 규명하는 것을 언어학의 목표로 삼고 있다.

개인어, 특히 개인에 특정적인 I-언어를 기반으로 하는 언어 이론은

---

25) 사회언어학의 발전은 결과적으로 동질적인 언어 공동체가 존재하지 않는다는 견해의 타당성을 지지하게 되었다(Bell, 1976).

언어 공동체를 상정하는 언어 연구와 양립 불가능하다는 견해가 제기
될 수도 있다. Chomsky(1981)에서는 개인어에 대해 언급하면서, 이질적
인 언어 사회인 실세계에서는 이러한 개인어가 보편문법의 매개변항을
고정한 문법 체계와 일치하리라고 생각하는 것은 불가능함을 언급하고
있다.

그런데 인간의 언어 직관 자체는 바로 관찰될 수 있는 성질의 것이
아니기 때문에, I－언어의 연구에 있어서도 실제적인 연구 과정에서는
언어 자료체를 통한 언어 이론 수립과 그 검증이 절대적인 비중을 차지
해 왔다.26) 이러한 연구에서의 자료체는 실제 사용하는 대량의 말뭉치
가 아니며, 문법성이 높아 이론의 여지가 별로 없거나 이론 전개와 밀
접한 관련이 있는 문장들이 중심이 되었다. 이는 (부분적으로라도) 동
질적인 언어 공동체의 존재를 인정하는 연구가 주류를 이루었음을 의
미한다.

실제로 개인어들은 각기 다르면서 동시에 공통적인 부분을 지닌다.
그리고 정밀하게 가려진 '공통부분'을 통해 우리는 인간 언어능력의 보
편적 기제들을 명시적으로 밝힐 수 있다. 이러한 연구의 완성을 위해서
는, 지속적인 자료 조사나 제보자 조사 등을 통한 광범위한 직관 조사
가 이루어져야 한다. 현재에도 유용한 자료체들이 다양한 기준과 방법
에 의해 정비되고 있으며, 계속되는 작업을 통해 더욱 완성도 있는 자
료체가 갖춰질 것이다.

광범위한 자료체를 대상으로 언어능력의 핵심적인 부분에서 발견되

---

26) 양동휘·이홍배·이선우·박승혁·윤종렬(1998)에서는 생성언어학 내에서도 문법 외
   적인 필수 출력 조건 Bare Output Condition이 문법 내적 증거에 의존할 수밖에 없음을
   밝히고 있다. '필수 출력 조건'은 인지 체계와 수행 체계 사이의 접합점에 위치하는
   것으로, 문법이 만족시켜야 하는 유일한 조건이다.

는 개인차는 어떤 유형인지, 그 범위나 정도는 어떠한지 등이 체계적으로 정리될 수 있다. 그리고 개인어가 지니는 핵심적 특성의 추출, 각 개인어 간의 공통점과 차이점 등에 대한 계량적 연구와 그 분석을 바탕으로, 개인어가 갖는 사회 언어학적인 의미가 체계화될 것이다.

잘 정립된 개인어의 개념이나 그 자료체는 NLP 분야에서도 유용하게 이용할 수 있다. 현재까지 NLP 시스템 제작에서는 대부분 규범적인 자료체 위주로 언어처리 작업을 진행하였다. 그런데 시스템의 목적에 따라서는 규범에 맞지 않는 예제라 하더라도 처리의 주요 대상으로 간주해야 할 필요가 있다. 이러한 각 경우에 대한 처리 방식은 시스템의 성격이나 자료체의 특성을 기반으로 하고 그 경제성을 검토하여 결정해야 한다.

분명한 사실은 언어정보처리 기술이 현재와 같은 추세로 계속 발전하게 되면, 개인의 취향을 반영하거나 개인에게 필요한 기능적인 요구에 부합하는 맞춤형 시스템을 점점 더 선호하게 될 것이라는 점이다. 그리고 이때 개인어 혹은 개인의 특성을 그대로 담고 있는 언어 자료체는 이러한 시스템 개발에 중요한 역할을 담당하게 될 것이라는 점이다.

2.2. 언어학은 연역과학인가?

2.2.1. 언어학의 경험과학적 특성

'언어학'은 언어를 대상으로 그 현상의 기저에 있는 작동 원리를 명시화하는 것을 목표로 한다. 소쉬르가 언어학의 대상이 되는 '언어'에 대해 명시적으로 규정한 이래로, 과학으로서의 언어학의 지위는 확고하게 자리매김이 되었다. 그러나 생성문법이 발전하면서 인접 학문과의 관련성을 중심으로, 언어학의 특성이나 과학적 위상 정립에 대한 문제가 새로운 논점으로 부상하게 되었다.

Chomsky(1987)에서는 언어학이 인간의 '마음/뇌'에 대한 연구이며, 궁극적으로는 인간 생물학의 한 부분을 이룬다고 주장하였다. 이는 언어학의 본질 규명에는 언어학과 인접 과학 분야와의 공조가 필수적이라는 진술보다 한층 더 강한 것이며, 언어학의 위상에 대한 근본적인 변화를 제안하는 논의이다.

그런데 Chomsky(2000)에서는 동일 대상에 대해 다음과 같이 언급하고 있다. 물리학의 신비로운 힘인 '만유인력'에 대응하는 마음/언어의 신비로운 힘은 자신이 이제까지 추구해 온 '보편 문법' 또는 'I-언어'이며, 이는 신경생리학적으로 쉽게 파악되지 않은 추상적 실체이고 '그 자체로 전산적인 실체'이다. 이러한 전산적 실체인 I-언어를 연구하는 데 있어서 신경생리학적인 상태를 연구하려는 관점에는 문제가 있다는 주장이다.

언어학의 과학적 위상과도 관련이 있는 이러한 주장은 언어학의 여러 논의에서 일반적으로 받아들여지는 관점은 아니다. 그리고 생성문법이 언어학 전반에 미치는 영향력 또한 과거에 비해 축소되는 방향으로 변화를 겪고 있다. 그렇지만 학문의 분과나 연구 대상, 그리고 연역과학과 경험과학적 특성을 언급한 이와 같은 논의가 언어철학적인 관점에서 언어학의 본질에 대한 활발한 논의를 촉발하고 이를 진전시킨다는 점 또한 명백하다.

언어학의 과학적 위상에 대한 논란은 생성문법과 이를 기반으로 발전된 언어학이 다른 경험과학과 비교하여 상대적으로 '공리 의존적'인 특성을 지닌다는 점에 기인한다. 그리고 언어 모형에 따라서는 '선천적 언어능력'과 같은 추상적인 개념을 연구의 대상으로 상정한다는 점도 이러한 논란과 관련이 있다.27)

언어학의 이와 같은 특성은 언어 자료체를 대상으로 언어에 대한 규칙을 수립하는 작업을 가장 중요한 것으로 여긴 생성문법 이전의 패러다임과는 확실히 구별되는 것으로, 이는 언어학의 경험과학적 특성과 비경험과학적 특성에 대한 새로운 논란을 제공하였다.28) 여기에서는 이러한 특성을 논하기 위해, 먼저 언어학의 연구 대상과 방법론을 간단히 살펴보려 한다.

생성문법 이래로, 언어에 대한 연구에서 인간의 선천적인 '언어 직관'은 매우 중요한 연구 대상이 되었다. 그러나 언어 직관이 우리에게 관찰 가능한 형태로 바로 주어지지는 않는다. 우리에게 주어지는 것은 '언어 자료체'이며, 이는 언어능력 그 자체라기보다는 실제 발화와 관련된 정신적·물리적 과정을 거친 변이체이다. 언어학이 궁극적으로 추구하는 목표는 언어능력의 규명이지만, 우리는 일차적으로 자료체를 통해 이의 규명을 시도하게 된다.

언어 자료체를 기반으로 우리는 가설을 수립하고 역으로 이를 다시 검증해 볼 수 있다. Chomsky(1957)에서는 자료체 중심의 귀납적 연구가

---

27) 선천적인 언어능력을 연구 대상으로 하는 문법 모형으로는 생성문법과 LFG 등을 들 수 있다. 생성문법과 LFG는 세부적인 운용 면에서는 많은 차이를 지닌다. 그러나 보편적인 언어능력의 실체를 인정하는 점과, 이상적으로 구성된 문법은 이 언어능력을 올바르게 규명할 수 있어야 함을 주장하는 면에서는 서로 공통점을 지닌다.
28) 구조주의에서 매우 중요시한 개념인 '실증주의'를 극복하려는 태도는 생성문법 이외의 다른 연구에서도 발견할 수 있다. Helbig(1984)에서는 실증주의를 극복하려 했던 시도의 하나로, 언어의 내적 측면을 강조하며 심리학적인 면을 부각한 '분트 Wilhelm Wundt'의 연구를 들고 있다.

언어수행 과정에서 발생하는 현상들까지를 포괄하기 때문에, '언어'를 특정한 시공에 출현하지 않는 추상적 대상으로 파악하고자 하였다. 이러한 논의는 언어학의 공리 체계 내에서 항구적인 보편 원리를 기술하기 어렵다는 점이나, 언어가 시대와 지역에 따라 다양하게 분포한다는 점 등을 고려하여 볼 때 문제를 지닌다.

언어를 추상적 대상으로 파악하려는 이와 같은 주장의 제기가 가능한 것은 언어 연구가 그 자체로 비경험적 성격을 지닌다기보다는, 특정한 언어 이론이 매우 한정된 범위의 언어 자료체를 바탕으로 논의를 진행하는 데 기인할 수도 있다. 또한 대용량의 자료를 분석하는 과정에서는 정문과 비문 사이의 판별이 어려운 용례들이 존재하기도 하는데, 지나치게 적은 자료로는 이러한 자료의 특성을 제대로 반영하기도 쉽지 않다.

이러한 문제에 대해서는 생성문법 내에서도 원리 간의 '우위성'을 도입하여 논의를 진행하거나 문법성에 대한 판단을 '정도성'이라는 개념을 통해 기술하기도 한다. 이는 언어 자료와 그에 대한 직관의 다양성을 고려하여, 자료체의 규범성과 관련된 문제를 좀 더 유연한 방식으로 해결하려는 시도라고 할 수 있다.

'경험과학'은 경험으로 지각될 수 있는 세계를 대상으로 하며, 이에 대한 진술은 관찰이나 실험을 통해 그 진위를 판단할 수 있다. 이와 달리 '비경험과학', 즉 '연역과학'은 이론 내의 공리 체계를 바탕으로 논의를 진행한다. 실증주의 영향하에서 경험과학과 비경험과학 사이의 구분이 논의되면서, 언어학은 경험과학으로 분류되기도 하고 비경험과학으로 분류되기도 하였다. 이는 언어학이 전형적인 경험과학으로 논의되는 물리학과도 다르고, 대표적인 연역과학인 수학과도 다른 독자적인 특성을 지니고 있기 때문이다. 이 세 분과는 각각의 특성을 지니지만, 과학의 하위 분과로서 서로 간의 특성들을 공유하기도 한다.[29] 그러므로 언어학은 물리학과도 유사점을 가지며 수학과도 공통부분을 가질 수 있다.

전통적 개념의 언어학은 '언어 자료체'라는 물리적 실재를 대상으로 언어의 구성 원리를 밝히는 방식으로 논의를 진행했으며, 따라서 경험과학적 특성을 쉽게 찾아 볼 수 있다. 이에 비해 생성문법은 '인간의 정신 활동'이라는 '심리적 실재로서의 언어'를 언어 과학의 연구 대상으로 삼았다. 대체로 동일한 과학 분야에 속하는 학문은 그 연구 대상이 동일할 것을 전제로 한다. 이에 의하면 구조주의 언어학과 생성문법은 각기 별개의 학문 분야에 귀속하는 것으로 분류할 수도 있다.

그러나 상대적으로 비경험과학적 성격이 강한 생성문법의 경우에도, 언어능력의 연구가 언어학적 행위가 아니며 단순히 뇌생리학이나 심리학의 연구 방법에 부응하는 하위 부문이라고 강력하게 주장되지는 않는다. 이는 모든 언어 이론들이 진술의 진위를 가려주는 판단의 자료로 '언어 자료체'를 활용하기 때문이다.[30] 즉 언어 이론의 진술은 언어 자료를 통해 자기의 과학성을 입증하거나 반증가능성을 주장하게 되므로, 이러한 사실을 통해 언어학의 경험과학적 특성이 지지될 수 있다.

구조주의 언어학은 생성문법에 비해 자료체에 대한 의존도가 높으며

---

29) Chomsky(1995)에서는 물리학을 예로 들어, 자연과학 분야에서도 경험과학의 전통으로부터 일탈되어 있는 분과가 있음을 논하였다.

30) 초기 생성문법에서 제시한 평가 척도는 다음과 같다. 첫째, 제한된 자료 안에서 진술의 참이 보장되는 관찰적 타당성, 둘째, 모든 자료를 대상으로 진술의 참이 보장되는 기술적 타당성, 셋째, 기술적 타당성을 만족하는 진술들 중에서 간결성에 의해 우위를 가리는 설명적 타당성으로, 이는 양립 가능한 참인 진술을 배제하기 위한 이론의 평가 장치라 할 수 있다. 생성문법 초기 단계에서는 기술적 타당성을 문법 이론의 최소 성립 요건으로 보았으며, 생성문법의 궁극적인 지향점은 설명적 타당성으로 서술된다.

공리 의존적인 면이 적다. 그러나 구조주의의 진술도 일관성 있게 경험
적인 것에만 기초하지는 않는다. 랑그와 빠롤의 구별에서, 빠롤로부터
랑그를 추출하는 절차는 언어적인 실체와 비언어적인 실체가 혼재된
대상 가운데에서 순수한 언어적 실체만을 가려내는 문제였다.

　그런데 구조주의 언어학의 논의를 따르면, 언어학의 연구 대상은 물
리적 실재로 포착되는 '빠롤'이 아니라, '하나의 언어 공동체가 공유하
는 언어에 대한 지식'이며 화자들에게 공유되는 심리적 실재인 '랑그'
이다. 이러한 진술은 구조주의 언어학도 근본적으로 인간의 정신이나
심리를 그 연구에서 매우 중요하게 여김을 알게 해 준다.

　언어학의 전통에 비추어 볼 때 생성문법이 연역과학적인 특성을 지
닌다는 주장은, 이 문법의 진술이 상대적으로 '공리적인 특성'을 많이
보여준다는 사실에 근거한다.[31] 생성문법 진술에 대한 참/거짓의 판단
은 언어 현상에 의해 지지되기도 하지만, 근본적으로는 이론 내의 공리
체계에 의해 수행되는 경우가 많다. 생성문법의 이러한 속성은 전통문
법이나 구조주의 언어학과 유사하다기보다는 수학 등의 연역과학과 공
통되는 점이다.

　생성문법의 초기 공리는 인간의 언어능력은 선천적이며, 이러한 능
력이 적절한 자극에 의해 성장한다는 것을 근간으로 한다. 그런데 선천
적인 능력이 유전에 의해 전달되는 것이라면, 생성문법은 오히려 강력
한 물질주의를 지지하는 이론이 된다.[32] 성장하는 언어능력이 특정 형

---

31) 생성문법이 공리적이라는 사실은 이 이론이 설명적 타당성을 지향한다는 점과 밀접
　　한 관련이 있다. 특히 심리적 실재로서의 언어능력을 설명하기 위한 단위 개념들에
　　서 생성문법의 공리적 측면이 강조된다.
32) 이 문제에 대해 강명윤(2005)에서는 Ⅰ-언어가 물리적 실체인지에 대한 촘스키의 진
　　술에는 불분명한 점이 있음을 밝히고 있다.

태의 정보로서 뇌세포에 각인된다면 더욱 더 그렇다. 이러한 논의는 언어학이 매우 경험과학적인 학문이거나, 혹은 전형적인 경험과학과 밀접하게 연계될 수 있음을 시사한다. 또한 수학의 참/거짓은 결정적으로 경험 세계의 참/거짓과 무관하다는 사실과 비교하면, 생성문법은 여전히 경험과학적인 속성을 지닌다.

물리학과 같은 경험과학은 경험 세계를 예측하는 강력한 원리를 갖고 있는데 반해 언어학의 원리는 경험 세계를 안정적으로 예측하지 못한다는 점에서, 언어학은 일반적인 경험과학과 다르다는 주장도 가능하다.33) 이는 언어학의 진술이 항상 적형의 문장만을 산출하지는 못하는 점을 통해서도 확인할 수 있다. 그러나 이 문제는 특정 과학의 역사적 전개를 염두에 둔다면, 현재의 언어학이 다른 과학에 비해 본격적인 논의의 기간이 짧으며 언어학도 모든 과학이 안고 있는 일반 문제를 그대로 갖고 있기 때문에 관찰되는 현상이라고도 볼 수 있다.34)

수학과 같은 연역과학에서는 동일 대상에 대한 상이한 공리 체계들이 동시에 존재할 수 있다. '유클리드 기하학 대 비 유클리드 기하학'의 공존이 좋은 예이다. 그러나 경험과학에서는 일반적으로 새로운 규칙 체계는 기존의 규칙 체계를 대체하는 성격을 지닌다. 생성문법은 '설명

---

33) 기술적 타당성을 갖춘 언어 이론들이 동시에 여러 가지로 존재하면, 그중 가장 우위에 있는 언어 이론을 여러 가지의 평가 척도를 통해 가려내게 된다. 그러나 실제로는 현존하는 문법 이론 중에서 기술적 타당성의 수준을 만족시키는 논의를 발견하기도 쉽지 않다. 이러한 양상은 대량의 자료체를 기반으로 이론을 전개하고, 단시간에 이론의 옳고 그름을 테스트할 수 있는 피드백 장치가 전국적으로 갖추어짐으로 해서 해소될 수 있을 것이다.

34) 뉴튼 법칙이 설명하는 세계가 일반적 거시 세계의 이체 운동에 한정된다거나 쿼크와 같은 요소가 경험적으로 관찰되지 않는다는 사실은, 물리학 이론 체계 내에서도 세계를 추상화하고 단순화하여 논의를 진행함을 보여준다. 이러한 점을 고려하면, 생성문법이 규범적 자료체만을 연구 대상으로 한다는 점에서 경험과학과 거리가 있다는 주장 또한 재고될 필요가 있다.

적 타당성'을 지닌 이론이 가장 가치 있는 진술이라고 주장한다. 설명
적 타당성은 양립 가능한 진술 체계를 대상으로 하여, '간결성'을 위주
로 특정한 진술 체계의 우위성을 평가하는 장치이다. 이는 문법 안에
평가 척도를 마련하여, 적어도 양립 가능한 참인 진술을 배제하기 위한
것이다. 이와 같이 언어학내에는 수학 등의 학문과는 달리 공리가 다른
진술 체계가 동시에 상정될 수 없다는 점에서 그 경험과학적 위상이 강
조된다.

2.2.2. 튜링 논리와 지능 기계의 구현

언어학자들은 언어 자료체를 통해 귀납적으로 언어 사용에 관련된
원리들을 추출한다. 이 원리는 적절한 것일 수도 있고 그렇지 않을 수
도 있다. 원리의 옳고 그름은 이론 내적인 논리적 일관성이나 추가적인
자료에 대한 적용 여부 등을 고려하여 판단한다. 비교적 논리가 정연하
고 경험적인 자료에 부합하는 이론틀이 존재할 때, 이 이론의 타당성이
나 효용성 등을 검사하기 위한 방법으로 튜링 테스트를 떠올릴 수 있다.
  '튜링 테스트'는 성공적으로 구현된 인공지능을 판별하기 위하여 고
안된 실험 체계이다. 이 테스트는 분리된 방안에 있는 인간과 기계에
각각 질문을 던져서, 그 답변 중 어느 쪽이 인간의 것이고 어느 쪽이
기계의 것인가를 판단하는 절차로 이루어진다. 이 경우 판단을 내리기
어려울 만한 수준의 인공지능이 있다면, 이 인공지능은 성공적으로 구
현된 것으로 평가할 수 있다.
  이 테스트에서는 질문자가 두 명의 상대에게 질문을 하고 답변을 얻
은 후, 이 두 상대의 답변을 정답과 오답으로 분류한다. 그리고 두 상대

중 한 명을 컴퓨터로 교체하여 계속 질의와 응답을 진행한다. 질의응답의 상대를 인간에서 컴퓨터로 교체한 이후에 컴퓨터가 인간의 대답을 잘 모사하면 질문자는 어느 쪽의 응답자가 바뀌었는지를 판단하기 어려울 것이며, 이러한 경우 컴퓨터는 튜링 테스트에 합격하게 된다.

이 테스트는 기계와 인간 간의 성공적인 의사소통을 염두에 두고 행해지며, 이의 통과는 결국 인간의 언어능력을 논리적 절차를 통해 (한정된 범위에서라도) 완전히 형식화하였음을 의미한다. 이는 "기계가 생각할 수 있는가?"라는 질문을 "인간의 지능을 모방할 수 있는 시스템이 있는가?"라는 문제로 그 범위를 한정하여 환원한 것이다.

그러나 인간의 지능이나 언어의 운용 원리에 대한 이해가 선행하지 않아도, 기계와 인간 간의 대화를 가능하게 하는 기술의 개발이 가능하다. 이는 유명한 대화 프로그램인 엘리자ELIZA가 패턴 매칭 pattern matching 방식을 이용하는 예나, 연속 대화를 자연스럽게 이끌어내기 위한 손쉬운 방법으로 "Tell me more about your X"와 같은 표현을 종종 이용하는 예에서도 확인할 수 있다.35)

이후에 만들어진 국내외의 대화 프로그램에서도, 대화의 흐름이 원활하지 않을 경우 엘리자의 전략과 유사한 방식으로 대화를 이어가는 방식을 어렵지 않게 발견할 수 있다. 이와 같은 방식은 인공지능의 성공적인 구현 여부와는 거리가 있는 것이며, 이러한 이유로 튜링 테스트와 같은 기제가 아니라 좀 더 명확한 인공지능의 평가 장치가 필요하다는 관점도 종종 제기된다.

튜링 테스트보다 더욱 진보된 평가 기제가 제시되고 이를 사용하여

---

35) 엘리자는 1960년대 초에 개발된 고전적인 대화 프로그램으로, 정신과 의사와 환자들이 나누는 대화의 패턴을 모의한 것이다.

인공지능 프로그램을 평가한다 하더라도, 현재까지는 인간의 지능과 동일한 프로그램의 구현이 가능한지에 대해 긍정적으로 답하기 어렵다. 그리고 이에 대한 답변은 구현 기술의 수준에 의해서 뿐 아니라 언어학자가 가지는 신념 체계에 따라서 달라질 수 있는 성질의 것일 수도 있다.36)

그러나 언어학적 논리의 타당성 여부를 판단하고 그 범위를 확장하여 인공지능의 테스트를 만족하는 수준의 이론을 구축하려는 시도가 반드시 이러한 신념과 곧바로 연관될 필요는 없을 듯하다. 즉 튜링 테스트와 같은 평가 기제의 개발과 이를 통과하기 위한 도전은 궁극적으로는 인간 지능의 완전한 모사가 불가능하다는 신념하에서도 이루어질 수 있다. 이에 더해 인공지능의 구현 작업은 현재 크게 진전된 것이 아니며, 일정 수준에 오를 때까지는 인간 지능의 모의가 가능한지에 대해 논쟁하는 것 자체에 소모적인 면이 있다.

인공지능 구현 수준을 평가하기 위한 테스트 이외에, 형태소 분석기나 구문 분석기, 검색 시스템, 기계 번역 시스템과 같은 프로그램을 대상으로 그 성능을 측정하기 위한 평가 방법론도 다수 존재한다. 검색과 같은 언어정보처리 결과물의 적합성 relevance 평가에는 정확률 precision과 재현율 recall을 측정하는 방식을 주로 이용한다. 정확률은 검색된 모든 정보 중에서 적합 정보가 차지하는 비율이며, 재현율은 시스템의 모든

---

36) 인공지능의 구현에 대한 논의는 '강 인공지능 Strong AI'과 '약 인공지능 Weak AI'에 대한 것으로 나눌 수 있다. 이 중 강 인공지능은 '인간과 거의 대등한 수준의 지능 구현만이 진정한 인공지능'이라는 개념으로, '기계도 인간처럼 마음을 가질 수 있다'는 주장이나 '기계에 지혜와 추리력을 요구하는' 견해와 관련된다. 이에 비해 약 인공지능은 '지능적 활동이 수학적으로 모의된다면 이것만으로도 지능이 구현된 것으로 볼 수 있다'는 견해로, '기계가 구현하는 지적 기능이 인간의 지능을 이해하는 데 유용한 도구'라는 주장과 관련된다.

적합 정보 중에서 검색된 적합 정보가 차지하는 비율이다. 재현율을 높이기 위해 검색 건수를 늘이면 정확률이 낮아지고 정확률을 높이기 위해 검색 건수를 줄이면 재현율이 낮아진다. 그러므로 재현율과 정확률은 반비례 관계를 이룬다고 할 수 있다.

(29) 정확률과 재현율

ㄱ. 정확률 $= \dfrac{\text{적합한 응답 개수}}{\text{전체 응답 개수}}$

ㄴ. 재현율 $= \dfrac{\text{적합한 응답 개수}}{\text{전체 정답 개수}}$

다양한 방식으로 이루어지는 언어정보처리의 테스트 기제를 이용하여, 비교 대상이 되는 복수의 시스템 중에서 보다 우월한 분석을 수행하는 시스템을 판별해 낼 수 있다. 그리고 잠정적으로는 이러한 시스템과 그 기저의 문법 이론이 인간의 언어능력을 보다 잘 모사한 것으로 결론을 내려 볼 수도 있다.[37] 이와 같은 NLP 결과물의 테스트를 통해 언어 과학에 부과된 요구들을 전면적으로 재정립하고, 해당 시스템의 성능 향상을 꾀하게 된다. 또한 이러한 테스트와 성능 개선의 순환 과정은 인간 언어능력에 대한 모사와 규명 작업에 점진적인 진전을 가져올 수 있다.

---

37) NLP 시스템이 제작되고 나면, 이 시스템의 완성도를 평가하는 객관적인 평가 척도에 의해 점검될 필요가 있다. 기계 번역의 예에서는 이러한 평가가 주로 번역의 질과 번역 시간, 사용자 편의성 등에 초점을 두어 행해진다. 영-한 기계 번역기 평가 방안과 테스트 문항에 대해서는 시정곤·김원경·고창수(2000)을 참고할 수 있다.

3. 자질연산문법의 개관

3.1. 자질연산문법의 모형

3.1.1. 자질연산문법의 연구 목표

자질연산문법, 즉 FCG는 자연언어처리를 위해 고창수(1994)에서 제안한 문법 모형이다.38) 이 문법은 어휘부에 표시된 자질 정보와 이의 연산을 핵심적인 개념으로 운용된다. 1장에서 실용적 결과물의 산출이라는 관점에 의하여 일반 언어학의 흐름과 NLP의 연구가 서로 긴밀한 관련성을 지님을 언급하였다. 이 논의의 목표를 한정하고 기술하는 데에도 이러한 실용 언어학적인 관점은 중요하게 기능한다.

2장에서 살핀 것처럼 언어학은 경험과학적 특성과 비경험과학적 특성을 모두 가지고 있다. 이 연구에서는 이 두 가지 특성 중 언어학의 공리

---

38) 고려대학교 민족문화연구원 기계번역연구단에서 개발한 영－한 번역기 'EK Bridge' 와 한－영 번역기 'Transmaster'도 이 문법 모형을 기반으로 설계하였다.

의존적 성격보다는 자료체에 대한 설명력을 중심으로 하여 논의를 전개
하고자 한다. 이는 실용적인 결과물을 염두에 둔 자료체 기반의 언어 이
론을 통해 인간의 언어능력을 모의하는 것이 실용적일 뿐 아니라, 궁극
적으로는 타당성이 있는 언어 이론을 세우는 데에도 기여할 수 있기 때
문이다. 이러한 관점에서 언어 이론의 옳고 그름을 입증해 줄 수 있는 적
절한 분석과 평가 자료는 언어 이론의 발전에 큰 도움을 주며, 이를 통해
정비된 언어 이론은 시스템의 성능을 향상시키는 데 기여할 수 있다.

> (30) 언어정보처리의 절차
> ㄱ. 분석 대상 자료 구축
> ㄴ. 언어 이론 수립
> ㄷ. 정보처리 시스템 구축
> ㄹ. 평가 대상 방법론에 의한 평가
> ㅁ. 분석 대상 자료 확장

(30)은 언어정보처리의 과정에 필요한 절차들을 표시한 것이다. 이
절차들은 선형 순서대로 진행되면서 한편으로는 각 절차가 피드백의
과정을 거쳐 이전 단계에 영향을 미치며 전개되기도 한다. 언어 자료체
와 이를 적용한 정보처리 시스템은 언어 이론의 타당성을 빠르고 적절
하게 평가하고 수정할 수 있도록 도와준다.

이와 같이 FCG는 언어 자료체를 중심으로 연구를 진행하며, 이 자료
체들에서 귀납되는 규칙과 원리를 인간의 언어 직관, 즉 언어능력의 반
영으로 간주한다. 이러한 방법으로 연구의 결과물이 축적되면, 실재하
는 언어능력의 본질에 한발 더 접근할 수 있을 것이다. 그리고 언어 자
료체 중에서도 특히 개인어에 초점을 맞춘 자료는 개인의 정서와 요구
에 부응하는 '사용자 중심의 시스템'을 구축하는 데 기본적인 자료로

활용된다.

FCG는 형태소 분석기나 구문 분석기와 같은 기반 시스템이나, 기계 번역 시스템이나 한국어 대화 시스템과 같은 응용 시스템의 제작에 대한 기반 원리를 제공하는 이론으로, 그 실용성이 무엇보다도 강조된다. 이러한 실용성의 측면에서는 문법의 부문이나 각 처리 대상들을 서로 잘 변별하고 효율적으로 연결하는 작업이 특히 중요하다. 이와 같은 실용성의 획득을 위해서는 언어처리 과정에서 다소 임의적인 방법이 이용되는 경우도 있다.[39] 그러나 이러한 임의적 처리 방식이, 문법 모형은 기본적으로 원리적이고 일관성이 있어야 한다는 원칙을 부정하는 것은 아니다.

언어 이론은 실제 구현된 시스템을 작동시켜 나오는 결과물로 이론의 정당성을 검증받게 된다. 따라서 일차적으로는 시스템이 올바른 결과를 산출하도록 하는 것을 그 첫째 목표로 삼는다. 정보처리 과정 중 사전 정보나 알고리듬상에 논리적인 비약 혹은 상충이 존재할 때, 문법 부문 간의 정보가 서로 일치하지 않을 때, 정보의 누락이 있는 경우에는 시스템이 제대로 작동하기 어렵다.

정보처리 시스템이 제대로 작동되지 않을 때는 원활한 운용을 위해 임의적인 방법을 사용하기도 하지만, 임의적으로 처리할 수 있는 부분

---

39) 예를 들어 분포상 다르게 행동하는 두 어휘를 효과적으로 구별하기 위해, 해당 어휘들의 자질 명세에 그 어휘의 본유적인 특성과는 상관이 없는 자질을 포함시킬 수도 있다. 이는 원리적인 해결보다 처리의 효율성을 더 중요한 것으로 간주하는 처리이다. 또한 예를 들어 번역기 등의 용도에서, 특수한 용법의 구문은 기본적인 요소로 분석하지 않고 전체 문장을 하나의 단위 정보로 저장하기도 한다. 이 방식은 분석이 어려운 특수 구문을 제대로 번역 또는 생성할 수 있다는 장점을 갖지만, 탐색 시간이 길어진다는 단점도 지닌다. 그러므로 시스템 전체의 부담을 고려하여, 임의적인 처리는 제한적으로 수행할 필요가 있다.

에는 한계가 있다. 임의적인 처리는 처리 절차가 옳은 결과를 산출하는 데에 전반적인 일반화를 제공하기 어렵기 때문이다. 따라서 여타의 문법 모형과 마찬가지로, 모형 전반이 효율적으로 구성되고 논리적으로 완비되도록 하는 것이 중요하다. 이는 이 문법의 두 번째 목표가 되며, 이 두 번째 목표는 첫 번째 목표와 서로 협동하여 이론의 정합적인 완성을 돕는다.

그런데 이러한 임의적인 처리에 대해서도 긍정적으로 생각해 볼 여지가 있다. 임의적 처리가 자주 사용되어 전체 결과에 악영향을 미치는 경우에는 첫 번째 목표에도 방해가 되며, 논리적인 완비에 도움이 되지 않아 두 번째 목표에도 장애가 됨은 더 말할 필요도 없다. 그러나 많은 언어 이론에서 규칙으로 포착되지 않는 부분에 대해서는 예외적인 처리를 하는 것에 주목할 필요가 있다. 물론 이러한 점이 특정 언어 이론이 옳지 않음을 입증할 수도 있고, 또 이로 인해 이론이 더 보완되고 발전할 수도 있다.

그런데 어떤 면으로는 언어처리의 이와 같은 예외적 처리가, 인간이 언어를 분석하거나 생성하기 위해 사전이나 규칙을 탐색할 때도 임의적 방법을 사용한다는 사실을 반영하는 것이라고 주장할 수는 없을까? 실제로 인간의 어휘부나 연산부에는 자신에게만 한정되는 특수한 자질이나 규칙이 들어 있어 탐색의 편의를 위해 기능하고 있는지도 모른다. 이러한 가정은 간단한 문제에 한해서는 언어 심리학적인 테스트로 입증될 수도 있으나 전체적으로는 그 입증이 간단치 않다. 이와 같은 실험은 언어와 관련된 인간 지능에 대한 질문이며, 그 입증에는 여러 분야의 공조가 필요하기 때문이다. 인간의 언어능력이나 두뇌의 활동을 탐구하는 문제에 대해 모의실험 기제의 하나로 그 해답의 일부를 제공하는 것이 FCG의 마지막 목표가 된다.

3.1.2. 자질연산문법의 체계

문법 모형은 그 모형이 추구하는 목표나 처리 방식 등에 따라 몇 가지로 분류할 수 있다. 그리고 각 문법 모형의 가장 핵심적인 차이점은 문법 모형의 각 부문 간 관계를 규정하는 관점의 차이에 의해 비롯된다고도 할 수 있다. 이는 문법의 각 부문들이 선형 순서로 배열되어 있는지, 즉 문법 부문의 입출력 순서가 고정적인지의 문제를 포함한다. 또한 단어 형성 등의 어휘 규칙이 적용되는 부문, 어휘부와 통사부의 비중, 어휘부와 통사부가 지니는 특성 등이 문법 모형에 대해 자주 논의되는 논점들이다.[40]

이 외에도 심층 구조나 표면 구조 등과 유사한 방식으로 도출의 단계를 인정할 것인지에 관한 문제, 정보 테이블이나 수형도를 이용하는 등의 구조 표시 방법 문제, 어휘 자질이나 통사 규칙을 운용하는 구체적 방식 등에 대한 해답은 문법 모형마다 다를 수 있다. 이 절에서는 이상에서 언급한 논점들을 중심으로 하여 FCG의 문법 모형을 서술하겠다.

정보처리 절차에서 어휘부의 자질이 중요하게 기능한다는 점으로 보면, FCG는 후기 생성문법이나 어휘부 중심 문법들과 공통점을 갖는다. FCG에서의 자질연산은 어휘 항목이나 자질들을 탐색하고 이를 서로

---

40) 이 중 특히 논의의 초점이 된 것으로는 문법 부문 간의 비중 문제가 있다. 생성문법을 예로 들면 문법의 초기 단계에서는 '통사 규칙'을 형식화하는 데 많은 관심을 기울였으나, 후기로 들어서면서 개별적인 통사 규칙보다는 일반화가 가능한 '원리'로 설명하는 방식에 많은 관심을 갖게 되었다. 이는 도출의 단계를 최소화하여 인지 체계의 본질에 부응하려는 노력의 일환이며, 이러한 흐름에 따라 어휘부의 비중은 점차 커지게 된다. '결합가'의 개념이나 'Dependency Grammar, HPSG, LFG' 등 현재 정보처리에서 이용하는 문법들은 대부분 어휘부 중심 문법이라고 할 수 있다. 이는 어휘부의 정보를 정렬하고 어휘부를 효율적으로 구성하는 문제가 점점 중요한 것으로 간주되는 연구의 흐름을 반영한다.

비교하여, 자질을 쓰거나 지우고 이 결과를 정보 테이블에 저장하는 일
련의 절차를 의미한다. 이러한 절차들은 모두 이산 논리로 환원하는 것
이 가능하다.

(31) 자질연산의 정의
어휘 항목이나 자질을 탐색하고 이를 문장의 환경 정보와 비교
하여, 자질을 쓰거나 지우고 그 결과를 저장하는 절차

(32) FCG의 구성

어휘부 (포화된 자질 집합)	↔	연산부 (연산 규칙)	←	연산 원리
시스템 구성			시스템 이론	

(33) 어휘부의 구성

어휘부 정보	어휘 항목과 이에 대한 포화된 자질의 집합
어휘부 사전의 종류	일반어 사전, 중의성 사전, 복합어 사전, 숙어 사전, 특수어 사전, 전문어 사전, 테이블 사전

(34) 연산부의 구성

분석부	형태소 분석부, 구문 분석부, 의미 해석부
생성부	단어 형성부, 구문 생성부
정보 저장부	명제 테이블, 양태 테이블, 임시 테이블

(35) 연산 원리
연산 규칙들이 갖는 경향성의 집합

FCG는 (32)에서 보듯 '어휘부'와 '연산부'의 두 부문으로 나누어져 있다. 이러한 체계는 입출력 과정을 단순하게 구성하여 문법 부문을 최소화하는 FCG의 특징을 보여 준다.[41] (33)의 FCG 어휘부는 각 사전의 표제어와 이에 대한 자질의 집합으로 구성된다. 이러한 FCG의 사전으로는 일반어 사전, 숙어 사전, 특수어 사전, 중의성 사전, 복합어 사전, 전문어 사전, 테이블 사전 등이 있다. 각 사전의 '표제어'는 '형태소'이거나 '단어'이거나 '구절'이거나 '문장 전체'가 될 수 있다.[42]

(34)의 '연산부'는 분석부와 생성부로 나누어지며, 분석부는 다시 형태소 분석부, 구문 분석부, 의미 해석부로 구분된다. 그리고 생성부는 단어 형성부와 구문 생성부로 구분된다.[43] 분석 대상어가 입력되면 문장을 어절 별로 분리하고, 어절 끝에서부터 한 음절씩을 떼 내어 이를 사전의 정보와 비교하면서 형태소 분석을 진행한다.[44] 그리고 형태소 분석 결과를 바탕으로 문장의 구문 구조를 분석한다. 이 분석의 결과는

---

41) 최소 이론에서는 이를 '필수 출력 조건'이나 '개념적 필연성 Conceptual necessity' 등의 개념으로 형식화한다.

42) 시스템에 따라 각 사전을 선택적으로 이용할 수 있으며, 사전의 정보 또한 시스템의 성격에 따라 최적의 구조와 정보량으로 구성하게 된다. 예를 들어 한-영 기계 번역의 경우에는 한국어 표제어와 이에 대응하는 영어의 대역어를 함께 기재한다. 그러나 한국어 대화 시스템을 위한 한국어 사전에서 이러한 대역어 정보는 잉여적이며, 이보다는 대화를 자연스럽게 이어나가는 데 필요한 화용적인 자질이나 지식 기반 등의 구축이 더욱 중요하다.

43) 이 연구에서는 분석부 중 형태소 분석부와 구문 분석부로 논의를 한정하고, 의미 해석부에 대해서는 제한적으로 논의를 진행할 것이다. 의미 해석부는 문장 단위와 텍스트 차원에서의 의미 해석 문제를 다루는 문법의 한 부문이다. 의미와 관련한 논의 또한 매우 중요한 NLP의 과제이지만, 연구의 우선순위를 고려하여 전면적인 의미 해석은 이후의 과제로 남긴다.

44) FCG의 한국어 형태소 분석에서는 한 음절을 단위로 분석을 수행하는 '일음절 적출법'과, 오른쪽에서 왼쪽으로 포인터를 이동하여 분석을 진행하는 '우-좌 분석 방법', 그리고 어미와 어간의 사전 정보를 탐색할 때 어간의 최장 정보를 우선으로 하는 '어간 최장 일치법'을 이용한다.

정보 테이블에 저장된다.

생성부는 목표어에 대한 분석 결과가 저장된 테이블 정보를 기반으로, 목표어의 단어를 형성하고 구문을 생성하는 기능을 담당하는 문법 부문이다. 시스템을 제작하는 용도에 따라 목표어를 생성하는 데 필요한 정보가 달라질 수 있다. 그러므로 원활한 목표어의 생성을 위해서는, 분석의 초기 단계부터 최종 목표가 되는 목표어의 특성이나 생성 관련 정보를 고려하여 분석 작업을 진행하여야 한다.

(35)의 '연산 원리'는 시스템 구성에는 직접 참여하지 않으며, 시스템을 구성하는 개개의 연산 규칙이 보이는 경향성을 유형 별로 모아 놓은 집합이다. 이러한 연산 원리는 규칙의 유형과 본질적으로 다르지 않으나, 동시에 개개의 연산 규칙이 반드시 이 원리를 준수할 필요는 없다. 왜냐하면 원리는 규칙의 경향성을 반영하는 것이며, 규칙 그 자체가 아니기 때문이다. 연산 원리 중의 하나를 살펴보자.

(36) 동일 자질 결합 원리

단어 형성을 이루는 어간과 어미는 품사 자질이 동일해야 한다.

(37) 너는 퍽도 좋겠다.

(37)에서는 '퍽'이라는 부사에 '도'라는 조사가 결합하였다. 조사는 일반적으로 명사와 결합하는 특성이 있으므로 조사의 입장에서는 명사 자질 [n]을 갖는 어간을 요구하지만, 부사에는 이러한 [n] 자질이 없으므로 이 예는 동일 자질 결합 원리를 위반하게 된다. 이와 같은 예가 발견되면 해당 어휘에 대한 개별적인 처리 방식으로 문제를 해결할 수도 있다. 이러한 방식의 한 예로는 '퍽도' 전체를 사전에 부사로 등재하

고, 더 이상 분석하지 않는 처리가 있다.[45]

그러나 이러한 예가 분석 대상 자료에서 빈번하게 발견되면, 부사의 본유적인 범주 자질에 [n]을 추가하는 방식을 통해 동일 자질 결합 원리를 유지할 수 있다.[46] 이와 같은 선택에 있어서 가장 중요한 점은 처리의 정확성과 효율성이며, 이러한 예에서 볼 수 있듯 반드시 연산의 원리를 연산 규칙에 대한 상위 개념으로 설정할 필요는 없다.

FCG의 체계가 어휘부와 연산부의 두 부문으로 나누어지는 것은 이 두 부문 사이에 근본적인 차이가 존재하기 때문이다. 이러한 차이점은 이 두 부문이 지니는 '정적/동적 특성'과 관련된다. 어휘부는 기본적으로 정적인 특성을 지닌다. 어휘부는 어휘 항목과 자질들의 정적인 집합으로 규정된다. 그러므로 어휘부에는 단어 형성 규칙 등의 어휘 규칙들이 존재하지 않는다.[47]

대상어가 입력되면 이 문장을 어절 단위로 나누고, 이 어절을 다시 형태소로 분석해 내는 과정이 형태소 분석 절차이다. 형태소 분석 규칙은 구문 분석 규칙과 동질적인 특성을 지니는 연산의 절차이다. 이러한 대상어 분석 절차와는 다르게 목표어를 생성할 때에는 단어 형성 규칙의 적용이 필요하며, 이 규칙은 생성부의 연산 규칙으로 존재한다. 이

---

45) Halle(1973)에서는 사전의 많은 부분이 화자의 장기 기억 속에 저장되어 있으며, 단어 형성 규칙은 화자가 생소한 단어를 듣거나 새로운 단어를 창안해 낼 때에만 작동한다고 서술하고 있다.

46) 홍종선(1990)에서는 부사형 어미 '-아/어, -게, -지, -고'를 '체언화 어미'로 처리하였다. 이는 '-아/어, -게, -지, -고'가 체언과 마찬가지로 조사와 결합 가능하기 때문이다. 이러한 논의를 발전시키면, 다양한 조사들과 결합 가능한 부사의 범주 자질에도 [n] 자질을 할당하는 처리가 가능하다. 또한 한국어 부사의 범주 자질을 [+N, +V]로 표시하는 논의도 드물지 않게 발견할 수 있다.

47) 이 모형에서는 통사부에서 적용되는 어휘 규칙의 하나로 논의가 가능한 '핵이동 head movement' 기제를 사용하지 않는다.

처럼 FCG에서는 대상어에 대한 분석 규칙과 목표어에 대한 형성 규칙
을 모두 연산 규칙으로 처리한다. 이러한 방식은 동적 연산이라는 규칙
의 성격이 중요하며, 문법의 각 부문들은 이러한 점을 고려하여 구분되
어야 함을 나타낸다.

연산 규칙은 어휘부와 연산부의 정보를 이용하고 결과를 도출하는 동
적인 과정으로, 개방적 자질 체계에 기반하며 연산 함수가 단순하게 조
직되어 있기 때문에 연산의 전 과정이 유연하다는 특징을 지닌다.48) 연
산 과정에서 특정 단어에 대한 정보가 필요하면 어휘부의 정보를 이용할
뿐 아니라, 연산의 결과로 현재 처리 중인 어휘부의 정보가 변경되는 경
우도 있다. 이는 연산 규칙들이 어휘부 정보에 접근하여 정보를 변화시
키는 예이며, 기본적으로 규칙은 연산부에 속하고 자질 집합은 어휘부에
속한다는 점에는 변함이 없다.

FCG의 형태론과 통사론은 서로 입출력 관계를 이루지 않는다. 연산
규칙들은 어휘부의 특정 정보를 참조하고 판단하여 적절한 결과를 도
출한다. 연산의 결과는 정보 테이블에 표시하고 저장하며, 이 분석 결
과를 기반으로 목표어를 생성한다. 이러한 정보 테이블은 문장 내 각
범주들에 관한 분석 결과와 함께 국부적인 계층 관계도 나타내 준다.
이처럼 FCG의 '계층 구조'는 수형도가 아닌 '정보 테이블'의 방식으로
표시한다.49)

---

48) FCG에서는 자질의 체계 구성과 관련하여, 자질의 수를 가능한 적게 하여 경제성을
획득하려는 목표를 추구하지 않는다. 그리고 이와는 대조적으로 연산과 관련한 함
수, 즉 연산 규칙은 가능한 한 적은 수를 유지할 것을 목표로 한다.

49) FCG에서는 수형도 대신 정보 테이블의 수식어-피수식어 관계로 계층성을 나타낸
다. 이는 언어의 일반성을 포착하고 처리의 효율성을 높이는 데 있어서 정보 테이블
표시 방식이 수형도의 이용보다 적합하기 때문이다. 이에 관하여는 2.3절에서 다시
다룰 것이다.

또한 FCG에서는 변형 규칙이나 이동의 기제를 이용하지 않으며, 이에 따라 표면 구조와 심층 구조 등의 도출 단계도 허용하지 않는다. 변형 규칙을 두지 않는다는 것은 '능동태/수동태' 등과 같은 두 문장 간의 관계를 변형 규칙으로 처리하지 않을 뿐 아니라, 하나의 문장을 분석하는 과정에서도 도출 단계를 두지 않음을 의미한다. 이는 변형에 대한 '심리적 실재성'이 부족하며, 비 도출적인 문법이 '정보처리의 효율성'을 높일 수 있기 때문이다.[50] FCG의 주요 특성은 다음과 같이 정리할 수 있다.

(38) FCG의 주요 특성
  ㄱ. 문법의 구성 요소를 어휘부와 연산부로 최소화한다.
  ㄴ. 어휘부는 정적 특성을 지니며 연산부는 동적 특성을 지닌다는 본질적인 차이에 의해 어휘부와 연산부의 문법 부문 간 구분이 이루어진다.
  ㄷ. 연산부에서는 단어 형성 절차가 적용되지 않으며 생성부에서만 단어의 형성이 이루어진다.
  ㄹ. 문장의 계층 구조는 정보 테이블의 '수식어-피수식어 표시 방식'으로 나타낸다.
  ㅁ. 변형이나 이동의 기제를 인정하지 않는 비 도출적인 문법 모형이다.

---

50) 문법의 도출 단계를 인정하지 않는 점에서 FCG는 LFG, HPSG 등과 공통부분을 지닌다.

3.2. 자질연산문법의 어휘부

3.2.1. 어휘부의 구성 원리

3.2.1.1. 어휘부의 표제어

FCG는 처리 대상 항의 어휘적인 자질과, 이를 선행하거나 후행하는 특정한 조건 등을 탐색하여 해당 연산을 수행한다. 그리고 그 결과를 '정보 테이블'로 명명되는 분석 결과표에 저장한다. 따라서 어휘부의 정보, 특히 개별 표제어들이 갖는 자질의 목록과 그 연산이 운용의 핵심적인 기제이다.

FCG의 어휘부에는 표제어와 이에 대한 자질 정보가 명시되어 있다. 이러한 자질은 그 내용에 따라 음운 자질, 문법 자질, 의미 자질, 시스템 자질 등으로 구분할 수 있다. 그리고 어휘부 사전의 종류로는 일반어 사전, 숙어 사전, 특수어 사전, 중의성 사전, 복합어 사전, 전문어 사전, 테이블 사전 등이 있다. 각 사전의 전반적인 구성이나 세부적인 자질 정보는 전체 시스템의 목적에 따라 달라질 수 있다.

후기 생성문법과 HPSG, LFG, 결합가 문법 등은 어휘부에 대한 논의가 그 연구의 상당한 비중을 차지한다는 공통점을 지닌다.[51] 이러한 어휘부 중심의 이론에서는 어휘부를 효율적인 방식으로 구성하여, 어휘

---

51) 후기 생성문법은 Chomsky(1980) 이후의 논의를 지칭한다. Chomsky(1970)에서 논의되기 시작한 '어휘론 가설 Lexicalist Hypothesis'의 관점을 발전시켜서, LGB 이후부터는 어휘부에 관한 이론이 체계적으로 정립되었다. 그리고 '투사 원리 projection principle'를 통해, 어휘부에 표시된 정보가 도출 단계의 모든 통사 층위에서 그대로 유지되어야 함을 논의하였다. 이는 어휘부 정보의 중요성을 보여 주는 문법 모형의 한 기술 방식이다. 어휘부 중심의 연구는 어휘나 어휘 규칙 등에 대한 이후 논의가 큰 진전을 이루는 데 대한 기초를 제공하였다.

부 정보가 다른 부문의 정보들과 효율적으로 연계할 수 있도록 설계해야
한다. FCG 또한 어휘 자질을 기본으로 하여 연산 절차를 운용하므로, 먼
저 이러한 어휘부 정보를 가장 적정한 형식과 내용으로 표시하는 방식에
대해 논의하고자 한다.

어휘부 구성에서 가장 중요한 작업 중 하나는 어휘부의 '표제어'를
적절히 선정하는 문제이다. 특히 문제 해결 범위를 좁혀 특정 용도에
따라 제작하는 맞춤형 시스템에서는 표제어를 그 용도에 맞게 선정하
는 것이 더욱 중요하다. 주요 어휘로 분류되며 자료체에서 출현 빈도가
높고 중요한 기능을 담당하는 형태들이 표제어에서 누락되는 경우가
없도록 균형 있는 사전을 구성하여야 한다.[52]

서상규·한영균(1999)에서는 말뭉치를 사용하는 연구에서 어휘 빈도
의 특성을 실험하고자 할 때는 빈도 정규화의 과정을 거쳐야 함을 논하
고 있다. '빈도 정규화'란 서로 다른 길이나 양으로 이루어진 텍스트의
빈도수를 조정하여, 비교의 엄밀성을 높여 주는 검증 방법이다. 그리고
단순히 빈도수의 차이를 비교하기보다는 그 유의성을 검증해야 한다고
서술하면서, 이를 위해 흔히 쓰는 방법으로 '카이제곱 검증'을 들고 있
다.[53] 또한 사전 편찬과 자연언어처리에서는, '연어 정보'를 적절히 이
용하는 방법이 매우 유용함에 대해서도 언급하였다.

---

[52] 표제어 선정 과정에서는 시스템의 관련 분야에 따라 우선순위가 조정될 수 있다. 예
를 들어 특정한 분야의 자료체에서는 기초 어휘를 포함하여 주요 어휘의 출현 빈도
가 현저하게 낮을 수 있으며, 이 경우 해당 분야의 용어를 우선 고려하여 표제어를
선정하기도 한다. 이와 같은 표제어 선정의 원칙은 전문가 시스템의 사전이나 특수
용어 사전 등의 제작 예에서 확인할 수 있다.

[53] '카이제곱 검증'은 자주 사용되는 유의성 검증 기법이다. 이 기법은 계산이 용이하다
는 장점이 있으나, 저빈도의 예에 대해서는 신뢰도가 낮다는 단점도 아울러 지닌다
(서상규·한영균, 1999).

FCG의 각 사전은 표제어와 이에 대한 정보로 구성되며, 이때 표제어로 등재되는 단위로는 앞에서 논의한 것처럼 '형태소, 단어, 구절, 문장' 등이 있다. 그런데 이러한 등재 단위들이 FCG의 모든 사전에 동일하게 적용되는 것은 아니다. 한국어 대화 시스템에서 사용되는 한국어 사전과 영-한 기계 번역에 쓰이는 영어 사전의 표제어 단위를 비교하기 위해, 먼저 한국어 양태 요소의 예를 살펴보자.

순위	5	4	3(시칭)		2		1(서법 및 겸칭)			
종류	의존부	존칭	과거	미래	현재	겸칭	평서	의문	감탄	명령
쓰	러 들	시	씨 었 았	겠	ㄴ 는	ㅂ 옵 삽 잡	다. 어. 네. 오. 니다. 나이다.	냐? 어? ㄴ가? 오? 니까? 나이까?	구나! 군! 구료! 군요! 니다그려! 나이다그려!	어라. 어. 게. 오. 시오. 소서.
먹	고 있									
안	려 하									
얼	어 보									
맺	고 싶									
…	지 않									

〈표 3〉 한국어 동사의 양태 요소(김민수, 1971)

<표 3>에서 동사의 어간과 의존부를 제외한 부분은 동사와 결합하는 접미사이다.[54] 여기에서 확인할 수 있듯, 한국어는 접미사의 형태가 발달했으며 그 기능도 매우 다양하다. 따라서 명사와 조사가 결합한 명사구 전체나, 동사와 어미가 결합한 어절 전체를 어휘부의 표제어로 등재하는 방법은 사전의 크기를 지나치게 크게 할 뿐 아니라, 연산의 효율성에도 부정적인 영향을 미친다.[55]

---

54) FCG에서는 이 표에서 의존부로 지칭한 단위의 일부를 동사에 후행하는 '동사 접미사'로 처리한다.

55) 컴퓨터의 성능이 발달하여 처리 가능한 정보의 용량이 늘어나면서, 표제어의 수가 많아질 때 전체 시스템이 받는 부담도 현저히 줄어들게 되었다. 따라서 분리 가능한

따라서 한국어 사전을 제작할 때에는 어간과 접미사를 별개의 표제
어로 등재하여 형태소 분석과 구문 분석 과정에서의 효율을 높인다. 그
런데 이와 같이 각각의 기능 범주들을 별개의 표제어로 처리하는 등재
의 기본적인 방향은 세부적인 등재 단위의 고려 과정에서 다소 수정될
수도 있다.

(39) ㄱ. 먹었습니다
　　ㄴ. 먹/었/습니다
　　ㄷ. 먹/었/습니/다
　　ㄹ. 먹/었/습/니/다

(39)의 예는 '먹었습니다'라는 어절에 대해 등재 가능한 표제어 단위
들을 보여준다. 이 어절을 어떠한 단위로 사전에 등재하느냐에 따라,
사전을 탐색하고 형태소를 분석하는 복잡도에서 차이가 난다. 이는 형
태소 분석 절차가 하나의 어절을 보다 작은 단위로 분리하고, 이 형태
를 사전의 표제어와 비교하여 등재 유무를 확인하는 과정을 통해 이루
어지기 때문이다. 그런데 영어 사전 표제어 단위의 결정에서는 한국어
와는 다른 기준을 적용하는 것이 보다 효율적이다.

형태들에 대해서도, 결합형 전체를 등재하는 방식을 흔히 이용한다. FCG에서도 필
요에 따라서는 부분적으로 이러한 등재 방식을 채택하기도 한다. 이와 같이 결합형
을 표제어로 등재하는 경우, 탐색의 효율성을 위해 표제어의 선정과 정보 표시 방법
에 대해 좀 더 세심하게 고려할 필요가 있다.

	현재	과거	과거분사	현재분사	3인칭단수
AAA	put	put	put	putting	puts
ABA	come	came	come	coming	comes
ABB	have	had	had	having	has
ABC	give	gave	given	giving	gives

〈표 4〉 영어 동사 불규칙 변화표

　한국어와 달리 영어 어휘에 대해서는 굴절된 단위 전체를 사전의 표제어로 등재하는 것이 가능하다. 이는 동사 어간이 굴절 접사와 결합하는 경우의 수가 한국어에 비해 상대적으로 적기 때문이다. 그리고 <표 4>와 같은 불규칙 활용의 경우에는 접사의 형태를 분리하는 처리가 원칙적으로 불가능하다. FCG의 사전에 등재된 원형 정보와 굴절형 정보는 굴절에 관한 정보를 제외하고는 서로 동일한 정보 내용을 지닌다. 원형과 굴절형의 단어는 사전에 표시된 연결 자질에 의해 모든 정보를 서로 공유하게 된다.

　'구절'과 '문장'은 숙어 사전이나 특수어 사전 등의 표제어 단위가 된다. 기계 번역에서는 대상어와 목표어 간에 발견되는 언어적 차이를 처리 절차에 반영하는 것이 쉽지 않으며, 특히 숙어나 관용어 등에 대한 적절한 분석과 생성은 처리가 어려운 대표적인 예에 속한다. 숙어나 관용어는 언어적인 차이뿐 아니라 언어 외적인 부분, 예를 들어 각 언어 간의 문화적 차이를 반영하기도 한다. 이러한 현상을 고려하지 않으면 분석을 성공적으로 수행한다 하더라도 적절한 대역어를 생성하지 못하게 된다. 따라서 숙어나 관용어 등의 이러한 예에 대해서는 그 대상을 더 이상 분석하지 않고 전체 단위를 사전에 등재하고 이 단위 전체에 대한 대역어를 기재하여, 적절한 번역을 수행하는 방식을 이용할 수 있다.

3.2.1.2. 사전의 종류

FCG의 어휘부는 일반어 사전, 숙어 사전, 특수어 사전, 중의성 사전, 복합어 사전, 전문어 사전, 테이블 사전 등이 모여 구성됨은 이미 언급하였다. 이 중 '일반어 사전'은 가장 일반적인 형식의 사전이다. 이 사전에는 어간과 접사가 표제어로 등재되어 있으며, 표제어의 고유 자질 정보와 표제어를 선행하거나 후행하는 유의미한 환경 정보가 함께 기재된다.[56] 그리고 번역 용도의 사전이라면 표제어에 대한 대역 정보가, 대화 시스템의 용도에서는 지식 기반의 모듈과 관련된 자질이 추가되는 등 필요에 따라 자질이나 형식이 수정될 수 있다.

'숙어 사전'이나 '특수어 사전'은 구절이나 문장 등 단어 경계를 넘어서는 단위를 표제어로 한다. 이 단위는 언어학적으로 숙어나 관용어 등으로 분류되는 용법을 포함하며, 구절 단위는 숙어 사전에서 문장 단위는 특수어 사전에서 주로 처리한다. 그리고 엄밀하게는 숙어나 관용어의 용법에 해당하지 않지만 요소 간의 공기 관계가 특이한 구성이나 구문을 분석했을 때 적절한 결과를 얻기 어려운 예 등도 함께 포함한다.

    (40)　ㄱ. 낮말은 새가 듣고 밤말은 쥐가 듣는다.
         ㄴ. Walls have ears.

    (41)　ㄱ. 별 말씀을 다하십니다.
         ㄴ. You're welcome.
         ㄷ. It's my pleasure.

---

56) 앞 선 논의에서 사전의 표제어로 등재 가능한 단위를 '형태소, 단어, 구절, 문장' 등으로 한정하였다. 그런데 FCG에서의 단어 형성은 연산부에서 이루어지므로, 어휘부에는 그 자체로는 자립이 불가능한 '어간' 표제어도 존재한다. 따라서 엄밀히 말하면 사전의 표제어는 '어간, 접미사, 구절, 문장' 등이며, 표제어가 '단어'인 경우는 어간이 자립형인 예에 해당한다.

(40ㄱ)과 (40ㄴ), (41ㄱ)과 (41ㄴ, ㄷ)은 한국어와 영어 구문에서 관찰할 수 있는 표현 방식의 차이를 나타내는 병렬 자료체의 일부이다. (40ㄱ) 이 분석 대상 문장인 경우, 이를 그대로 직역하여서는 적절한 대역 문장을 생성할 수 없다. 또한 (41ㄱ)도 각각의 성분을 분석했을 때는 이 분석 결과를 (41ㄴ)이나 (41ㄷ)의 의미와 연결하기 어렵다. 이와 같이 숙어, 속담, 관용어 등에 대해서는 이 단위 전체를 표제어로 등재하는 방법이 기계 번역의 작업을 용이하게 한다.[57)]

'테이블 사전'은 '자연 부류'를 이루는 어휘항들을 통합적으로 관리하기 위한 사전이다. 언어 자료체를 통해 특정 기준에서 동일하게 행동하는 어휘항들을 선별하고, 이 항들을 한 집합의 원소들로 표시하는 방법은 자질연산의 효율성을 높여 준다.

(42) I run a supermarket.

이 문장을 올바르게 분석하기 위해서는, run이 타동사이며 '운영하다'의 의미를 지니는 용법이라고 분석해야 한다. 이 예에서는 'supermarket'이라는 단어가 중의성을 해소하는 데 결정적인 단서를 제공한다. 그런데 이 supermarket과 동일하게 기능하는 단어로는 'book store, gallery, cafe' 등 매우 많은 예가 존재하므로, 이들 단어를 일일이 탐색할 수는 없다. 이와 같이 동류의 단어를 수집하여 테이블 사전에서 관리하고 이

---

57) 특수어 사전의 표제어가 될 수 있는 속담이나 관용 표현의 경우, 동일한 의미를 다양한 문장으로 나타내는 예가 흔히 존재한다. "중이 제 머리 못 깎는다. 무당이 제 굿 못한다. 소경이 저 죽을 날 모른다. 의사가 제 병 못 고친다. 도끼가 제 죽을 날 모른다." 등이 그것이다. 속담이나 관용 표현의 처리가 연구의 초점이 아니라면 시스템의 효율성을 위해 이들 표현 중 대표적인 것만을 등재하는 것과 같은 제한적 운용 방식이 선호된다.

정보를 'run'의 대역어 선택 과정에서 참조하면, 효율적인 방식으로 중의성을 해소할 수 있다.58)

'전문어 사전'은 특정 분야의 텍스트에서 집중적으로 사용하는 표제어들을 수집하여 관리하는 사전이다. 최근에는 일반어 사전과 전문어 사전을 함께 탑재하는 방식이 늘고 있다. 하나의 표제어에 대해 일반 텍스트에서의 의미와 특정 분야 텍스트에서의 의미가 서로 다른 경우가 많으므로, 각 경우에 가장 적절한 의미를 선택하기 위해 전문어 사전이 요구된다.

전문어 사전은 응용 시스템의 성능 향상을 위해 다양한 용도로 사용 가능하다. 관심 분야나 주제어가 한정되어 있는 검색 시스템이나 정보 추출 시스템에서는 정보처리의 주요 키워드인 인명이나 지명, 조직명, 브랜드 명 등을 전문어 사전에 별도로 관리하고, 이 정보를 정기적으로 갱신하여 시스템 이용의 만족도를 높일 수 있다.

기계 번역에서는 특히 '기술 문서'를 번역하는 '기술 번역'에서 전문어 사전을 적극적으로 활용한다. 기술 문서는 특정 분야의 전문 지식이나 실용적 정보를 내용으로 하는 문서이다. 'IT, 전자, 기계, 화학, 환경' 등의 각 분야에서는 동일 용어에 대한 정의나 용법이 서로 다르므로, 대역어의 선택도 문서의 분야에 맞게 적절히 이루어져야 한다. 다양한 분야의 기술 번역에서는 분석 과정과 그 결과를 모든 분야가 서로 공유하고, 대역어 선택에 있어서는 '일반어 사전'보다 해당 분야의 '전문어 사전'을 우선 탐색하여 의미를 확정하는 방식을 이용할 수 있다.59)

---

58) 테이블 사전을 따로 만들지 않고 일반어 사전에서 테이블 자질로 관리하는 방식으로도 동일한 효과를 얻을 수 있다.

59) 전문어 사전이 내장되어 있는 시스템에 적절한 관리 툴이 함께 제공되면, 사용자들이 자신의 관심 영역이나 전문 영역에 대한 정보의 갱신과 수정을 직접 관리할 수 있어 편리한 이용이 가능하다.

3.2.2. 자질의 체계 및 운용

3.2.2.1. FCG 자질의 특성

① 자질에 관한 논의

음운론 기술의 기본 단위로 변별적 자질을 본격적으로 이용한 Jakobson & Halle(1956) 이전에도 이 용어는 미국 구조주의를 대표하는 블룸필드와 유럽 구조주의 중 프라그 학파의 언어학자인 트루베츠코이 Nikolai Sergeevich Trubetskoi 등에 의해 사용되었다.60) 구조주의의 기술에서 음운론적 대립 구조를 체계화하기 위해 사용된 이 개념은 생성음운론에 이르러 음소를 대체할 만한 위상의 정립을 이루게 된다.

Jakobson & Halle(1956)에서 정의된 변별적 자질은 언어 분석의 단위들을 서로 구별해 주는 기능을 가지며, 단위들의 외연을 형식화한다. 음운론의 오랜 과제 중 하나는 '음소'를 적절하게 정의하는 문제였다. 이에 대해서는 '사피어 Edward Sapir의 심리적 실재설, 블룸필드의 심리적 실재설, 트루베츠코이의 변별적 대립설' 등이 제시되었고, 이후 음소와 변별적 자질의 관계가 논의되면서 자질의 개념이 주목받게 되었다

Jakobson & Fant & Halle(1965)에서는 음소를 '동시적으로 결합된 변별적 자질들의 묶음'으로 정의하여, '자질'이라는 개념을 음운론 진술의 핵심적 기제로 이용하고 있다. 이 체계의 자질에 대한 개념과 표기 방법은 Chomsky & Halle(1968)의 *SPE* 체계에서 발전되고, 이후 생성문법의 발달과 함께 그 쓰임이 확산되었다. 이와 같이 자질의 개념은 언어 연

---

60) Jakobson & Halle(1956)에서는 음운론(PHONOLOGY)을 음성의 언어적 기능 전반을 다루는 분야로, 음소론(PHONEMICS)을 음성의 변별적 기능을 분석하는 분야로 규정하고 있다. 이에 의하면 변별적 자질은 음운론 기술의 기본 단위라기보다는 음소론 기술의 기본 단위가 된다.

구에서 음운론을 포함한 형태론과 통사론, 의미론 등의 모든 분야에 도
입되어 매우 활발히 응용되어 왔다.[61] 이러한 자질은 대상의 특성을 효
과적으로 표시해 주며, 대상 간의 변별을 용이하게 한다.

  *SPE*에서는 '+'와 '−' 기호를 이용하여 논의의 대상을 양분법으로
분류하는 표시의 방식을 이용한다. 이는 특정 자질에 대한 양분법의 표
시 방식이 다양한 대상의 특성을 명시적으로 보여 주는 데 가장 적절하
고 효율적인 방법이기 때문이다. 그리고 특정한 자질을 자질 표시 대상
에 적용할 때에는 +와 −에 해당하는 대상을 비슷한 수로 양분하고,
전체 자질의 수는 변별이 가능한 가장 적은 수로 설정하는 방식을 경제
적인 자질 설정의 기준으로 삼는다.

  변별적 자질에 대한 논의 이후 음운론뿐 아니라 통사론이나 의미론
등에서도 자질의 개념과 표시 방법을 다양하게 이용하였다. 특히 생성
문법 논의가 어휘부에 대한 관심을 증대시키는 방향으로 전개되면서,
어휘부의 정보를 나타내기 위해 많은 자질들이 이용되었다.

어휘	어휘범주	고유자질	엄밀하위범주	선택제약
boy	$[+N]$	$[+anim][+hum][+com]$ $[+count][-abstr]$	$[+Det\_\_]_{NP}$	
frighten	$[+V]$	$[-str][+prog]$	$[+\_\_NP]_{vp}$	$\_\_NP$ $[+anim]$
read	$[+V]$	$[+str][+prog]$	$[+\_\_(\{^{NP}_{S}\})]_{vp}$	$NP\_\_$ $[+hum]$

〈표 5〉 생성문법 표준 이론의 어휘부 정보 예

---

61) 문자학의 연구에서도 음소 문자에 비해 보다 진전된 문자라는 의미로 '자질 문자(fea-
    tural writing)'의 분류가 시도된 바 있다. 특히 Sampson(1985)이 한글을 자질 문자라
    고 규정한 이후, 한글은 자질 문자의 전형적인 예로 분류되기도 한다.

생성문법의 표준 이론과 함께 생성의미론에서도 어휘에 대한 자질을 광범위하게 이용하였다. 생성의미론에서는 특히 어휘 해체의 방법을 이용하여 어휘 의미를 나타냈다.

(43) ㄱ. John killed Fred.
ㄴ. CAUSE John BECOME NOT ALIVE Fred.

(43)은 어휘 'killed'를 생성의미론에서 제안한 어휘 해체 방식으로 표시한 것이다. 이 예에서 'CAUSE, BECOME, NOT, ALIVE' 등은 실제의 어휘와는 구별되는 추상적인 의미 표시로, 이 또한 자질 체계에 의한 설명 방식으로 분류할 수 있다. 어휘 해체 방법론은 어휘 자질에 대한 논의를 심화하는 계기를 마련하기도 하였지만, 기본적인 의미 표시를 설정하는 기준이나 그 당위성 등에 있어 많은 논란을 낳았다.

이러한 자질 표시는 어휘부 정보를 기반으로 다양한 언어 현상들을 형식화한 문법 모형에서도 이론 진술의 핵심적인 기제로 이용되고 있다. 이는 '자질'이라는 개념이 하나의 대상이 가지는 본질을 가장 명확하게 표현해주며, 또한 규칙이나 원리의 연산 과정에 효율성을 제공하는 장점을 지니기 때문이다. 자질의 논의 과정에서 확립된 자질의 체계와 그 개념은 언어정보처리 분야에 효율적인 처리 방식을 제공한다.

이상에서 살핀 자질에 관한 논의들은 자료체가 지니는 다양한 언어적인 현상을 유한한 자질의 집합으로 설명하고자 한 것으로, 자질 표시의 양분법을 사용해 표현과 처리의 간결성을 획득하였다. 또한 자질의 집합을 적절하게 구성하기 위해 특정 언어 자료에만 국한하지 않고 언어 교차적으로 관찰되는 현상을 두루 고려하여 언어 보편적인 자질 설정에 노력을 기울임으로써, 언어의 보편성에 대한 설명력도 함께 얻을 수 있었다.

그러나 음운론에서의 성과와는 달리 생성의미론 등에서 직면한 어려움은 자질을 제한적으로 설정하려는 관점에 대한 문제를 제기하였다. 이는 자질 간에 존재할 수 있는 '잉여성'이 '효율성'과는 항상 대척점에 위치한다는 관점, 그리고 '양분 방식'이 가장 '경제적인' 자질 표시 방법론이라는 생각에 대한 문제 제기이다. 자질 운용에 대한 이러한 관점은 언어정보처리와 같이 문법 모형의 모든 부문의 정보를 전면적으로 다루어야 하는 분야에서 새로운 국면을 맞게 된다.

생성문법에서 제안한 '설명적 타당성'의 개념에서는 '간결성'을 중요한 평가의 척도로 삼는다. 언어의 각 부문 정보를 적절히 처리하기 위해서는 전체 체계에서 잉여적인 정보를 제거하고 진술의 간결함을 지향할 필요가 있다. 그리고 음운론이나 제한된 문법 부류에 대한 자질 체계에서는 경제성의 개념이 문법의 설명력을 증대시키는 데 기여하기도 하였다.

그런데 이러한 논의에서는 자질의 잉여성이라는 개념을 부정적으로 평가함으로 해서, 개방된 자질 체계가 제공할 수 있는 설명력을 제한하는 결과를 낳기도 하였다. 그러나 자질의 잉여성이나 자질 체계의 개방성은 문법 전반에 걸쳐 다른 방식의 효율성을 제공한다. 이러한 점에 초점을 맞추어 다음 절에서는 FCG의 자질 개념을 논의하고, 이 개념에 근거하여 자질을 운용하는 방식에 대하여 서술하고자 한다.

② FCG에서의 자질의 개념

이상의 자질 관련 논의에서 볼 수 있는 자질의 특성을 *SPE* 체계를 중심으로 정리하면 다음과 같다.

(44) *SPE* 자질 운용의 특성

ㄱ. 자질 표시에서 '±'의 이분 체계로 표시하여, 자질의 수를 줄
이고 이항 대립적인 특성을 명시적으로 보이고자 한다.

ㄴ. 비슷한 수로 양분될 수 있는 자질을 설정하여, 제한된 몇 개
의 자질로 대상 목록들이 잘 배분될 수 있도록 한다.

ㄷ. 가능한 한 적은 수의 자질을 설정하여, 자질 간의 잉여성을
줄이고 문법의 설명력을 획득하고자 한다.

FCG에서 사용하는 자질의 개념은 (44)와는 근본적인 차이를 지닌다. FCG 자질 구성의 특성 중 하나는 자질 간 '잉여성'을 제한하지 않는다는 점이다. FCG의 자질 집합은 잉여성이 보장되는 개방적 체계로 구성된다. 물론 실제 시스템에서는 자질을 폐쇄 집합으로 구성하여야 그 구현이 가능하므로, 특정 시스템이 제작되는 시점에서는 필요한 자질의 목록을 한정하여야 한다. 그런데 이 경우에도 '효율적인 의미에서의 잉여성'을 보장할 수 있도록, 일정 분량의 자질 목록이 추가되는 데 대해서는 그 여유분을 고려하는 방식으로 체계를 설정한다.

이는 시스템 전체의 자질 체계가 효율성을 고려하여 필수적인 자질들로 구성되어 있지만, 이러한 체계가 제한적으로 운용되는 것이 아니며 원리적으로는 자질의 집합이 열려 있음을 의미한다. 자질의 체계는 특정 시스템의 제작이 완료되는 시점에 폐쇄 집합을 이루게 된다. 이와 같은 방식으로 하나의 어휘 항목에 대한 자질이 확정되어 폐쇄 집합을 구성하면, 이 항목에 대한 자질들은 '자질 포화'를 이룬다.

생성문법과 같은 언어 이론의 해석과 달리, FCG에서는 '잉여성'을 산출의 안정성과 경제성을 위해 필요한 긍정적인 개념으로 간주한다. 예를 들어 *SPE*에서는 음소의 주요 부류 자질을 [±syl, ±cons, ±son]과 같이 한정하여 정의하고 있는데, 이와 달리 FCG 체계에서는 어휘 항

목에 표시할 수 있는 자질 집합을 미리 제한하지 않는다. 새로운 어휘가 추가되면 어휘 그물이 이를 수용할 수 있도록 분화하며, 분화한 그물코는 기존의 그물코에 하나 이상의 자질들을 덧붙이는 형식으로 표현된다.

예를 들어 '수영복'이라는 단어가 어휘 항목으로 추가되는 과정을 생각해 보자. 이때 '수영복'은 '옷'이라는 어휘 그물 안에서 새롭게 분화되며, 이전까지는 '옷'의 자질 체계 내에 존재하지 않았던 [water]라는 자질이 새롭게 추가된다. 여기에 다시 '비키니'라는 개념이 분화되면, 이에 대해서는 [dual]이라는 자질이 추가될 수 있다. 자질 추가는 이미 존재하는 자질 중에서 선택하는 방식으로 이루어지기도 하며, 새로운 자질의 도입을 통해 이루어지기도 한다. 자질 체계가 개방되어 있는 방식이 다양한 어휘 항목과 자질들의 관련성에 대한 표현을 용이하게 하며, 어휘 확장 시의 유연한 처리를 보장한다.

이러한 개념은 본질적으로 '온톨로지'의 구성 방식과 유사하다. 온톨로지는 '개별적인 지식, 단어, 개념 등이 전체 지식 체계 중에서 어디에 위치하는지를 밝히는 연구 분야'로, 각 개념과 이들이 지니는 관계로 표현된다. FCG에서의 각 개념은 자질 복합체로 구성되며, 이러한 자질 복합체는 실제 어휘와 관련된다. 그리고 이 개념들이 하위 개념으로 분지되는 데에는 자질의 추가가 발생하며, 하위 개념은 자신의 상위 개념이 지니는 자질을 모두 승계한다. 이러한 구조에서 자질을 승계하는 각 개념들은 동일 자질을 공유하는 자연 부류에 해당한다고 볼 수 있다.

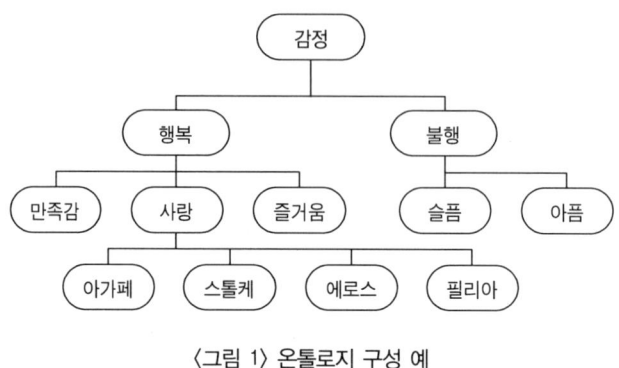

〈그림 1〉 온톨로지 구성 예

NLP에서는 음운 자질과 문법 자질, 그리고 의미 자질을 통합적으로 활용하여 언어 자료체에 대한 적절한 분석을 수행한다. 음운 체계나 문법 범주와는 달리, '의미 체계'는 몇몇 한정된 자질로 표현이 가능한 대상이 아니다. 유사한 의미를 가지거나 분포상 의미적으로 동일하게 기능하는 대상들을 전체로부터 변별해 내기 위해서는, 적은 수의 한정된 자질 체계를 이용하는 자질 표기 방식의 표현력이 충분하지 못하다. 그리고 1차 자료체에 대한 관찰적 타당성을 만족하여 자료체의 범위를 확대하는 경우를 대비하여, 추가 자질에 대한 예비 공간도 미리 확보해 둘 필요가 있다.

본질적으로 어휘 모두는 각각의 독자적인 의미를 지니며, 따라서 이들 모두를 서로 엄밀하게 구별하기 위해서는 무한대의 자질이 필요할 수도 있다. 그러나 구별되는 모든 의미와 용법이 시스템 제작에 유의미하게 기능하는 것은 아니다. 그러므로 FCG에서의 '자질의 개방성'이란 원리적인 개념으로, 연산에 필요한 자질을 충분히 설정하는 것이 최소한의 자질로 전체 대상을 효율적으로 분류하려는 원칙보다 우선한다는 의미이다. 그러므로 자질 체계 내의 '잉여성'이라는 개념이 불필요한 자질 설정을 용인하는 관점을 뜻하는 것은 아니다. 자질 체계의 효율성을 고려하여 자질 집합을 적절히 한정하는 방식은 이 이론에서도 역시 중요하게 다루어진다.

이러한 자질의 잉여성은 다양한 기준으로 자연 부류를 형성하는 것을 가능하게 하며, 특정 자질의 탐색 절차를 간략하게 한다. 자질의 잉여성을 허용하는 이와 같은 방식을 통해 연산 절차를 간소화하고 분석의 성공률을 높일 수 있으며, 따라서 이는 매우 효율적인 정보처리 방식이 된다. 이와 같이 자질의 잉여성은 시스템의 자원을 경제적으로 이용하기 위한 개념이다. *SPE*와 같이 제한된 몇 개의 자질만으로도 대상에 대한 표시가 충분하여 다른 대상과 명확히 변별될 수 있는 경우에 필수적인 자질만을 표시하여 처리하는 방식도 경제성을 고려한다는 목표에서는 FCG와 동일하다.

또한 특정 분야의 자료체에서 출현 빈도수가 매우 높거나 특이한 분포를 보이는 형태를 탐색하는 경우에는, 이 어휘에 대한 자질 복합체 전체를 탐색하는 방식보다는 이 고빈도의 특정 표제어에만 국한되는 특정적인 자질을 한 번에 찾아내는 것이 탐색의 효율을 높여줄 수 있다. 이와 같이 언어 자료체의 다양한 범주와 의미 등을 전면적으로 처리하는 언어정보처리의 관점에서는, 자질의 개방성 혹은 유연성이 매우 유용한 개념이다.

FCG에서는 구별 기호 '±'의 양분법을 사용하지 않는다. 예를 들어 어휘 '소년'이 [human, male, child]를 가진다고 할 때, '남자'는 [child]를 갖지 않는 점에서 '소년'과 구별되고, '소녀'는 [male] 대신 [female] 자질을 갖는 것으로 구별된다. FCG 자질의 개방성은 특정 자질을 보유하는 항목과 이 자질을 보유하지 않는 항목을 균등하게 분할하는 것을 목표로 삼지 않는다. 그리고 구별 기호 '±'를 사용하지 않음으로 해서, 특정한 어휘 항목이 [±α]를 동시에 갖는 경우를 논리적으로 허용하지 않

는다. 이러한 의미에서 FCG의 자질 표현은 이산적이며, 튜링 논리로의
환원이 용이하다.[62] 이상에서 논의된 자질의 개념이 지니는 특성을 정
리하면 다음과 같다.

(45) FCG 자질 개념의 특성
　　ㄱ. 자질은 '특정한 어휘 항목의 외연을 표시하기 위한 내항'으
　　　　로 정의한다.
　　ㄴ. 모든 어휘 항목 α는 필수적으로 하나 이상의 자질을 가지며,
　　　　이러한 자질 집합은 [f1, f2, f3……]로 표시한다.
　　ㄷ. 어휘 항목 α와 구별되는 어휘 항목 β는 적어도 하나의 자질
　　　　에서 α와 구별된다.
　　ㄹ. 어휘부 내 어휘 항목의 자질 체계는 개방적이다
　　ㅁ. 어휘 항목의 자질은 [±]의 기호로 표시하지 않는다.
　　ㅂ. 어휘 항목들은 어휘 그물로 연결된다.
　　ㅅ. 서로 연결된 어휘 항목들은 특정 자질을 공유한다.

　자질의 연산에서는 특정 어휘항에 대한 자질이 포화되어야 하며, 분
석 대상 자료의 범위를 확장하는 과정에서도 자질의 포화가 적절히 이
루어져야 한다. 이와 같이 새로운 분야와 내용의 자료체가 정보처리의
대상으로 추가되는 경우, 자질 체계의 개방성은 이에 대한 보다 유연한
처리를 가능하게 한다.

　이러한 자질의 개방성은 자질 체계 내의 잉여성을 가져 올 수 있으
나, 이러한 개념이 언어정보처리의 연산 절차 전반에서는 오히려 잉

---

62) '튜링 논리'는 튜링 기계의 작동 원리이며, '튜링 기계'는 '오른쪽이나 왼쪽으로 돌
　　아갈 수 있는 테이프의 한 부분을 제어 장치가 지시하고 있는 시스템'이다. 이 제어
　　장치는 '읽고 쓰고 지우고 좌우로 이동하는 것'이 가능하다. 컴퓨터는 바로 이러한
　　튜링 논리에 의해 작동되는 튜링 기계이며, 이를 고안한 튜링은 이와 같은 기계가
　　인간의 사고를 모의할 수 있을 것이라 하여 '튜링 테스트'를 제안하기도 하였다.

여성을 제거하고 경제성을 높여 주는 결과를 낳게 된다. 그리고 각 어휘들의 의미나 지식 베이스와 같이 매우 다양한 의미와 관계를 지니는 대상의 처리에서는 제한된 자질 체계를 기반으로 하여 자질 포화를 이루는 것이 가능하지 않다. 이와 같이 자질 체계의 개방성은 자질연산 절차의 간결성과 효율성을 보장해 주며, 언어정보처리에 속도와 안정성이라는 큰 이점을 제공한다.

3.2.2.2. 자질의 체계와 운용

① FCG의 문법 분류 체계

FCG의 여러 자질 중 문법적 자질의 목록을 살펴보기 위해서는 이 문법의 전반적인 분류 체계에 대한 논의가 필요하다. 그리스인들이 언어학을 '읽고 쓰기 위한 기술 grammatikē technē'로 정의하고 품사에 관해 언급한 이래로, 어휘 항목을 자연 부류로 나누어 기술하는 작업은 언어학의 주된 관심사가 되었다. 로마의 문법학자 '바로 Varro'는 네 가지의 품사를 설정하였는데, 이는 각각 '격을 갖는 것(명사), 시제를 갖는 것(동사), 시제와 격을 둘 다 갖는 것(분사), 이들 둘을 모두 갖지 않는 것(불변화사)'으로 정의된다. 이러한 품사 분류는 문법을 가르치기 위한 교육적 목적으로 행해졌다(조성식, 1998).

구조주의 언어학에서는 언어 자료체에서 관찰되는 어휘 항목의 분포를 중요시하였으며, 이러한 분포를 기준으로 어휘 항목들을 몇 개의 자연 부류로 나누었다. 생성문법에서는 어휘 항목들이 지니는 차이점을 자질의 차이로 형식화하여, 명사는 $[+n, -v]$, 동사는 $[-n, +v]$, 형용사는 $[+n, +v]$, 전치사는 $[-n, -v]$ 등으로 표시하였다(Chomsky, 1970). 이와 같은 두 자질의 네 가지 조합이 '주요 어휘 부류'가 된다. 그런데 이와 같이 자질을 설정할 때 범주들의 문장 내 분포를 중요시한다는 점에서는 생성문법과 구조주의가 공통부분을 갖는다.

문법의 범주를 논할 때 품사 분류와 함께 자주 논의되는 또 다른 주제는 '성분어'에 관한 것이다. 전통문법적인 관점에서는 주어를 '서술의 주체', 목적어를 '서술의 객체'와 같이 정의하였다. 이는 '내포적 정의'의 한 예로, 이러한 방식의 정의에서는 예외적인 부분이 발생하며 그 정의에 순환성이 내포될 수 있다는 점이 한계로 지적된다. 생성문법에서는 문장 내의 성분어에 관한 관점을 내포적 정의가 아닌 '외연적 정의' 방식으로 서술하였다. 초기 생성문법에서는 주어를 '문장의 직접 관할을 받는 명사구'로 정의하고, 문장에 대한 'IP 분석' 이후로는 주어를 'SPEC/IP'와 같이 표시하였다.

Jespersen(1987)에서는 낱말의 분류에서 '형태, 의미, 기능' 등이 고려되어야 하며, 이 중 '형태'가 가장 분명한 기준이 될 수 있음을 밝히고 있다. 조성식(1998)에서는 이에 비해, 형태와 기능 중 어느 것을 기준으로 해서 품사를 분류해도 나머지의 특성이 함께 반영될 수밖에 없음을 논의하고 있다. 이러한 서술은 형태, 의미, 기능 등을 서로 엄밀하게 구분하기 어려운 일면을 보여준다.

FCG에서 품사를 설정하는 가장 중요한 기준은 어휘들의 '분포'이다. 즉 동일한 분포를 보이는 어휘들을 하나의 자연 부류로 묶어 단일 문법 범주를 설정하는 방식을 취한다. 이는 분포가 가장 명시적으로 관찰될 수 있는 지표가 될 뿐 아니라, 분포의 차이를 통해서 기능의 차이까지도 포착할 수 있기 때문이다. FCG에서는 이와 같이 분포를 기준으로 품사를 분류하고, 이를 바탕으로 각 어휘항들의 자질 목록을 작성한다. 그리고 각 품사의 어휘가 문장 내에서 실현되는 환경을 탐색하여, 연산 규칙을 통해 문장 성분과 논항 관계를 명시화한다.

FCG 어휘부의 표제어로 등재가 가능한 단위인 형태소, 단어, 구절, 문장 중 구절과 문장은 숙어 사전이나 특수어 사전, 전문어 사전 등의 용도에 주로 쓰인다. 그리고 일반어 사전의 표제어로 쓰이는 단위는 형태소와 단어의 두 종류가 된다. 일반적으로 형태소와 단어로 분류될 수 있는 언어 단위의 목록은 다음과 같다.

(46) 형태소와 단어의 정의
   ㄱ. 형태소 : 의미를 갖는 최소 단위(어근, 어간, 어휘적 접미사, 통사적 접미사)
   ㄴ. 단 어 : 의미를 갖는 자립 형식(각 품사의 어휘)

Bloomfield(1933)은 형태소를 '의미를 갖는 최소의 단위'로 정의하였으며, 이러한 개념이 형태소의 정의로 널리 받아들여지고 있다. 이때의 '의미'에는 어휘적 의미와 문법적 의미가 모두 포함된다. 그런데 단발 형태소를 하나의 형태소로 인정할 수 있는지의 문제나 숙어와 같이 전체를 분해하면 합성적으로 의미를 도출할 수 없는 경우에는 숙어 전체를 하나의 형태소로 인정해야 하는지의 문제 등이 형태소의 정의나 그 단위를 판별하는 데 대한 논란거리를 제공했다(Miller, 1998).

단어에 대한 정의 또한 최근 형태론 분야에서 활발하게 시도되고 있으나, 어떠한 정의도 완전하지는 못한 듯하다. Miller(1998)에서는 '개념으로서의 단어', '철자열로서의 단어', '형태로서의 단어'에 대한 각각의 정의를 보이고, 이 정의들이 지니는 문제점들을 지적하였다. 시정곤(1993)에서는 '통사 구조에서 X^0 안에 있는 성분이면서 단일한 어휘 의미를 갖는 형태'를 단어라고 서술하였다. 이는 생성문법에 기반을 둔 이론 내적인 진술로, 다소 순환적인 정의가 될 수 있다. 박진호(1994)에서는 기존의 연구들에서 언급된 단어의 개념을 '통사원자'와 '음운론적 단위'로 나누고, 이 중 전자를 문법론의 주요 연구 대상으로 삼았다.

어휘부의 관점에서 보면, 문법적 단위나 개념을 정의하는 일은 어휘부의 표제어 단위를 선정하는 작업과도 관련이 있다. 이미 논의한 것처럼 FCG에서 조사나 어미가 어간과 결합하는 과정은 연산 절차 중 생성 과정의 일부이며, 어휘부에서는 이러한 단어 형성이 일어나지 않는다. 이는 어휘부와 연산부를 '정적 집합'과 '동적 운용'이라는 질적인 차이로 이분한 결과이다.

조사나 어미와 같은 통사적 접미사가 어간과 결합하는 경우와는 달리, 동사나 명사의 어근이 어휘적 접미사와 결합하는 경우에는 이 결합 형태 전체가 사전의 표제어로 등재된다. 이때에도 조사나 어미의 예와 마찬가지로 어휘부 내에서는 단어 형성이 일어나지 않는다.

(47) FCG의 문법 단위
    ㄱ. 어근 : 단어에서 어휘적 접미사를 분리한 형태
    ㄴ. 어간 : 단어에서 통사적 접미사를 분리한 형태
    ㄷ. 어휘적 접사 : 어간을 형성하며 연산 규칙에 비가시적인 접사
    ㄹ. 통사적 접사 : 단어를 형성하며 연산 규칙에 가시적인 접사

(47)은 FCG에서 정의되는 문법 단위의 정의이다. FCG에서의 '단어'는 연산부에서 자립적으로 활동하며, 명제 정보 테이블에서 독립된 형태를 유지하는 단위를 지칭한다.[63] 이상의 논의에 따라 '형태소와 단어'로 언급된 일반어 사전의 표제어 단위를 FCG의 용어로 정리하면 (48)과 같다.

---

63) 이러한 서술은 단어에 대한 근본적인 정의라기보다는 연산 중 어떤 단위가 단어에 해당하는지를 지시하는 개념이라 할 수 있다.

(48) FCG 일반어 사전의 표제어 단위

    ㄱ. 각 품사의 어간

    ㄴ. 통사적 접미사

(49) ㄱ. *나는 밥을 먹.

    ㄴ. 오늘은 밥을 먹었다.

    ㄷ. 오늘은 밥이 잘 먹힌다.

(49ㄱ)에서처럼, 동사 어근이나 동사 어간은 자립적으로 사용되지 못하며, 접미사와의 결합이 필수적이다. (49ㄴ)에서의 '먹'과 '었'과 '다'는 통사적 접미사로, 각각을 개별 표제어로 등재한다. (49ㄷ)에서는 '먹히'를 하나의 표제어로 등재하고, 'ㄴ'과 '다'는 별도의 표제어로 등재한다.

어휘부에서 단어 형성이 일어나지 않으며 '먹히'를 하나의 표제어로 등재한다는 것은, 어휘부에 동사 어근 '먹'과 피동 접사 '히'의 정보를 따로 기재하지 않음을 의미한다. 동사의 의미와 피동의 의미 정보는 '먹히'라는 동사 전체에 표시되는 정보이다. '먹히'의 분석에서도 이를 더 이상 분해하지 않으며, 구문 분석 시에도 이 단위 전체에 대한 분석 결과 정보를 정보 테이블의 해당 공간에 기재한다.

(50) 급히, 빨리, 고이

(50)의 각 예에서는 어절 전체를 하나의 부사로 등재하며, 이 어절의 어근이나 접사에 대한 개별 정보는 표시하지 않는다.

(51) ㄱ. 이러한 서술의 흐름을 살펴보자.

    ㄴ. 나는 그 물이 흐름을 느꼈다.

(52) ㄱ. 경희는 달리기에서 1등을 했다.
ㄴ. 이 길은 달리기가 좋다.

(51ㄱ)이나 (52ㄱ)과 같은 어휘적 접미사 결합형에서 '흐름'과 '달리기'는 단어 전체를 어휘부에 등재한다. 이와는 다르게 (51ㄴ)이나 (52ㄴ)과 같은 통사적 접미사 결합형의 경우에는 분석이나 생성 규칙의 적용을 위해 통사적 접미사 '음'과 '기'를 별도의 표제어로 등재한다. 그리고 한국어 분석 시에는 문장 내의 환경을 탐색하여, (51), (52)와 같은 어휘적 용법과 통사적 용법 사이의 중의성을 해소한다. 어휘적 용법이 존재하지 않는 예에 대하여는 어간과 접사의 결합형 전체를 어휘부에 등재하지 않으며, 통사적 용법이 없는 경우에는 해당 접사를 별도로 등재하지 않는다. 이와 같이 한 가지 용법만 존재할 때는 연산부의 중의성 처리 절차도 불필요하다.

명사는 명사 어간 자체가 자립적으로 쓰이기도 하며, 이에 조사가 붙어서 명사구를 형성하기도 한다. 명사에 조사가 결합한 단위 전체는 어휘부에 등재되지 않고, 명사와 조사가 각각의 표제어로 등재된다. 따라서 형태소 분석 과정에서는 명사와 조사를 분리하여 어휘부에서 각각의 단위를 탐색하며, 구문 분석 시에는 전체 명사구를 하나의 단위로 하여 정보 테이블의 해당 공간에 분석 정보를 기재한다.

이상에서 논의한 것처럼 어휘적 접미사와 결합한 형태는 어휘부에 어절 전체를 한 단위로 등재하며, 통사적 접미사가 결합한 형태는 어휘부에 등재하지 않는다. 그러므로 어휘부에서 어휘적 접미사는 독립적인 표제어로 존재하지 않으며, 어휘적 접미사와 결합하는 어근도 따로 등재하지 않는다. 이에 비해 통사적 접미사는 형태소 분석 과정을 위해 독립적으로 어휘부에 존재한다.

한국어 정보처리를 위한 FCG의 품사는 '명사, 동사, 부사, 관형사, 감탄사' 등으로 분류한다.64) 이러한 품사들은 모두 어휘부 내에서 '어간'이라는 형태론적 지위를 갖는다. 동사는 어간만으로는 연산부에서 자립적인 단어로 기능할 수 없으나 명사와 부사와 관형사와 감탄사는 어간 자체로도 단어로 기능하며, 이 단위에 다시 조사 등의 통사적 접미사가 결합하여 다시 단어를 구성하기도 한다.

② FCG의 자질 체계

표제어의 자질 정보로는 '음운 자질, 문법 자질, 의미 자질, 시스템 자질' 등이 표시된다. 이 중 '음운 자질'은 불규칙 정보나 생성 절차에서의 특이 정보 등을 포함하는데, 이 정보가 이용되는 대표적인 예로는 불규칙 형태의 처리가 있다. 한국어 동사에는 다양한 불규칙 형태가 존재하며, 이에 대한 정보를 적절히 이용하여 어간과 접사를 성공적으로 분리할 수 있다. "그녀는 아름다운 소녀이다."에서 '아름다운'이 'ㅂ 불규칙'에 해당한다는 음운론적 정보를 이용하여 이 어절을 '아름답+ㄴ'으로 올바르게 분석하게 된다.

'문법 자질'은 한 언어의 문법 체계를 반영하는 자질로, 품사 자질, 의존성 자질, 문형 자질, 시제나 부정 등의 문법 범주 자질 등을 포함한

---

64) 한국어 이외의 정보처리를 염두에 둔다면, 이 밖에도 형용사, 전치사 등의 다른 문법 범주가 설정될 필요가 있다. 이처럼 문법적 정보들은 각 언어의 특성을 적절하게 반영하도록 기술하여야 한다. 예를 들어 FCG에서는 한국어의 동사와 형용사를 구별하지 않는다. 이 두 경우를 모두 동사로 간주하고, 그 하위부류의 특성에 따라 적절한 자질을 표시하는 것이 개념적으로나 실제적으로 간결성을 제공하기 때문이다. 그러나 한국어와는 달리 영어에서는 형용사가 동사처럼 단독으로 서술어 기능을 담당하지 않으므로, 형용사를 독립 품사로 설정한다. 또한 이미 언급한 것처럼 한국어는 격조사나 어미 등의 통사적 접미사를 별도의 표제어로 등재하지만, 영어에서는 굴절형들을 모두 등재하고 동일 어기의 굴절어들을 서로 연결하는 방식을 사용한다.

다. FCG에서 각각의 품사들은 그에 해당하는 문법 자질을 갖는다. 이러한 문법 자질로는 명사([n]), 동사([v]), 부사([ad]), 관형사([det]), 감탄사([ij]) 등의 품사 자질이 대표적이다. 그리고 이 외의 문법 자질로는 어간과 접사를 구별하는 자질이 있으며, 이는 각각 [lex]와 [aff]로 표시된다. 또한 통사적 자질을 의미하는 표시로 [syn]이 사용된다. FCG 어휘부의 문법 범주와 자질의 표시는 아래와 같다.

(53) 일반어 사전의 표제어와 문법 범주

어간	자립형(단어)	명사, 부사, 관형사, 감탄사
	비자립형	동사
접사		통사적 접미사

(54) 어휘부의 문법 자질

품사 자질	[n] : 명사, [v] : 동사, [ad] : 부사, [det] : 관형사, [ij] : 감탄사
기능 자질	[lex] : 어간, [aff] : 접사, [syn] : 통사적 접미사, [conj] : 접속, [comp] : 보문소, [fin] : 종결, [pol] : 존칭
시상 자질	[pr] : 현재, [pt] : 과거, [fu] : 미래, [ig] : 진행, [pp] : 완료
서법 자질	[dec] : 평서문, [yq] : 판정 의문문, [wq] : 설명 의문문, [exe] : 감탄문, [imp] : 명령문

(55) 단어 형성 규칙의 적용

한국어 분석	단어 형성 규칙 적용을 받지 않음
한국어 생성	생성부에서 정보 테이블의 분석 결과에 따라 단어 형성 규칙을 적용

언어 유형적으로 '교착어'인 한국어의 특성을 잘 나타내주는 격조사의 자질을 이러한 체계에 맞게 표시하면 다음과 같다. 먼저 격조사들은

명사 어간과 결합하므로 범주 자질로 [n]을 갖는다. 이는 형태론적 연산 원리인 '동일 자질 결합 원리'에 부합하는 표시이다. 또한 기능적으로는 접사로 분류되므로 [aff] 자질을 가지며, 어휘부에 그 결합형이 존재하지 않으므로 [syn] 자질을 갖는다. 이에 더하여, 주격, 목적격, 속격 등을 나타내는 각각의 구별 자질들도 함께 표시한다.

(56) 구조격 조사의 문법 범주 자질
  ㄱ. 이/가 : [n, aff, syn, sub]
  ㄴ. 을/를 : [n, aff, syn, obj]
  ㄷ. 의 : [n, aff, syn, gen]

구조격 이외의 조사들도 기본적으로 [n, aff, syn] 자질을 기본으로 하여, 이 자질 외에 서로 변별되는 고유한 자질들을 추가적으로 지닌다. 고창수(1997)에서는 구조격과 구별되는 조사들을 다음과 같은 자질로 표시하고 있다.

(57) 구조격 이외의 조사의 자질(고창수, 1997)
  ㄱ. 은/는 : [n, aff, syn, fin, topic, contrast]
  ㄴ. 도 : [n, aff, syn, fin, topic, also]
  ㄷ. 야 : [n, aff, syn, fin, case, voc]
  ㄹ. 로 : [n, aff, syn, case, instru]
  ㅁ. 에 : [n, aff, syn, case, loc]

'의미 자질'은 개별 어휘의 다양한 의미를 자연 부류로 표시한 자질로, 기반 분석 시스템과 응용 시스템에서 문법 자질과 함께 가장 기본적인 자질로 기능한다. 이에는 가족 명칭, 직업 명칭, 탈 것, 먹을 것 등의 다양한 자질을 포함하며, 여타의 자질들에 비해 그 개방적인 특성이 두드러진다. 의미 자질은 현 시스템에서도 가장 다양한 부류의 자질로 구성되어 있으며, 시스템에 따라서 그 추가의 가능성도 가장 큰 자질이다. 특정 모듈의 연산에 관여하는 자질 집합의 한 예로, 의미격을 연산할 때 이용되는 자질의 목록을 보이면 다음과 같다.

> (58) 의미격 연산 자질(김원경, 2008)[65)]
> ㄱ. 논항 자질
> [animate, group, power, space, position, time, set, subset, null]
> ㄴ. 서술어 자질
> [perception, emotion, happen, action, passive, enforce, benefit, causer, result, state, copula, comitative, origin, move, 2V, comp, null]

'시스템 자질'은 정보처리 시스템의 각 부문이나 모듈 간의 정보를 효율적으로 연계하기 위해 필요한 자질로, 필요한 부분을 호출하거나 최적의 경로로 알고리듬이 운용될 수 있도록 해 준다. 이와 같은 다양한 종류의 자질들은 어휘부의 각 표제어에 대한 정보를 구성하고, 이 정보들은 연산부에서 분석과 생성을 담당하며 정보 테이블을 구성하는 데 핵심적인 기능을 수행한다.

FCG에서 어휘부의 정보는 연산부 운용의 기반이 된다. 시스템 전체와의 관련하에서 어휘부를 구성할 때에 중점적으로 고려해야 할 사항은 다음과 같다

---

65) 형태소 분석이나 구문 분석, 의미 분석 등의 언어정보처리 전 과정에는 다양한 부류의 자질들이 필요하다. FCG에서는 논항의 격을 '형태격'과 '의미격'으로 나누는데, (58)의 자질은 이 중 의미격을 연산하는 모듈에 가시적인 자질 목록이다. 이러한 자질 집합은 서술어가 지니는 자질과 논항이 지니는 자질로부터 추출된 것이다.

(59) FCG의 어휘부 정보 조건

    ㄱ. 표제어 선정의 적절성
    ㄴ. 어휘부 정보의 정확성
    ㄷ. 어휘부 탐색의 효율성
    ㄹ. 연산부 정보와의 합치성

(59ㄱ)에 대해서는 이미 앞에서 살펴보았다. (59ㄴ)은 체계적이고 적정하게 분류된 자질에 의해 표제어의 정보를 표시하는 것이 시스템 운용의 최소 요건임을 의미한다. 어휘부 정보의 정확성이 낮다면 이는 어휘부 설계의 초기 단계부터 특정 범주나 자질 등을 부적절하게 설정하는 데에 기인하기도 하며, 어휘 그물망을 적절히 구성하지 못하여 부정확성이 발생하는 경우도 있다. 또한 대량의 자료에 기초하여 자질을 설정하고 또 이를 다시 대량의 자료에 적용하는 과정이 반복되는 가운데, 철자나 자질 표시 등과 관련한 단순 오류도 흔히 발생한다.

(59ㄷ)과 (59ㄹ)은 어휘부나 연산부와 모두 관련이 되는 기준이다. (59ㄷ)은 어휘부 정보들이 연산 시의 효율적 탐색을 보장하는 방식으로 정렬되어 있어야 함을 의미한다. 이러한 효율성은 전체 모형에서 어휘부가 차지하는 위치, 어휘부와 연산부의 상호 관계, 어휘부 내의 정보 정렬 방식 등에 따라 달라질 수 있다.

앞에서 논의한 것처럼 이 문법 모형에서는 한 어휘를 표제어로 하는 정보에 대해 품사나 의미 등의 중의성이 존재하면, 이러한 모든 정보의 총합을 단일 표제어에 대한 정보로 표시한다. 그리고 '분포'와 '연어 정보', 해당 어휘의 '굴절 정보' 등을 고려하여 적절한 품사와 의미 정보만을 남기고 그 용법과 관련이 없는 나머지 정보를 제거해 나가는 방식을 취하여 원하는 결과를 도출한다. 이러한 정보 선택의 과정에서 어휘부 정보가 서로 경쟁 관계를 이룰 때에는 보다 특정적인 결과가 먼저 선택되도록 연산 규칙을 정렬하여야 하며, 이 외의 경우에는 특정한 결론보다 일반적인 결론이 먼저 도출될 수 있도록 정렬해야 한다.

(59ㄹ)은 시스템 각 부문의 모든 정보들이 서로 합치되어야 함을 의미한다. 효율적으로 구성된 시스템이라 하더라도 각 부문의 정보가 서로 상충되면 올바른 결과를 도출할 수 없다. 이는 문법의 각 부문을 각각 독자적인 원리에 의해서 움직이는 모듈의 개념으로 구성해야 하지만, 동시에 전체적인 시스템을 정합적으로 설계하고 운용해야 함을 의미한다. 이와 관련하여 다음 절에서는 적절한 결과 도출을 위한 연산부의 규칙과 원리를 살펴보겠다.

3.3. 자질연산문법의 연산부

3.3.1. 연산 원리와 연산 규칙

3.3.1.1. 연산 원리와 연산 규칙의 운용

FCG에서는 이상에서 논의한 것과 같은 어휘부의 정보를 바탕으로 연산부에서 연산 규칙을 운용하며, 이 규칙은 연산 원리의 영향을 받는다. 앞 절에서는 어휘부의 정보를 개방적으로 표시하고 잉여성을 추구하는 방식이 연산부 규칙을 간단하게 하여, 연산 시의 탐색 시간을 줄이고 처리의 효율을 높이며 안정적인 처리 결과를 보장함을 논의하였다. 어휘부 정보를 기반으로 하는 연산 절차를 구체적으로 살피기 위해 연산 원리와 연산 규칙, 그리고 명제 테이블과 양태 테이블에 대해 알아보자.

FCG의 연산부에는 연산에 대한 세부적인 규칙들이 존재한다. 연산 규칙은 언어 자료체와 어휘부의 정보를 바탕으로 문장의 분석과 생성을 가능하게 하는 기제이며, 연산 원리는 이러한 연산 규칙의 경향성에 대한 표현이다. 이 부분에서는 예제 문장의 정보처리를 통해 연산 절차의 구체적인 내용을 살펴보겠다.

연산 규칙은 두 종류의 정보를 기반으로 하여 구성된다. 첫째는 어휘부의 정보이고, 두 번째는 언어 자료체에 대한 분석 정보이다. 어휘부 정보와 연산 규칙이 협력하여 정보를 처리하는 과정을 범주 중의성의 예를 통해 살펴보자. 어휘부의 표제어 중에는 어휘적 차원의 범주 중의성을 갖는 예가 있다. 이는 경우에 따라 동음이의어로 처리될 수도 있고, 단일 표제어의 다의적 용법으로 처리될 수도 있다.

(60) 중의성 어휘 예 'book'
ㄱ. [n] : 책, 저술, 권, 편……
ㄴ. [v] : 예약하다, 기입하다……

(60)은 'book'이라는 형태가 갖는 대표적인 문법 범주와 의미를 표시한 예이다.[66] (60)과 같이 명사, 동사, 형용사 등의 상이한 문법 범주가 동일 형태로 실현되는 영어 단어의 예는 쉽게 찾을 수 있다. 이 예에 대해서는 1장에서 서술한 대로 '동일한 형태는 동일한 표제어로' 사전에 올리는 등재 방식을 사용한다. 그리고 연산 규칙을 운용하여 어휘적 차원의 범주 중의성을 해결한다.

(61) ㄱ. This book contains various exploits of the explorers.
ㄴ. We wanted to book a hotel room in July, but there were no vacancies.

---

66) 'book'이라는 단어는 명사, 형용사, 자동사, 타동사 등의 범주로 사용되며 그 용법도 매우 다양하다. 이 논의에서는 이 중 대표적인 용법만을 보인 것이다.

(61ㄱ)에서의 'book'은, 'this'가 자신을 인접 선행하며 동사 'contains'가 이를 인접 후행하는 등의 정보를 종합하여 명사로 분석된다.[67] 이러한 연산 규칙은 자료체에서 발견할 수 있는 해당 어휘의 분포에 기초하여 구성하며, 이 규칙에 의해 '[n]과 [v]'로 표시된 book의 자질 중 [v]가 지워지고 [n]이 선택된다. 그리고 이에 대한 한국어 대역어를 생성할 때는 [n]의 대역어 중에서 연산 결과와 동일한 조건의 것을 선택한다. (61ㄴ)도 이와 같이 'book' 전후의 환경을 고려하여 [v]로 분석하고, 이를 토대로 적절한 대역어를 생성할 수 있다.

(62) ㄱ. 나는 새를 보았다.
ㄴ. 네가 먹은 음식이 상했나봐.

(61)과 (62)를 비교해 보면, 한국어를 분석할 때 발생하는 어절 수준의 분석 중의성 문제가 영어의 경우와는 그 양상이 다름을 알 수 있다. 이는 1장에서 논의한 바와 같이 한국어는 '분리 중의성'이, 영어는 '범주 중의성'이 흔히 발생하기 때문이다.

(62)와 같은 한국어 분리 중의성의 예에는 '범주 판별'의 문제뿐 아니라 '형태소 경계'가 어느 지점인지를 파악하는 문제까지 더해져서 영어에 비해 보다 복잡한 양상을 띤다. 이러한 특성 때문에 한국어에서는 중의성 항목들만을 관리하는 중의성 사전과 규칙 모듈을 별도로 마련하고, 이러한 복잡한 양상의 문제를 일괄적으로 처리하는 방식이 더욱

---

67) 단어의 문법 범주를 결정하는 중의성 해소 절차에서 처리가 어려운 대표적인 예는 중의성 항목이 연속하여 나타나는 경우이다. 영어 분석에서는 그 유형론적인 특성에 따라 한국어와는 다르게 '좌-우' 방향으로 분석해 나가므로, 문장 내에 나타나는 중의성 항목을 그 선형 순서에 의해 처리한다. 이러한 처리 과정에서는 '복합어 처리'가 '중의성 해소'에 우선해야 한다는 등의 규칙 간 순서도 매우 중요하게 기능한다.

효과적이다. 중의성 사전의 표제어로 등재된 단어는 [ambi]의 자질을 가지며, 연산 과정 중에 이 자질이 탐색되면 '중의성 해소' 규칙의 적용을 받게 된다.

중의성 해소를 포함하는 FCG의 연산 규칙은 '튜링 논리'에 부응하기 위한 단순한 함수로 이루어져 있다. 이 함수는 (63)의 세 가지 유형으로 정리할 수 있다.

(63) FCG의 연산 함수

ㄱ. α를 탐색하라.

ㄴ. α를 β로 바꾸어라.

ㄷ. α를 ν에 써라.

(α와 β는 어휘 항목이거나 자질이며, ν는 테이블 형식이다.)

(63ㄱ)의 "α를 탐색하라."는 연산 절차에서 탐색 조건에 맞는 특정 자질이나 항을 찾기 위한 함수이다. 연산 절차에서는 형태소 분석과 구문 분석을 수행하는데, 이 두 경우 모두 뒤에서 앞으로 진행하는 '우−좌 탐색'의 순으로 연산을 운용한다. 연산부에는 처리해야 할 규칙이 적정한 규칙 순서로 나열되어 있으며, 이 순서에 의해 전체 문자열을 분석한다.[68] 처리 중인 대상 항목에서 연산 규칙에 명시된 [comp]와 같은 자질이 탐색되면, 관련 연산 규칙인 '복합어 처리' 모듈을 호출하여 이 연산을 진행한다.[69]

---

68) 정보처리의 모듈과 각 모듈별 규칙은 모두 적정한 규칙 순서로 구성된다. '처리 모듈별 순서'라 함은 예를 들어 '복합 명사 처리', '중의성 처리', '단문 분할' 등의 모듈 간의 순서가 고정되어 있음을 의미하며, 이 모듈 내의 규칙 또한 특정한 조건을 먼저 처리하는 순차적인 알고리듬 형태로 명기되어 있다.

69) 연산 규칙과 관련된 자질은 [ambi], [comp] 등과 같이 연산 규칙을 바로 연상시키는 자질뿐 아니라, 사전에서 여러 범주를 동시에 지니는 어휘에 대한 [n, a, v]와 같은

(64) ㄱ. 나는 박사 학위 논문을 쓰고 있다.
ㄴ. 네가 쓰고 있는 모자 참 예쁘다.

(64ㄱ)과 (64ㄴ)에서는 모두 '쓰고'라는 문자열이 탐색된다. (64ㄱ)에서는 해당 어절을 선행하는 '논문'과 같은 부류, (64ㄴ)에서는 해당 어절을 후행하는 '모자'와 같은 부류의 단어들이 '쓰고'의 용법들을 성공적으로 분석하는 데 대한 해결의 실마리를 제공한다.

(63ㄱ)의 '탐색' 함수에는 현재 처리 중인 '처리 항목'을 찾는 경우와, 현재 처리 항을 선행하거나 후행하는 '환경'을 탐색하는 경우가 있다. 또한 특정한 '자질'을 탐색하는 경우와 '항목'을 탐색하는 경우로도 나눌 수 있다. 이에 의하면, (64ㄱ, ㄴ)은 처리 항 자신을 선행하거나 후행하는 명사의 '의미 자질'을 탐색하는 '환경' 탐색의 경우에 해당한다.

(63ㄴ)의 "α를 β로 바꾸어라."는 연산 규칙의 적용 과정에서 특정한 항이나 자질을 변경하기 위한 함수이다.[70]

(65) ㄱ. 선생님이 가시는 것을 보았다.
ㄴ. 이 생선의 가시는 골라내기가 힘들다.

(65ㄱ)의 '가시는'은 동사 어간에 동사 접미사가 결합한 어절이며, (65ㄴ)의 '가시는'은 명사에 조사가 결합한 어절이다. 자질연산 과정을 거치면서 해당 항에 대한 결과가 도출되면, 어휘부 정보 중에서 처리 항과 관련이 없는 정보는 삭제한다. 최종적으로 이 어절에 대한 범주

'자질 복합체'나 [t152, t153]과 같이 표시되는 '테이블 자질, 특정 문자열, 문장 부호' 등 다양한 방식으로 표현된다.
70) 항목이나 자질을 변경하는 함수의 예로는 '항목 삭제, 항목 추가, 자질 삭제, 자질 추가, 문자열 변경' 등이 있다.

자질로는 (65ㄱ)에서는 [v], (65ㄴ)에서는 [n] 자질이 남는다. 이는 어휘부에서 표제어의 '자질' 중 일부를 '삭제'하는 경우이다. 이와 비교하여 (66)은 자질이 아닌 특정 '항목'의 '삭제'를 보여준다.

> (66) ㄱ. 만약 내일 비가 오면, 나는 출발을 연기할 것이다.
> 　　　ㄴ. 내일 비가 오면, 나는 출발을 연기할 것이다.
> 　　　ㄷ. If it should rain tomorrow, I will put off my departure.

(66ㄱ)과 (66ㄴ)은 '만약'이라는 부사의 존재 여부에서 차이를 보이지만, 문장의 의미는 동일하다. (66ㄱ)에는 '만약'이라는 부사와 '–면'이라는 어미가 가정의 의미를 담당하며, (66ㄷ)에는 'if'와 쉼표에 후행하는 조동사 'will', 그리고 문장 내 성분들의 특정한 구성 형식이 가정법을 보장한다. 이에 대한 영어 표현인 (66ㄷ)에서는 '만약'에 직접 대응하는 어절이 부사의 형태로 나타나지 않는다.

(66ㄱ, ㄴ)을 모두 성공적으로 번역하는 방안의 한 가지로, (66ㄱ)의 '만약'이라는 항목을 삭제하는 방식을 들 수 있다. 이는 한국어의 (66ㄱ)과 (66ㄴ)의 동일한 처리를 가능하게 하며, 단일 부사어로 대응되지 않고 '가정법'이라는 특정 구성으로 표현되는 영어 대역어 생성 과정을 수월하게 한다. 이는 연산부에서 문장 내의 특정 '항목' 자체를 '삭제'하는 함수에 대한 예이다.

(63ㄷ)의 "a를 ɣ에 써라."는 (63ㄱ, ㄴ)에 의해 연산한 결과를 분석 결과표에 기재하기 위한 함수이다. (64ㄱ)의 문장 "나는 박사 학위 논문을 쓰고 있다."에 이를 적용해 보면, 동사 칸에는 '쓰다'를 표시하고 주어 칸에는 '나는'을, 목적어 칸에는 '박사 학위 논문을'을 표시하게 된다. 이 예문에 대한 시제나 상 등 양태 정보를 분석한 결과도 해당 테이블

의 정보 칸에 표시한다. 이 테이블에 기재하는 내용은 모두 연산 과정
의 규칙에 의해 최종적으로 선택된 정보들이다. (63ㄷ)의 함수에 의해
서 '논항 정보'는 '명제 테이블'에, 동사 접미사가 나타내는 '양태 정보'
는 '양태 테이블'에 기재한다.

연산의 대상이 되는 처리 항목 간의 우선순위는 어휘부 사전의 정보
와 다양한 언어 자료체의 분석 결과에 의해 결정한다. 연산 규칙이 확
정되면 이 규칙은 특정 문장의 연산에 적용되고 이 결과는 정보 테이블
에 저장된다. 이러한 연산 규칙의 정의와 구성은 다음과 같다.

> **(67) 연산 규칙**
> ㄱ. 정의 : 어휘부 자질에 의한 정보 분석의 절차를 연산 함수들
> 　　　　로 구현한 표현들의 집합
> ㄴ. 종류 : 형태 규칙, 통사 규칙, 의미 규칙, 화용 규칙 등71)

(67)의 연산 규칙은 연산의 운용 원리와 밀접한 관련을 갖는다. 연산
원리의 개념을 설명하기 위해, 다음과 같은 어휘적 범주 중의성의 예를
다시 살펴보자.

> **(68)** The report found that fiber helps lower blood cholesterol.

(68)에서 'report'는 '보고하다'라는 의미의 동사일 수도 있고, '보고
서'라는 의미의 명사일 수도 있다. 이 어휘의 중의성을 해소하기 위해

---

71) 이의 각 규칙은 다시 하위 규칙을 지닌다. 예를 들어 통사 규칙에는 '단문 분할 규
칙, 접속문 처리 규칙, 복문 처리 규칙, 수식어−피수식어 처리 규칙, 논항 분석 규
칙, 문장 유형 분석 규칙, 양태 분석 규칙' 등의 다양한 하위 규칙들이 존재한다.

서는 관련 자질이나 항목에 대한 탐색이 이루어져야 한다. 이와 같은 탐색에서는 단문을 그 탐색 범위의 경계로 설정하는 것이 원칙이며, 따라서 'that'을 지표로 전체 문장을 두 개의 단문으로 분할하고 처리 항목이 속한 단문의 영역을 넘지 않는 범위에서 탐색을 수행해야 적절한 결과를 얻을 수 있다. 이와 관련한 연산 원리는 아래의 (70ㄴ)에서 정리한 '탐색 경계 원리'이다.72)

　FCG에서의 연산 규칙은 어휘부의 자질 내역을 기반으로 하며, 연산 원리의 영향을 받는다. 그리고 동시에 자질 내역과 연산 원리 또한 연산 규칙을 수립하는 과정에서 적절히 수정될 수 있다. 따라서 어휘부와 연산 원리, 그리고 연산 규칙은 서로 보완하며 상호 제약하는 관계에 있다. (69)는 (35)에서 언급한 연산 원리의 정의를 다시 보인 것이며, 이러한 연산 원리의 유형은 (70)과 같다.

(69) 연산 원리

　　연산 규칙들이 갖는 경향성의 집합

(70) 연산 원리의 유형

　ㄱ. 동일 자질 결합 원리 : 단어 형성을 이루는 어간과 어미는 품사 자질이 서로 동일해야 한다.

　ㄴ. 탐색 경계 원리 : 탐색 함수에 의해 포인터는 지정된 범위를 경계로 탐색을 진행해야 한다.

　ㄷ. 자질 포화 원리 : 사전의 어휘 항목 자질은 완전히 포화되어

---

72) 이 예에서도 'that'을 경계로 하여 단문을 분할하고 이를 탐색의 경계로 삼으려면, 먼저 이 형태가 '형용사, 대명사, 부사, 접속사, 관계 대명사' 등의 범주 중 어느 범주로 사용되었는지를 판단해야 한다. 이 중 접속사나 관계 대명사의 경우에만 문장 분할의 표지로 이용할 수 있기 때문이다. 이는 연산 규칙의 순서를 결정할 때 '중의성 해소'가 '단문 분할' 절차보다 앞 단계에서 이루어져야 함을 보여주는 예이다.

야 한다.

ㄹ. 시제 좌―우선성 원리 : 시제 정보가 복수일 때는 가장 좌측
에 있는 정보로 연산을 수행한다.

ㅁ. 상 우―우선성 원리 : 상 정보가 복수일 때는 가장 우측에 있
는 정보로 연산을 수행한다.

이러한 '연산 원리'는 연산 규칙의 상위에서 연산 규칙을 지배하는
원리가 아니며, 개별 규칙들에 대한 경향성의 집합이다. '규칙의 경향
성'은 다른 규칙을 설정하는 데에 방향성을 제공하며, 외형적으로는 이
질적이고 다양한 양상으로 관찰되지만 그 현상의 안쪽에 내재되어 있
는 '언어 자료체의 일반성'을 포착하게 해 주는 원리적인 진술이다.

3.3.1.2. 연산 규칙의 분류

① 형태 규칙과 통사 규칙

연산부의 규칙 중 대표적인 것으로는 '형태 규칙'과 '통사 규칙'이
있다. 이 중 형태 규칙은 단어의 형성이나 형태소 분석과 관련이 있고,
통사 규칙은 구문 분석과 구문 생성에 관여한다. FCG의 어휘부는 정적
인 항목들의 집합이고, 연산부는 동적 운용이 일어나는 부문이다. 따라
서 FCG에서는 형태 규칙과 통사 규칙을 그 규칙이 적용되는 부문에 의
해 구분하지 않는다. 이는 이 두 규칙은 모두 연산부에서 적용되는 규
칙이기 때문이다.

그렇다면 이 규칙들 사이의 질적인 차이는 무엇일까? 형태 규칙은 단
어 경계 내부의 요소를 규칙 적용의 대상으로 하며, 통사 규칙은 그 이
상의 단위를 대상으로 한다. 즉 하나의 단문을 대상으로 각 성분들의 문
법적 지위를 결정하고 자질 일치 등을 점검하는 것이 통사 규칙의 기능

이다. FCG에서도 이러한 일반 정의는 그대로 작용된다. 그런데 이에 더하여 FCG에서 형태 규칙과 통사 규칙을 나누는 또 다른 기준이 있다. 이는 형태 규칙은 (70ㄱ)에서 보인 동일 자질 결합 원리를 준수하며, 통사 규칙은 이를 준수할 필요가 없다는 점이다.[73]

(71) **형태 규칙**
　ㄱ. 단어 내 형태소들의 분석과 결합을 규정하는 규칙
　ㄴ. 동일 자질 결합 원리를 준수하는 규칙
　ㄷ. 접사의 결여 정보를 만족하게 하는 규칙

(72) **통사 규칙**
　ㄱ. 문장 내 단어 간의 연쇄를 규정하는 규칙
　ㄴ. 이질적인 자질 결합을 선호하는 규칙
　ㄷ. 논항 정보나 일치 정보를 만족하게 하는 규칙

(71)은 형태 규칙의 기능과 특성에 대한 서술이다. 형태 규칙이 적용되는 범위는 단어 내부이며, 이러한 단어의 경계는 대체로 어절 경계와 일치한다. 그러나 단어와 어절의 경계가 항상 동일한 것은 아니다.

(73)　ㄱ. 나는 내일 거기에 갈 것이다.
　　　ㄴ. 나는 학교에 가고 싶다.

(73)에서 '-ㄹ 것이다'나 '-고 싶다'는 어절 경계를 넘어서는 단위를 구성한다. 이와 같은 용법은 복합 명사나 동사 연속 구성의 예에서도

---

73) 통사 규칙은 동일 자질 결합 원리를 준수하지 않을 뿐 아니라, 이를 적극적으로 회피하는 특성을 갖는다.

확인할 수 있다. 이 예의 분석 정보를 저장하는 양태 테이블에서 '-ㄹ 것이다'는 '미래', '-고 싶다'는 '원망'이라는 하나의 독립된 칸을 차지한다.

FCG에서는 '-ㄹ'과 '것'이 지니는 본유적인 자질의 하나로 접사를 의미하는 [aff]를 표시한다. [aff] 자질이 표시된 형태는 어절 경계를 넘어서는 범위에서라도 적절한 어근이나 어간 등의 어기를 탐색하여 이와 결합하여야 적형의 형태 구조를 만족하게 된다. 그리고 이와 같은 연산의 결과로 접사와 어근이 결합한 '갈 것이다' 전체는 하나의 단위로 처리될 수 있다.

(72)는 통사 규칙의 특성과 기능에 대한 서술이다. 통사 규칙은 형태소 분석 결과를 기초로 하여, 단어들이 문장 내에서 맺는 상호 간의 관계를 규정하는 규칙이다. 형태 규칙과 달리 통사 규칙은 이질적인 자질 간의 결합을 선호하는 경향을 지닌다. 형태 규칙과 통사 규칙은 이와 같은 차이점을 지니지만 '동적 규칙의 운용'이라는 면에서 공통점을 지니며, 이러한 공통 특성에 의해 함께 연산부의 규칙으로 분류된다.

② 형태소 분석과 구문 분석

'형태소 분석'은 하나의 단어로부터 의미를 갖는 최소 단위인 형태소를 분석하는 절차이다.[74] 강승식(1993)에서는 조사와 선어말어미의 결합

---

74) 정확한 용어 사용을 위해서는, 한국어 정보처리에서 사용하는 '형태소 분석'이라는 용어를 '등재소 분석'이라는 용어로 대체하는 것이 더 적절할 듯하다. 정보처리에서 사용하는 형태소 분석은 엄밀한 의미에서 형태소로 분석하는 작업이 아니다. 그러므로 언어학적으로 '형태소'라고 규정된 단위와 정보처리에서의 형태소 분석 결과가 서로 다른 경우가 발생할 수 있다. 이는 정보처리에서의 형태소 분석이 분석 대상을 형태소로 분석하는 것이 목표가 아니라 정보처리에 효율적인 단위로 분석하는 것을 목표로 하기 때문이다. 정보처리에서는 음절 등의 단위로 분석 대상을 분리해 내고 이 분리된 단위를 사전 표제어와 비교하여, 효율적이고 정확한 정보처리가 가능한

이나, 어말어미와 조사의 결합 현상을 통합형을 단위로 하여 처리한다.[75] 이와 같은 방식은 조사가 결합한 형태인 통합형 전체를 사전에 등재하거나 형태소 분석 알고리듬에 표시하고, 이 단위를 더 이상 분석하지 않는 방식이다. 이는 형태소 사이의 결합 정보에 대한 처리를 간략하게 해주어 처리의 효율성을 높일 수 있다. 그러나 통합형 목록에서 누락된 경우에 대하여는 처리가 어렵다는 단점을 지니기도 한다.

권종성(1996)에서는 '한개 띄어쓰기 단위의 뒷글자로부터 한자씩 떼내여 분석하는 수법'과 '추적배렬탐색법'을 실례와 함께 상술하고 있다. 전자는 단어의 맨 뒤 공백을 찾아 이 앞의 문자열을 한 음절씩 분리하고, 이러한 분석 결과를 사전과 비교하는 과정을 반복하면서 형태소 분석을 수행하는 방법이다. 그리고 후자는 '합성토'가 많은 한국어 기능 형태의 특성을 고려한 분석 방법이다. 이 후자의 방법에 의하면, 특정한 토가 탐색될 때 이와 결합 가능한 다른 토들이 정렬되어 있는 주소로 찾아가서 이 주소에 등재되어 있는 토와 문장에 나타난 토의 형태를 비교하는 과정을 통해 형태소 분석을 수행하게 된다.

단위로 분석을 진행한다. 이러한 점 이외에도, '형태소 분석'과 '구문 분석'이라는 용어에는 또 다른 문제가 있다. 이는 형태소 분석은 '분석된 결과물의 단위'에 초점을 둔 것인데 반해, 구문 분석이라 함은 '구문을 대상으로 분석'한다거나 '구문을 그 단위 구조로 분석'한다는 의미 중 어느 쪽으로도 해석 가능하기 때문이다. 전자의 해석이라면 이 용어는 '분석 이전의 단위'에 초점을 맞춘 용법이 된다. 구문 분석의 명명 방식과의 일관성을 유지하기 위해, 형태소 분석이라는 용어 대신 '어절 분석'이라는 용어를 사용하기도 한다.

75) 형태소 분석에는 매우 다양한 방법론이 존재한다. 그중 '2단계 형태론'은 변형 규칙을 없애고 변형 규칙들의 합성 규칙인 2단계 규칙을 이용하는 이론이다. '음절 기반 형태론'은 단어를 음절들의 집합으로 정의하고 음절을 다시 초성, 중성, 종성으로 나누어, 음절과 음운에 각각 특성-값 쌍을 표시하는 방법이다. 이밖에 한국어 형태소 분석에 사용되는 대표적인 방법론으로는 'head-tail 구분법, tabular 파싱법, 최장/최단 일치법, 음절 단위 분석법' 등이 있다.

FCG의 형태소 분석에서는 '우-좌 일음절 적출법'을 이용한다. 그리고 이 방법으로 분리한 음절을 어간 사전의 표제어와 차례대로 비교하며 그 형태가 일치되는 단위를 탐색한다. 이 과정에서는 '어간 최장 일치법'을 이용하는데, 이는 어절에서 분리한 결과를 접사 사전이 아닌 어간 사전의 표제어와 먼저 비교하며 어간 사전에 일치하는 표제어가 있으면 그중 가장 긴 형을 선택하는 방식이다.

다른 문법 모형에서 흔히 이용하는 방법과 마찬가지로 FCG에서도 1차적으로는 어절을 단위로 형태소를 분석한다. 그러나 어절의 제일 앞 음절이 [aff] 자질로 표시되는 '접사'의 정보를 가진 채로 어절 분석이 종료되면, (71ㄷ)의 '접사의 결여 정보를 만족하게 하는 규칙'에 따라 어절 경계를 넘어서는 2차 탐색을 수행한다.

(74) 그 꽃은 많은 사람들에 의해 짓밟혔다.

(74)의 '짓밟히다'의 단어 구조는 접두사 '짓'에 '밟히'라는 동사가 결합한 형태이다. 이는 어절의 맨 앞 음절이 접사 자질 정보를 갖는 경우이다. 그런데 이때에는 이 '접사'가 '접두사'이므로 어절 경계를 넘어 형태소 분석이 이루어지면 올바른 분석 결과를 얻을 수 없다. FCG에서는 이와 같이 접두사가 결합한 단어의 경우에는 사전에 '접사'에 대한 자질 정보를 표시하지 않으며, 이 접두사와 어근의 결합 단위를 하나의 어간으로 등재함을 언급한 바 있다. 따라서 (74)의 예는 어절의 맨 앞 음절이 접사의 정보를 갖는 경우로 분류되지 않는다. 이러한 이유로 (74)는 (71ㄷ)의 적용을 받지 않게 되며 적절한 처리가 가능해진다.

'동일 자질 결합 원리'는 형태소의 배열에 대한 핵심적인 원리이며, 중의성 해소에서도 주요한 원리로 작용한다.

(75) ㄱ. 나는 그가 물건을 숨기는 것을 보았다.
　　 ㄴ. 네가 숨으라니까 숨기는 한다.

(75)에서 '숨기는'은 어절 전체가 중의성 사전의 표제어로 등재되어 있으며, '동사 어근+동사 접사'의 결합이나, '동사 어근+명사 접사+명사 접사'가 분석의 후보로 표시된다. (75ㄱ)의 '는'이 조사로 잘못 분석되는 것과 (75ㄴ)의 '는'이 어미로 잘못 분석되는 것을 방지하는 원리가 바로 동일 자질 결합 원리이다. 이 원리에 따라 하나의 단어 내에서는 동일한 자질을 가진 연쇄만을 적법한 것으로 인정하며, 그렇지 않은 경우는 부적절한 연쇄로 판단하여 배제한다.

하나의 문장을 대상으로 하는 형태소 분석의 과정을 다음의 예를 통해 살펴보자.

(76) 아이들이 공부를 하느라고 밥을 먹는 것도 잊었다.

(76)의 처리를 위해 먼저 문장 제일 끝의 문장 부호를 탐색한다. 이 문장에서의 문장 부호는 '마침표'이므로 이를 참조하여 문장 유형의 '평서문' 칸에 분석 정보를 표시한다. 그리고 현재 문장의 끝 부분에 위치해 있는 포인터를 문장 부호가 있던 해당 어절의 제일 앞부분에 놓고, '잊었다'라는 어절 전체를 '어간 사전'에서 탐색한다. 탐색의 결과 이 단위가 어간 사전에 등재되어 있지 않으면, 다시 이 어절의 끝부분으로 포인터를 옮겨 마지막 음절 '다'를 적출한다. 그리고 이 형태를 '접사 사전'에서 탐색한다.

한국어는 교착어로 어절의 끝부분에 기능 형태들이 결합하는 경우가 많으므로, 우-좌 분석에서 어절 전체가 어간 사전에 없으면 어절 끝부분의 음절 단위 형태는 어간 사전이 아닌 접사 사전부터 탐색함을 원칙으로 한다.76) 이러한 방법으로 하나의 어절에 대한 분석이 끝나면 정보 테이블에 분석 결과를 저장하고, 다음 공백의 앞 문자열이 속한 어절을 다시 동일한 과정으로 분석한다. 이렇게 하면 (76)은 최종적으로 '아이/들/이//공부/를//하/느라고//밥/을//먹/는/것/도//잊/었/다//'와 같이 분석된다.

형태소 분석에서 사용하는 일반어 사전은 그 기능에 따라 다시 '어간 사전, 접사 사전, 중의성 사전, 복합어 사전' 등으로 나눌 수 있다. 이 중 '중의성 사전'은 범주 중의성이나 의미 중의성을 갖는 단위 전체를 표제어로 등재한 사전으로, 그 기능은 이미 앞에서 언급한 바 있다. '복합어 사전'은 다음의 분석 과정에서 사용한다.

(77) ㄱ. 나는 고려 대학교에 다닌다.
ㄴ. 나는 고려대학교에 다닌다.

(77ㄱ)의 '고려 대학교'와 (77ㄴ)의 '고려대학교'는 동일한 대상을 지칭하는 표현이다. 이러한 복합 명사의 경우 흔히 띄어쓰기와 관련한 문제가 발생한다. 띄어쓰기를 하거나 붙여 쓴 경우에 모두 형태소 분석에 성공할 수 있도록 하기 위해, 복합어 사전에 이러한 어휘들을 미리 등재하고 '복합 명사' 자질 [comp]를 표시한다. 형태소 분석 중 이 자질이 탐색되면 관련 연산을 수행하여 두 가지 표현을 동일한 대상으로 처리할

---

76) 한국어에는 조사나 어미가 결합되어 나타나는 경우가 많으므로, 조사나 어미의 결합체들을 하나의 단위로 사전에 등재하는 방식을 사용하기도 한다. 이와 같이 어절 전체를 어간 사전에서 탐색하는 경우와, 접사 결합형을 접사 사전에서 탐색하는 경우에는 양자 모두에 대해 먼저 최장 일치의 방식을 적용할 수도 있다. 이는 각 사전 탐색의 과정에서 '어간 최장 일치법'과 '접사 최장 일치법'을 함께 적용하여 형태소 분석을 진행하는 방식이다.

수 있다.[77]

　형태소 분석이 모두 종료되면 이 결과를 정보 테이블에 표시하고, 이 정보 테이블의 정보를 바탕으로 하여 다음 단계인 구문 분석을 수행한다. '구문 분석'은 '단문 내 각 단어의 문장 성분과 수식－피수식 관계 등을 구문 분석 정보 테이블에 표시하는 절차'이다.[78] 형태소 분석과 마찬가지로 구문 분석의 기법도 크게 '통계 기반 방법론'과 '규칙 기반 방법론'으로 나눌 수 있다.

　통계 기반의 방법론은 문장의 구조를 올바르게 분석하기 위해 태깅된 대용량 자료체의 통계 정보를 이용하는 것이다. 이러한 방법을 따르면 논리적으로 분석 가능한 구조들이 매우 많은 생성되기 때문에, 이 다양한 후보들의 경우의 수를 줄여나가기 위해 흔히 어휘 정보나 문법 규칙의 도움을 받는다. 이와 마찬가지로 규칙 기반 방법론도 규칙 수립의 선행 과정으로 먼저 태깅된 대용량 자료체를 분석하여 특정 현상과 이의 환경을 조사한다. 그리고 이를 기반으로 하여 각 문제에 대한 규칙을 규칙 순서에 의거하여 수립하고 이에 의해 구문 분석을 수행하는 방식이다.

　FCG는 이 중 규칙 기반 방법론으로 분류되며, 자료체에 대한 문법 범주 정보나 연어 정보, 빈도 정보 등의 분석 자료를 토대로 하여 정보 처리의 규칙을 수립한다. 이 중 특히 빈도 정보는 보다 일반적인 용법

---

77) (77)은 대학 명칭에 대한 예이므로, 관련 어휘들을 한정하고 사전에서 처리하는 방법의 적용이 가능하다. 그런데 '바다 장거리 수영 대회'와 같은 예에서는 그 연쇄를 미리 예측할 수 없다. 그러나 이러한 경우에도 이 명사의 연쇄가 하나의 명사구로 처리되어야 구문 분석 시에 적절한 격을 할당하고 논항 분석을 수행할 수 있다. 이와 같은 예는 어휘부의 복합어 사전에 등재하는 방식으로 해결할 수 없으며, 연산부에서 명사가 연속하는 분포에 대한 '복합 명사 처리 규칙'을 마련하여 문제를 해결한다.
78) 언어정보처리에서 구문 분석을 수행할 때 자주 언급되는 방법론으로는 '확장 전이망, 차트 파싱, 토미타 파싱' 등이 있다.

과 특정적인 용법을 구별하여 주며, 개별 규칙들의 규칙 순서를 결정하는 데 도움을 준다.

(78) ㄱ. I water that flower.
ㄴ. The water is clean and safe to drink.

(78ㄱ)에서는 'water'가 동사로 사용되었으며, (78ㄴ)에서는 'water'가 명사로 사용되었다. 실제 자료에서 'water'에 대한 명사와 동사의 두 용법을 살펴보면, 명사로 쓰이는 예가 동사의 예보다 훨씬 더 많이 관찰된다. 이와 같은 결과에 부합하도록, 'water'의 범주 중의성을 해결하는 규칙의 기술에서 명사의 용법을 무표적인 것으로 처리할 수 있다. 즉 범주 중의성이 [v]로 결정되는 데 관여하는 환경을 먼저 기술하고, 이 경우가 아니라면 모두 [n]으로 결정되도록 하는 방식으로 규칙을 수립하는 방식이다.

고창수(1994)에서는 자질연산의 원리로 '시제 좌—우선성 원리'와 '상우—우선성 원리'를 제안하였는데, 이는 형태소 분석 단계에도 적용된다.

(79) 시제와 상의 연산 원리(고창수, 1994)
ㄱ. 시제 좌—우선성 원리 : 시제 정보가 복수일 때, 가장 좌측에 있는 정보로 연산한다.
ㄴ. 상 우—우선성 원리 : 상 정보가 복수일 때, 가장 우측에 있는 정보로 연산한다.

이에 의해 고창수·김원경(1998)에서는 시제와 상에 관한 정보를 다음과 같이 연산하였다.

(80) 먹었겠다

> 었 [past, perfect]
>
> 겠 [future, guess]
>
> + 다 [present, dec, fin]
>
> _____
>
> [past, guess]

(81) 막으셨습니다

> 셨 [past, perfect, spol]
>
> 습 [present, hpol]
>
> 니 [present]
>
> + 다 [present, dec, fin]
>
> _____
>
> [past, spol, hpol, dec]

3.3.2. 정보 테이블

3.3.2.1. 명제 테이블의 구성

FCG에서는 정보처리의 결과를 정보 테이블에 표시한다. '정보 테이블'은 형태소 분석과 구문 분석 등의 결과로 얻은 정보를 표시하고 저장하는 정보 저장 틀로, '명제 테이블'과 '양태 테이블'로 구성된다. 이 두 테이블에 저장된 정보는 대상어에 대한 분석 결과를 한 눈에 확인할 수 있게 해 주며, 목표어를 생성할 때에도 이 테이블의 정보를 기반으로 적절한 단어와 어순을 선택할 수 있다.

생성문법이나 통합문법 등에서는 다음과 같은 관점에 의해 '수형도'와 같은 계층 구조를 통해 언어정보를 표현한다. 첫째는 문장 정보에 대한 계층 구조가 인간의 인지 구조를 반영해 준다는 관점이다. 둘째는 이러한 계층 구조를 통하여 언어 분석 결과를 효과적으로 표현할 수 있다는 관점이다. 그리고 마지막으로 계층 구조를 표시하는 절차가 언어를 분해하고 생성하는 정보처리의 절차와 유사하다는 관점이다.

　이와 대조적으로 FCG에서는 수형도와 같은 방식으로 표현되는 계층 구조가 인간의 인지 구조를 그대로 반영하는 것으로 파악하지 않는다. 문장의 구조를 수형도로 표시할 경우에는 '계층성'의 문제가 매우 중요하며, 이는 문장 안에서 '각 성분어의 구조적 위치를 항구적으로 지시하는 일'과 관련이 있다. 언어의 계층성을 지지하는 문법 모형에서는 모든 언어에 보편적으로 적용되는 계층 구조가 존재한다는 점의 근거로, 여러 언어에서 보이는 '주어와 목적어 간의 비대칭성' 현상을 주목하기도 한다. 그러나 이와 같은 논의가 '심리적 실재'로서의 근거 획득에까지는 이르지 못한 것으로 보인다. 이러한 계층 구조 표시 방식은 언어 간의 차이를 일반화하여 반영해 주기 어려우며, 이에 더하여 처리 절차의 '경제성'에 긍정적으로 기능하지 않는다.

　따라서 이 모형에서는 문장 구조에 대한 정보를 전국적인 계층 구조를 이용하여 표시하는 방식을 취하지 않는다. 또한 계층성이라는 개념도 제한적인 범위 내에서만 유지할 것이다.79) 이와 같은 분석 정보 표시 방법은 논항 간의 어순이 상대적으로 자유로운 한국어의 특성을 고려한 것일 뿐 아니라, 언어 보편적으로도 통사 구조의 각 절점이나 지배 관계 등에 대한 심리적 실재성이 부족하다는 점을 주요 근거로 삼고 있다. 즉 이는 한국어 고유의 특성과 언어 보편적 속성의 양자 모두를 고려한 정보 표시 방식이라 할 수 있다.

　FCG에서 사용하는 정보 테이블은 언어정보의 분석 결과를 저장하는 공간이다. 이러한 분석 정보는 정보처리의 응용 시스템, 예를 들어 기

---

79) 이 논의에서 사용하는 '계층성'의 개념은 '수식어−피수식어' 관계로 한정하여 표시한다.

계 번역의 대역어를 생성하거나 대화 시스템의 응답문을 구성하는 절차의 근거로 활용된다. 정보 테이블은 명제 테이블과 양태 테이블로 나뉘며, 각 테이블에는 처리 대상 어휘들에 대한 어휘부 정보와 자질연산의 결과로 도출된 분석 정보들이 함께 표시된다.

이 두 테이블 중 '명제 테이블'에는 다음과 같은 정보들을 표시한다. 첫째로는 문장 내의 '동사의 문형'에 대한 정보이다. 하나의 문장이 입력되면 단문 전체를 탐색 범위로 하여 문장의 동사를 찾아 이를 동사 정보 칸에 쓰고, 이 동사 전후의 명사구를 탐색하여 동사의 격틀을 파악한다. 이러한 연산의 결과로, 동사는 문형과 관련된 자질인 [v1], [v2], [v3], [v4], [v5] 중 하나의 값을 갖는다.80) 이러한 분석 결과는 명제 테이블에 저장되고, 목표어 생성 시에도 이용된다.

둘째로는 문장 내 명사구의 '형태격'과 '의미격'에 관한 정보이다. 명사구가 어떤 문장 성분으로 사용되는지를 판단하는 절차에서는 '명사와 결합한 조사의 형태, 동사의 자질과 논항의 자질, 문장 내 성분들의 어순' 등을 고려하여 연산을 수행한다. 특히 격에 대한 핵심 정보를 담고 있는 조사가 생략된 표현에서는 동사의 자질이나 어순 등이 매우 중요하게 작용한다.

동사의 논항에는 필수적인 것과 부가적인 것이 있다. 부사어는 대체로 부가적인 논항으로 처리되지만, 부사어로 쓰이는 명사구에도 필수적인 논항으로 처리하여야 하는 예들이 있음은 선행 연구에서도 종종 논의된 바 있다. 남기심(1993)에서는 '접어들다, 놀라다, 찍히다, 박히다' 등

---

80) 영어 분석에서는 국어의 경우와 비교해 필수 논항의 생략 비율이 상대적으로 낮으므로, 동사의 문형 정보를 파악하는 '[vn] 중의성 처리'가 간단한 편이다. 그러나 한국어에는 필수 성분을 포함한 논항 생략의 예가 빈번히 관찰되므로, 두 언어 사이의 문형 정보 파악 문제의 양상이 다소 다르다고 할 수 있다.

의 동사가 출현하는 문장에서, 'N+에게'나 'N+에'의 명사구가 함께 나타나지 않으면 문법성이 낮아진다는 것을 밝히고 있다. 이와는 대조적으로 문장 내의 특정 성분을 수식하는 기능 외에는 다른 기능을 수행하지 않는 부가적인 명사구들도 있다.

FCG는 동사가 필수적으로 요구하는 논항과 수의적인 논항을 구별하여, 이 두 경우를 서로 다른 방식으로 정보 테이블에 표시한다. 두 경우 중 전자만이 명제 테이블에 독립적인 논항 칸을 갖는다. 따라서 명제 테이블의 논항 칸에 직접 표시하는 논항은 그 문장 내에서 필수적인 성분으로 기능하는 '필수 논항'이며, 필수 논항이 아니며 수식의 기능만을 가지는 '수의 논항'은 자신이 수식하는 피수식 성분의 아래에 부가적으로 표시한다.

셋째로는 한 문장이 복문으로 구성될 경우 각 단문들이 갖는 '논리적인 연결 관계'를 표시한다. 복문을 분석할 때 전체를 이루는 각 단문들 사이의 관계를 명확히 규정하는 것은 정보처리의 과정에서 매우 중요한 문제이다. 예를 들어 영-한 번역의 경우, 영어 문장의 절 유형을 제대로 파악하지 못하면 전혀 다른 구조와 의미를 지닌 한국어 대역 문장에 대응할 수도 있다. 모문과 내포문이 지니는 관계나 대등 연결과 종속 연결의 차이 등은 각각 구별되는 형식으로 명제 테이블에 표시된다.

넷째로는 '수식어와 피수식어 관계'에 관한 표시이다. FCG는 문장 전체의 구조에 대해서는 계층적인 구조 표시를 행하지 않지만, '수식-피수식어 관계'에 대해서는 계층 구조 표시를 수행한다.

(82) ㄱ. 화재는 발생 3시간여 만에 진화되었으며, 다행히 인명 피해는 없었다.
　　 ㄴ. 일산화질소는 매우 빨리 분해되는 물질이다.

(82ㄱ)의 '다행히'는 쉼표 이하의 문장 전체를 수식하는 '문장 부사'이며, (82ㄴ)의 '매우'는 '빨리'라는 또 다른 부사를 수식하는 '성분 부사'이다. FCG의 명제 테이블에서는 특정 성분어의 '수식어를 제외한 문장의 기본 구조'를 중심으로 명제 테이블을 작성한다. 따라서 문장 내에서 특정 성분을 수식하는 기능을 갖지 않는 문장 부사의 경우에는 독립적인 성분어 칸을 가지며, 이에 비해 성분 부사는 성분어 칸을 갖지 못한다. (82ㄴ)과 같이 동사를 수식하는 부사의 경우에는 자신이 수식하는 동사의 성분어 칸 하단에 위치한 '동사의 수식어열'에 정보를 기재한다. 부사어로 쓰이는 성분이 명제 테이블에 독립된 성분어 칸을 갖는 경우는 '문장 부사'와 '필수 부사어'에 한한다.

이처럼 문장 내의 두 성분이 서로 '수식―피수식 관계'에 있는 경우에는 '수식어를 피수식어열의 하단에 있는 수식어열에 표시'한다. 명사는 부사나 부사어, 관형사나 관형어, 관형절 등으로부터 수식을 받는다. 동사는 부사나 부사어에 의해 수식을 받는다. 부사어가 다른 부사어를 수식하는 경우에는 피수식 부사어의 수식어열에 수식 부사어가 표시된다. 수식의 유형에는 '단어―단어 수식, 문장―단어 수식, 그리고 단어―문장 수식' 등이 있으며, 이러한 모든 유형의 수식―피수식 관계에 대한 표시는 동일한 방법, 즉 수식어를 피수식어의 수식어열에 표시하는 방식으로 이루어진다.

  (83) ㄱ. 적군의 도시 파괴
        ㄴ. 20세기의 자연 파괴

문장의 구조를 표시할 때 생성문법과 같이 수형도를 구조 표시의 기제로 이용하는 논의에서는, (83ㄱ)의 '적군의 도시 파괴'에서 '적군'과

'도시'가 서로 다른 구조적 위치를 차지하는 것으로 기능의 차이를 설명한다. 그러나 (83ㄴ)의 '20세기의 자연 파괴'와 같이 동일한 구조를 지니는 다른 예에 대해서는 동일한 설명이 적용되기 어렵다.

수식 구조 문제에 대해 이 논의에서는 머리어 '파괴'와 보충어 사이의 구조 분석뿐 아니라, 머리어와 그 보충어의 의미론적 정보도 함께 연산 정보로 활용한다. 문법적인 구조 이외에 어휘에 표시된 자질 정보를 함께 이용하여 수식어와 피수식어의 관계를 정확히 규정할 수 있으며, 이를 정보 테이블에 수식어-피수식어 관계로 저장하게 된다.

> (84) ㄱ. 나는 어제 네가 보던 책을 보았다.
> ㄴ. 그는 새 옷을 입어 보았다.
> ㄷ. 이 음식은 참 맛있다.
> ㄹ. 아마 네 말이 맞을 거야.
> ㅁ. 난희는 천둥소리에 놀랐다.

(84ㄱ)은 "네가 어제 책을 보았다."라는 문장이 "나는 책을 보았다."라는 문장에 내포된 안은 문장으로, 이 문장에서 안긴 문장은 '책'이라는 안은 문장의 명사를 수식한다.[81] (84ㄴ)에서는 관형사 '새'가 명사 '옷'을 수식하며, (84ㄷ)에서는 '참'이라는 성분 부사가 동사 '맛있다'를 수식한다.[82] (84ㄹ)에서는 문장 부사 '아마'가 문장 전체를 수식하며, (84ㅁ)에서는 부사어 '천둥소리에'가 문장 내에서 필수 논항으로 기능

---

81) (84ㄱ)의 내포문은 명사를 수식한다고 할 수도 있고, 명사와 격조사가 결합한 명사구를 수식한다고도 할 수 있다. 이러한 종류의 결합 순서는 연산에 큰 영향을 미치지 않으며, 이 논의에서는 내포문이 명사를 수식하는 것으로 처리한다.

82) FCG의 문법 범주에는 형용사가 없음을 논의한 바 있다. 기존의 동사와 형용사는 모두 [v] 자질을 공유하며, 논항구조나 의미 자질에 의해 동사가 다시 하위 범주로 나누어진다.

하고 있다.

(84ㄱ)의 문장은 다시 두 개의 단문으로 분할할 수 있으며, 각 단문의 분석 결과를 이용하여 명제 테이블과 양태 테이블을 각각 '단문 단위'로 생성한다. 모문의 명제 테이블에는 문장의 동사로 '보았다'를 표시하고, 이의 문형 정보인 [v3]의 자질도 기재한다. 그리고 논항 정보와 관련하여, '주어'의 성분 칸에는 '나는'을 표시하며 이 주어가 '행위자격'의 의미역을 갖는다는 정보도 기재한다. 또한 '책을'이 목적어로 쓰이며 '대상격'의 의미역을 갖는다는 격 연산 정보도 명제 테이블에 표시한다. 안은 문장의 목적어인 '책'의 하단에 위치한 수식어열에는 안긴 문장 전체를 기재하고, 내포문에 대한 성분어나 의미역 등의 분석 정보도 함께 기재한다. 그리고 모문과 내포문 간의 관계를 규정하는 '절 연결 관계'와 '수식-피수식 관계'도 표시한다.

(84ㄴ)에서도 이와 같이 연산의 결과를 명제 테이블에 표시한다. (84ㄴ)에서 '새'는 '옷'의 수식어열에 표시하고, '참'은 '맛있다'의 수식어열에 표시한다. (84ㄹ)과 (84ㅁ)에서 사용된 부사어는 특정 성분의 수식어열에 표시하지 않고, 명제 테이블 내의 독립된 칸에 부사어로 표시한다. 이는 각각 문장 부사어와 필수 부사어로 기능하기 때문이다. 이러한 기능에 의해 (84ㄹ)의 '아마'는 명제 테이블의 문장 부사 칸에, (84ㅁ)의 '천둥소리에'는 동사가 필수적으로 요구하는 필수 논항 칸에 표시한다.

명제 테이블에는 이상의 표시 방법을 통해 형태소 분석과 구문 분석 등의 결과로 얻은 문장 구조 정보를 표시하고 저장한다. 이 정보는 성분어, 의미역, 수식어-피수식어 관계 등을 포함한다. 자질의 연산은 외현적으로 관찰되는 문장의 구조뿐 아니라 문장 내의 동사와 명사가 갖는 범주 자질과 의미 자질, 기능 범주 형태 등의 총체적인 정보를 기반으로 하여 이루어지므로, 문장의 구조와 의미 사이의 관계가 보다 세밀하게 파악될 수 있다. 그리고 이러한 분석 결과가 명제 테이블의 해당 칸에 표시되어 생성 절차의 기반 정보로 활용된다.

3.3.2.2. 양태 테이블의 구성

'양태 테이블'에는 대상에 대한 분석 결과 중 명제 정보의 바깥쪽에 위치하는 정보를 표시한다.[83] 명제 테이블과 관련이 있는 연산 규칙에서는 어간의 정보와 접사의 정보를 모두 이용하지만, 양태 테이블과 관련한 규칙에서는 주로 '접사의 정보'를 이용하여 분석을 수행한다. 양태 테이블에 표시되는 정보의 주요 분석 대상은 동사의 어간을 후행하는 동사 접미사이다. 이러한 동사 접미사 중 흔히 '선어말어미'로 불리는 동사 접미사의 정보를 이용해서 문장의 '시제와 상'을 연산하며, '어말어미'로는 '서법'의 유형을 판단한다.

문장의 시제와 상은 동사 접미사의 형태나 시제나 상을 나타내는 부사 등의 정보를 통해 연산한다. 시제와 상에 관한 자질연산에서는 연산 원리 중 하나인 '시제 좌-우선성 원리'와 '상 우-우선성 원리'가 핵심적인 기제로 기능한다. 명제 테이블의 정보 저장 방식과 마찬가지로 양태 테이블에도 시제, 상, 서법에 대한 연산 결과를 해당 정보 칸에 표시한다. 시제는 모든 문장의 필수 요소로 의무적으로 표시하여야 하는 정보이며, 상은 문장 중에 해당 자질이 탐색되고 이에 대한 연산 결과가 도출될 때에만 수의적으로 표시한다.

서법의 유형은 어말 어미의 형태와 문장 부호, 어순 정보 등을 통해

---

83) 양태 테이블에는 '부정, 시제, 법, 상' 등의 정보를 표시한다. Fillmore(1968)에서는 'S → P+M'로 보았으며, 이때 명제 내용의 바깥쪽에 위치한 정보들을 FCG에서는 모두 양태 테이블의 정보로 표시한다.

서 결정한다. 외형적으로는 동일한 문장을 억양이나 문맥 등에 의해서 구분하는 경우는 다른 언어에서도 관찰되지만, 한국어에서는 상대적으로 이러한 예를 더욱 자주 발견할 수 있다. 음성 언어가 아닌 텍스트 자료에서 문장의 형태와 문장 부호가 서로 일치하지 않는 경우에는, 문장 부호를 우선하여 서법의 유형을 판단한다. 이와 같은 양태 정보의 분석을 통해 '평서문, 의문문, 명령문, 청유문, 감탄문' 등을 판별하고, 이 분석 결과를 양태 테이블에 표시한다.

명제 테이블과 양태 테이블로 구성되는 정보 테이블에 대한 이상의 논의를 정리하면 다음과 같다.

(85) 정보 테이블

형태소 분석과 구문 분석 등의 결과로 얻은 정보를 표시하고 저장하는 정보 저장 틀

(86) 정보 테이블의 특성

ㄱ. 대상어에 대한 분석 결과를 명제 테이블과 양태 테이블로 나누어 저장

ㄴ. 대상어와 목표어가 서로 다른 언어일 때는 목표어의 구조적 특성에 맞게 대상어 분석 정보를 저장

(87) 명제 테이블

명제 내용의 분석 결과를 저장하는 정보 저장 틀

(88) 명제 테이블의 정보

ㄱ. 동사의 문형 정보

ㄴ. 명사의 형태격과 의미격 정보

ㄷ. 이어진 문장과 안은 문장의 각 단문이 갖는 절 연결 관계 정보

ㄹ. 수식어-피수식어 구조 정보

(89) 양태 테이블

양태 정보의 분석 결과를 저장하는 정보 저장 틀

(90) 양태 테이블의 정보

ㄱ. 시상에 대한 정보
ㄴ. 서법에 대한 정보

정보 테이블의 구성 형식은 다음과 같다.

(91) FCG의 정보 테이블 구성

		명사				동사	
어간	핵어					핵어	
	수식어					수식어	
	절 유형					문형	
접사	형태격					시상	
	의미격					서법	

분석 대상 문장이 입력되면, 어휘부의 정보를 기반으로 자질의 연산 과정을 거쳐 (91)과 같이 정보 테이블에 연산 결과를 표시한다.

(92) 정보 테이블의 정보 저장 예

		명사				동사	
어간	핵어	선생님	학생들	꿈	…	핵어	심어주-
	수식어	그	평범하-	크-	…	수식어	null
	절 유형	null	null	null	…	문형	v4
접사	형태격	sub	adv	obj	…	시상	pt
	의미격	Agent	Beneficiary	Theme	…	서법	dec

(92)는 "그 선생님이 평범한 학생들에게 큰 꿈을 심어주었다."라는 문장의 분석 결과를 이상의 논의 내용과 같이 정보 테이블에 표시한 정보 저장의 예이다.[84]

---

84) 명제 테이블은 형태격과 의미격, 수식어, 절 연결 관계에 따르는 문장 사이의 구조적 정보에 따라, 양태 테이블은 각 양태 범주의 개별적인 정보에 따라 고정적인 독립 칸을 지니는 방식으로 구성된다. (91)~(92)의 틀은 이 두 테이블에 표시하는 전체적인 정보를 한 눈에 볼 수 있도록 이 두 정보를 통합한 형태를 보인 것이다.

4. 자질연산문법을 이용한 시스템의 구현

4.1. 한국어 분석 시스템

4.1.1. 형태소 분석 시스템

FCG를 이용한 언어정보처리 시스템으로는 형태소 분석기나 구문 분석기와 같은 기본적인 분석 시스템과, 기계 번역기, 정보 추출기, 자연어 검색기, 대화 시스템 등의 응용 시스템 등이 있다. 응용 시스템은 형태소 분석기나 구문 분석기를 기반으로 하여 제작하기 때문에, 분석 시스템의 성능은 응용 시스템의 완성도에 크게 영향을 끼친다.

형태소 분석 시스템 Morphological Analyzer은 하나의 어절로부터 의미를 갖는 최소 단위인 형태소를 분석해내는 시스템이다. 이를 언어정보처리의 절차에 의해 정의한다면, 텍스트의 문자열 중 한 어절 내의 구성 요소를 사전의 등재 단위와 비교하여 어기와 접사로 적절하게 분리해내는 시스템이라고 할 수 있다. 이와 같은 분석 과정에서는 시스템의 제작 목적에 따라 적절한 태그셋을 확정하고 이를 기초로 분석을 수행한다. 형태소 분석기에서 사용하는 태그셋의 종류나 복잡도는 그 기반이 되는 이론이나 제작 용도의 차이에 따라 달라질 수 있다.

FCG 기반의 언어정보처리 시스템들은 모두 규칙 기반 방법론에 의해 제작된다. 태그셋을 확정하고 이에 따라 언어정보를 분석하는 여타의 방법론들과 마찬가지로, FCG에서도 자료체 분석 결과를 기초로 형태소 분석에서 처리할 문법 범주나 의미 범주를 확정하고 이러한 범주의 확정된 체계에 따라 언어정보를 처리한다.

이에 더해 FCG에서는 음운 자질, 문법 자질, 의미 자질, 시스템 자질 등 어휘의 자질들을 다양하게 조합하여, 특정한 기능이나 범주와 관련이 있는 집합을 확정할 필요가 있을 때 그 필요에 따라 처리의 주요 범주를 재구성하는 방식을 이용한다. 그러므로 기본적인 태그셋을 확장하거나 축소하지 않고도, 다양한 자질 조합 방식에 의해 해당 시스템에 필요한 자연 부류들의 집합을 그때그때의 요구와 기준에 따라 재조정하는 것이 용이하다.

자질연산의 기본 정보가 표시된 사전은 어휘 사전, 조사 어미 사전, 중의성 사전, 시스템 사전 등의 12종류로 나누어져 있으며, 동시에 각 사전들은 전체적으로 통합 관리된다.

(93) 형태소 분석 시스템의 정의
　　ㄱ. 형태론의 정의 : 하나의 어절로부터 의미를 갖는 최소 단위인 형태소를 분석해내는 시스템
　　ㄴ. 언어정보처리의 정의 : 텍스트의 문자열 중 한 어절 내의 구성 요소를 사전의 등재 단위와 비교하여 어기와 접사로 적절하게 분리해내는 시스템

(94) 형태소 분석의 절차

절차명	정의	처리 대상
전처리 1	텍스트의 문자열을 문장 단위로 분할하고 문장 부호를 처리하는 절차	· 마침표(온점, 고리점, 물음표, 느낌표) · 쉼표(반점, 모점, 가운뎃점, 쌍점, 빗금) · 따옴표(큰따옴표, 겹낫표, 작은따옴표, 낫표) · 묶음표(소괄호, 중괄호, 대괄호) · 이음표(줄표, 붙임표, 물결표) · 드러냄표 · 안드러냄표(숨김표, 빠짐표, 줄임표) 등의 문장 부호
전처리 2	숫자나 알파벳 등이 한글과 결합한 어절, 특수 기호, 그림 문자, 단위성 명사 등을 처리하는 절차	'10배, chic하다, 40GB, ^^;;' 등의 어절과 표현
명사 분석 1	어간으로만 이루어진 명사구를 분석하는 절차	'언어정보처리, 인수위원회, 학교' 등의 조사 미결합 명사구
명사 분석 2	어간과 조사로 이루어진 명사구를 분석하는 절차	'학교에, 병원에서부터는, 날(나+를)' 등의 조사 결합 명사구
규칙 동사 분석	어간과 어미의 규칙적인 결합으로 이루어진 어절을 분석하는 절차	'달려갔습니다, 먹었다' 등의 규칙 동사 어절
불규칙 동사 분석	불규칙 동사로 이루어진 어절을 분석하는 절차	'아름다워, 물어봐, 주웠다' 등의 불규칙 동사 어절
미등록어 처리	사전에 등재되어 있지 않은 어절에 대해 미등록어의 유형을 판별하는 절차	고유명사, 외국어 표기, 띄어쓰기 오류 등에 해당하는 어절
중의성 해소	중의 어절에 대해 중의성을 해소하는 절차	'상주는, 도는, 먹은' 등 중의성 자질이 표시된 어절

(94)는 FCG를 기반으로 하는 형태소 분석의 절차이다. (94)의 '전처리 1'은 텍스트 전체의 문자열을 대상으로 가장 기본적인 분석 단위인 문장 단위를 분할하고, 문장 부호를 처리하는 절차이다. 여기에서는 한 문장의 끝에서 문장의 서법을 나타내는 문장 부호와 문장 중간에서 다양하게 기능하는 문장 부호 등을 처리한다. 이 절차는 단문 분할이 아니라 문장 단위의 분할을 목표로 하며, 이 과정에서는 문장의 끝 부분에 나타나는 문장 부호가 가장 중요한 정보가 된다. 그리고 문장 부호가 명확하지 않을 때에는 어말 어미의 형태 정보나 문장의 구조 등을 통하여 문장을 분할하기도 한다.

(94)의 '전처리 2'는 하나의 어절이 한글로만 이루어지지 않고 서로 다른 이질적인 기호들이 서로 혼합되어 나타나는 경우를 원활하게 분석하기 위한 절차이다. 이 절차에서는 하나의 어절 안에 한글과 숫자, 단위를 나타내는 기호, 알파벳 등이 함께 나타내는 경우를 처리하며, 단위성 명사에 대한 처리도 포함한다. 단위를 나타내는 의존 명사들은 특수한 기호나 숫자 등이 아닌 한글로 표기되어 있지만, 하나의 어절을 구성하는 방식이 전처리의 대상과 유사하므로 이 절차에서 함께 처리한다. 특수 기호만으로 구성된 어절의 처리도 이 절차에서 이루어진다.

(94)의 '명사 분석 1'은 조사 미결합 명사구를 분석하는 절차이다. 명사구의 구성을 살펴보면 어절 전체가 하나 혹은 그 이상의 명사 어간만으로 구성되는 예를 비롯하여, 어간과 조사가 각각 음절을 기본 단위로 하여 결합한 예, 그리고 어간과 조사의 분리 단위가 음절 단위와 일치하지 않는 예 등 여러 유형이 존재한다. '명사 분석 1'은 이 중 어간만으로 구성된 명사구를 분석하는 절차이다. 형태소 분석 대상 어절의 마지막 음절을 분리해 사전과 비교하기 전에, 이 어절 전체가 어간 사전에 등재되어 있으면 이 단계에서 바로 분석을 종료하고 어절 전체를 하

나의 어간으로 처리한다.

이러한 유형 외에 조사는 결합되어 있지 않지만, 어간 사전에서도 처리 중인 어절과 일치되는 형태를 발견하기 어려운 '고충처리위원회'와 같은 예도 있다. 이에 대해서는 그 어절 내부의 명사들을 다시 분석하여 사전의 등재어와 비교해 보는 절차가 필요한데, 이는 '명사 분석 1'에서 해결하기도 하고 '미등록어 처리'에서 해결할 수도 있다.[85]

(94)의 '명사 분석 2'는 조사와 결합한 명사구를 분석하는 절차이다. 명사구 분석 절차에서는 어절 전체 단위로부터 시작해서 어절 말의 형태를 한 음절 씩 분리해 내는 일음절 적출법과 남은 어간을 사전과 비교하여 가장 긴 어간 형을 취하는 어간 최장 일치법을 이용한다. 이는 '학교에'와 같이 조사의 형태가 음절 단위와 일치하는 예도 있지만, '날(나+를)'과 같이 음절 내부를 음소 단위로 분석해야 하는 경우도 있다. 명사구의 어간과 조사를 적절하게 분석한 결과는 모든 기반 시스템과 응용 시스템에서 중요한 정보로 기능하며, 검색 시스템 등에서는 대체로 조사와 같은 기능 범주보다는 명사의 어간이 주요 검색어로 활용된다.

(94)의 '규칙 동사 분석'에서는 규칙적으로 결합한 동사 어절을 대상으로 어간과 어미를 분리하는 작업이다. 이 과정에서도 명사 분석의 예와 마찬가지로 일음절 적출법과 어간 최장 일치 방식을 이용한다. FCG에서는 어미 축약 형태나 분석의 유사성 등을 고려해 이 절차를 다시 세 가지 유형으로 분류하여 연산의 효율성을 꾀한다. 불규칙 활용 어절을

---

85) 형태소 분석의 여러 문제들은 사전 등재나 형태 분석의 원칙에 따라 다양한 방식으로 처리 가능하다. 사전에 결합형을 등재하는 것을 선호하는 시스템에서는 복합명사나 복합조사 등의 결합 형태가 사전에 올라가며, 이러한 방식에서는 주로 어휘부에서 형태 간의 결합과 분석의 문제를 다루게 된다. 이에 비해 결합형의 표제어를 등재하지 않는 시스템에서는 이러한 결합과 분석의 문제를 연산부의 규칙으로 처리한다.

대상으로 어절을 분석하고 기본형을 복원하는 (94)의 '불규칙 동사 분석' 절차에서는 불규칙 유형을 다시 네 가지로 분류하여 처리한다.

(94)의 '미등록어 처리'는 한국어 사전에 등재되지 않은 단어, 즉 영문으로 된 단어이거나 고유명사, 신조어, 전문용어, 띄어쓰기나 철자법 오류 등의 용례로 형태소 분석이 되지 못한 자료들을 처리한다. 각 미등록어의 경우에 대해서는 신조어나 전문용어 사전을 갱신하는 방법, 고유명사나 전문용어를 인식하는 알고리듬을 작성하는 방법, 띄어쓰기 모듈을 운용하는 방법 등을 이용하여 분석할 수 있다. 이 절차에 따라 미등록어가 기존에 있는 단어 혹은 이 단어들의 결합 단위로 분석될 수도 있고, 어휘부에 새로운 단어가 추가될 수도 있다.

(94)의 '중의성 해소'는 중의 어절을 대상으로 하는 중의성 처리 절차이다. 1장과 3장에서 언급한 것처럼 FCG에서는 중의성을 가진 형태에 대해 어절 단위로 중의성 자질을 부여하며, 이러한 중의 어절은 중의성 사전에서 별도로 관리한다. 문자열 분석 과정에서 이러한 중의성 자질이 탐색되면, 그 어절에 해당하는 유형의 중의성 처리 절차로 이행하여 중의성을 해소한다.

FCG의 한국어 분석기에서 처리하는 전체 '중의 어절의 유형'은 254개이며, 이 중 '어간 중의성'은 232개, '어미 중의성'은 22개의 유형으로 분류된다. 이러한 중의 어절은 각 유형에 해당하는 중의성 해소 규칙에 따라 중의성이 제거되어 결과적으로 하나의 분석 결과를 갖게 된다. 복수의 중의성 분석 결과가 도출되어야 하는 분석 대상에 대해서는 해당 용법의 빈도수나 규칙의 순서에 의해 복수의 결과를 분석하는 것이 가능하지만, 현재는 처리 절차의 효율성을 고려하여 단일한 결과 값을 도출하고 있다.

이와 같은 FCG 기반의 형태소 분석 실례는 다음 <그림 2>와 같다.

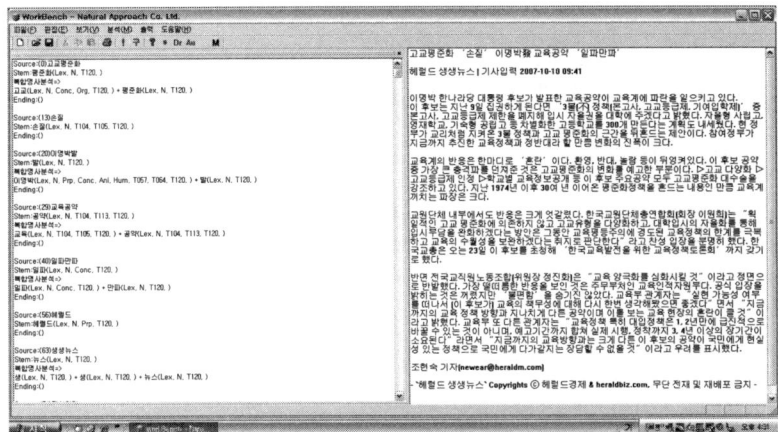

〈그림 2〉 형태소 분석 화면

위의 형태소 분석 결과 화면 중에서 한 부분을 살펴보면 다음 〈표 6〉
과 같다.

원문 : 이명박 한나라당 대통령 후보가 발표한 교육공약이 교육계에 파란을 일으키
     고 있다.

Source : (0)이명박
Stem : 이명박(Lex, N, Prp, Conc, Ani, Hum, T057, T064, T120)
Ending : ( )

Source : (7)한나라당
Stem : 한나라당(Lex, N, Prp, Org, T061, T120)
Ending : ( )

Source : (16)대통령
Stem : 대통령(Lex, N, Conc, Ani, Hum, T057, T120)
Ending : ( )

Source : (23)후보가
Stem : 후보(Lex, N, Conc, Ani, Hum, T120)
Ending : 가(Aff, N, Agent, sub)

Source : (30)발표한
Stem : 발표하(Lex, V, T077)
Ending : ㄴ(Aff, V, Pr, UnC)

Source : (37)교육공약이
Stem : 공약(Lex, N, T104, T113, T120)
복합명사분석 ⇒
교육(Lex, N, T104, T105, T120)＋공약(Lex, N, T104, T113, T120)
Ending : 이(Aff, N, Agent, sub)

Source : (48)교육계에
Stem : 교육계(Lex, N, T120)
Ending : 에(Aff, N, Space, adv)

Source : (57)파란을
Stem : 파란(Lex, N, T120)
Ending : 을(Aff, N, Theme, obj)

Source : (64)일으키고
Stem : 일으키(Lex, V, Act, T104, T120)
Ending : 고(Aff, V, Ppo, Con, Ord)

Source : (73)있다
Stem : 있(Lex, V, Fnc, T101, T102, T105, T107, T120, T145)
Ending : 다(Aff, V, Fin)

〈표 6〉 형태소 분석 예제

4.1.2. 구문 분석 시스템

형태소 분석 단계를 거치면 분석 처리 대상 문장의 각 어절은 어간
과 접사 단위로 분리된다. 형태소 분석의 결과는 검색 엔진이나 정보
추출, 언어 통계 분석기 등의 기반이 되기도 하며, 또한 구문 분석기의
입력 값이 되기도 한다. 구문 분석 시스템 Syntactic Analyzer/Parser은 문장이

지니는 구조와 기능을 분석하는 시스템으로, 형태격, 의미격, 절 연결 관계, 수식 구조 등에 대한 명제 정보 분석과 시제나 상, 서법 등의 양태 정보 분석 등의 절차를 포함한다.

(95) 구문 분석 시스템의 정의
　하나의 문장을 대상으로 그 문법적인 구조와 기능을 분석하는 시스템

(96) 구문 분석의 절차

절차명	정의	처리 대상
숙어 처리	숙어, 관용어, 연어 관계를 이루는 표현 등을 하나의 문법 단위로 묶어주는 절차	'~에 의하면, ~ㄹ 따름이다, 시치미를 떼다, 양다리를 걸치다, 계란으로 바위 치기' 등의 구절
구 묶음	적절한 논항 분석을 위해 하나의 구절 단위로 처리되어야 하는 대상을 묶어주는 절차	· '먹어 보았다, 가지게 되었다, 가는 듯하다, 울게 하다' 등의 동사 연속 구성 · '보스톤 마라톤 대회, 세계 3대 테너, 알뜰 동경 여행' 등의 명사 연속 구성 · '기쁜 소식, 포레의 레퀴엠, 골든 글로브로 연기력을 인정받은 주드 로' 등의 수식 명사구 구성
단문 분할	처리 대상 문자열을 각 단문 단위로 분할하는 절차	· "프로는 리크루팅을 하고 아마추어는 영업을 한다." 등의 이어진 문장 · "혼자 식사를 하는 사람들의 식습관의 특징은 무엇인가요?" 등의 안은 문장
형태격 분석	조사의 형태나 통사 구조 등 외현적인 정보를 통해 연산이 가능한 형태격 정보를 분석하는 절차. 'sub, obj, gen, adv'로 분석	격 조사, 보조사 등과 결합한 명사구 또는 무표 명사구

의미격 분석	논항의 의미 기능에 의해 연산이 가능한 의미격 정보를 분석하는 절차. 'Experiencer, Agent, Beneficiary, Instrument, Theme, Comitative, Source, Goal, Path, Time, Locative, Possessive, Complement'로 분석	격 조사, 보조사 등과 결합한 명사구 또는 무표 명사구
성분어 분석	문장을 구성하는 각 구절 단위의 문장 성분을 분석하는 절차	명사, 동사, 부사, 관형사, 감탄사 등의 구절 단위
절 연결 관계 분석	단문 분할의 절차를 거쳐 단문으로 분할된 문장과 모문이 지니는 절 연결 관계를 분석하는 절차	이어진 문장, 안은 문장, 분할된 단문 단위의 문장
수식 구조 분석	문장의 성분 중 수식어–피수식어 관계를 지니는 구절의 구조를 분석하는 절차	'아름다운 신부' 등의 명사구와 '순조롭게 진행한다' 등의 동사구에 나타나는 수식어–피수식어 구성
양태 정보 분석	시제, 상, 서법 정보 등 명제 정보 밖에 위치하는 정보를 처리하는 절차	시제, 상, 서법 정보를 나타내는 접미사와 부사

(96)의 '숙어 처리'는 어휘부의 사전에 숙어로 등재되어 있거나 관용적인 용법을 지니는 어절, 연어 관계를 이루는 어절 등에 대한 처리를 담당하는 절차이다. 숙어 사전 탐색의 횟수를 줄이기 위하여, 전체 숙어 단위를 구성하는 단어들 중 해당 숙어의 특이성을 가장 잘 반영하는 어휘를 키워드로 하여 숙어 자질을 부여한다.

예를 들어 '양다리를 걸치다'라는 표현에 대해, 숙어의 특성을 대표하는 키워드 '양다리'에 [idiom] 자질을 부여하고 이 자질이 탐색되면 후방으로 '걸치다'라는 어휘를 탐색한다. 숙어 사전에는 이처럼 숙어 전체의 구성 요소와 숙어 탐색의 방향 등에 관한 정보를 기입하며, 숙어에 대한 문법적인 정보나 의미적인 정보도 함께 기술한다.

이 절차에서는 시스템의 효율성을 고려하는 것이 무엇보다 중요하다. 숙어 전체에서 핵심적인 부분을 담당하는 어절을 숙어 사전의 표제어로 이용하는 것이 일반적이기는 하지만, 탐색의 횟수를 줄여 주는 여타의 등재 방식이 있다면 이 또한 사전 등재 지침을 작성할 때의 고려 사항이 된다. 그리고 관용적 표현의 등재에서는 문장 전체가 입력 단위가 되므로, 전체 시스템에 부담을 주지 않도록 제한적으로 등재하는 원칙도 매우 중요하다.

(96)의 '구 묶음'은 올바른 구조 분석을 위하여 문법적으로 하나의 구절로 처리되어야 하는 단위들을 묶어주는 절차이다. 복수의 명사가 하나의 복합명사를 구성하는 경우, 이 명사가 하나의 명사로 적절하게 묶이지 않으면 구문 분석 절차에서 명사의 일부가 격과 의미 해석을 적절히 받지 못할 수도 있다. '서울대공원'과 '서울 대공원' 등과 같이 한쪽이 사전에 등재된 단어 쌍의 경우에도 띄어쓰기 여부에 관계없이 동일한 명사로 간주해야 하므로, 후자의 예에 대해서 한 단위의 명사로 묶어주는 처리가 필요하다.

또한 명사가 속격 구성을 이루는 예에서는 이 단위가 하나의 명사로 기능하지는 않지만, 논항 분석을 올바로 수행하기 위해서는 처리되지 않고 남아 있는 명사가 존재해서는 안 된다. 그리고 명사화, 관형화 등과 같이 절 전체를 하나의 문장 성분으로 분석해야 하는 용법의 처리도 이 절차에서 담당한다. FCG에서는 구 묶음 대상의 구절 유형을 5가지로 분류하여 처리하고 있다.

이 절차는 동사들이 연속하여 나타나는 구성의 처리도 함께 담당한다. 연속 동사의 구성에서는 본용언과 보조 용언처럼 주동사와 이를 보조하는 부분으로 분석할 것인지, 혹은 두 개의 대등한 동사로 판단하여 문자열을 단문으로 분할할 것인지를 결정한다. 동사구의 구조를 올바르게 파악하지 않으면, 문장의 서술어를 탐색하고 이의 논항구조를 기반으로 격 정보를 처리하는 절차를 성공적으로 수행할 수 없다.

(96)의 '단문 분할'은 문장 단위의 문자열을 대상으로 이를 다시 단문 단위로 분할하는 절차이다. 문장은 단문이나 이어진 문장, 안은 문장 등의 형태로 구성되며, 이 중 이어진 문장, 안은 문장은 다시 단문으로 분할하여야 문장의 구조 분석과 논항 분석이 가능해진다. 단문이 분할되면, 안긴 문장의 구조 분석을 위해 다시 구문 분석의 초기 절차로 돌아가 해당 단문에 대한 구문 분석 과정을 반복한다. 이 절차에서는 문장을 단문으로 분할하는 것뿐 아니라 단문과 단문이 지니는 절 연결 관계도 함께 분석하여 그 결과를 정보 테이블에 기재한다.

(96)의 '형태격 분석'은 단문으로 분할한 문자열을 대상으로 조사의 형태와 문장의 구조, 어순, 논항이 가지는 문법 자질과 의미 자질, 서술어의 결합가valency와 여타의 자질 등을 이용해 문장 내 명사구의 형태격을 연산하는 절차이다. '형태격'이라는 용어는 이러한 다양한 기제 중에서도 '외현적인 격 표지 형태를 가장 핵심적인 정보로 하여 격을 식별'한다는 의미로 사용한다. 형태격 연산 절차를 거치면 단문 내의 명사구들은 각각의 정보에 의해 '구조격'으로 불리는 'sub, obj, gen'과 '부사격'인 'adv'로 분석된다.

(96)의 '의미격 분석'은 형태격 분석 결과, 논항 자질, 격 표지, 서술어 자질 등을 이용해 문장 내 명사구의 의미격을 연산하는 절차이다. '의미격'은 '명사구가 문장 내에서 수행하는 의미 기능을 중심으로 격을 식별'한다는 의미이다. 의미 기능에 의한 격 체계는 외현적인 표지 보다는 문장 내에서의 각 논항의 용법에 의해 파악할 수 있다. 이 절차에 의해 각 명사구는 'Experiencer, Agent, Beneficiary, Instrument, Theme,

Comitative, Source, Goal, Path, Time, Locative, Possessive, Complement'의 의미격 중 하나로 연산된다. 형태격과 의미격 등은 시스템의 용도에 따라 선택적으로 운용되기도 한다.[86]

(96)의 '성분어 분석'은 문장을 구성하는 각 구절 단위의 문장 성분을 분석하는 절차이다. 이 절차에서는 형태격과 의미격의 처리 결과를 바탕으로 명사구의 성분이 명제 테이블의 독립된 칸에 표시된다. 그리고 이러한 격 연산 절차에서 다루어지지 않은 '동사, 부사, 관형사, 감탄사' 등의 구절 단위 또한 '서술어, 부사어, 관형어, 독립어' 등으로 분석되어 명제 테이블에 기재된다.

(96)의 '절 연결 관계 분석'은 단문으로 분할된 각 문장들과 전체 모문이 갖는 관계를 분석하는 절차이다. 문장의 종류는 '명사절, 관형사절, 부사절, 서술절, 인용절' 등을 포함하고 있는 '안은 문장'과, '대등하게 이어진 문장, 종속적으로 이어진 문장'으로 구성되는 '이어진 문장'으로 나누어진다. 이 중 하나의 유형에 속하는 문장이 처리 대상이 되면, 대상 문장을 분석하고 이 결과를 명제 정보 테이블의 '절 관계' 칸에 표시한다.

(96)의 '수식 구조 분석'은 문장의 각 성분 중 수식어와 피수식어의 관계를 지니는 구절의 구조를 분석하는 절차이다. 3장에서도 밝힌 것처럼 FCG에서는 문장의 '전국적인 구조'를 계층적으로 파악하지 않으며 '국부적인 구조', 즉 '수식어-피수식어 관계'만을 계층적인 것으로 파악한다. 그리고 문장 성분의 분석 결과에 따라 명제 테이블의 해당 칸에 피수식어를 기재하고, 이의 수식어를 피수식어의 하단에 표시하는 방식으로 이러한 계층 관계를 표시한다.

(96)의 '양태 정보 분석'은 명제 정보 바깥쪽에 위치하는 양태 정보에

---

86) 이러한 형태격과 의미격의 개념과 운용의 원리는 김원경(2007)을 참조할 수 있다.

대한 분석을 수행하는 절차이다. 양태 정보 중 시제와 상에 대한 분석은 소위 '선어말어미'로 불리는 접미사들의 정보를 기반으로 연산되며, 이 절차에서는 '시제 좌−우선성 원리'와 '상 우−우선성 원리'가 가장 중요한 운용의 원리로 기능한다. 그리고 상 정보는 주로 '어말어미'에 의해 연산된다. 이러한 분석 결과 정보는 양태 테이블의 해당 칸에 표시되고 저장된다. 형태소 분석과 구문 분석 결과를 검색 엔진에 응용할 때는 어간의 정보가 주로 이용되며, 흔히 어미의 형태로 표현되는 양태 정보는 그 중요성이 상대적으로 낮다. 이에 비해 기계 번역이나 정보 추출 등의 시스템에서는 양태 정보가 매우 활발하게 이용된다.

구문 분석 시스템의 파일 단위 분석 화면 예는 다음의 <그림 3>과 같다.

〈그림 3〉 구문 분석 화면

　　<그림 3>의 분석 결과 중 한 부분의 분석 내용을 살펴보면 다음
<표 7>의 예제와 같다.

원문 : 군데군데 빈 터에서 살벌한 낮을 한 남자 어른들이 시멘트 반죽을 벽
　　　돌 틀에 급히 틀어넣고 있었다.

－ － － － － － － － － － － － － 절원문 － － － － － － － － － － －
남자 어른들이 시멘트 반죽을 벽돌 틀에 급히 틀어넣고
－ －

－ － － － － － － － 절[1]－[1]－[0]－[1]－ － － － － － －
절성격 : Matrix
Stem : 남자[33](Lex N T120 T154)
End : ( )
Sentence Inf : suj Ns Np Finished DES

Stem : 어른들[38](Lex N Conc Ani Hum T120)
End : 이(Aff N Agent, sub)
Sentence Info : sub hyperi Np Ne Se Hn Rc Head Finished

Stem : 어른들[38](Lex N Conc Ani Hum T120)
End : 이(Aff N Agent, sub)
Sentence Info : sub hyperi Np Ne Se Hn Rc Head Finished

Stem : 시멘트[47](Lex N Conc Atf T120)
End : ( )
Sentence Info : gen Ns Np Finished DES

Stem : 반죽[54](Lex N T104 T120)
End : 을(Aff N Theme)
Sentence Info : obj Np Ne Head Finished

Stem : 벽돌[61](Lex N Conc Atf T120)
End : ( )
Sentence Info : etcadv Ns Np Finished DES

Stem : 틀[66](Lex N T104 T120)
End : 에(Aff N Space, adv)
Sentence Info : etcadv Np Ne Head Finished

Stem : 급히[71](Lex ad T120)
End : ( )
Sentence Info : madv Finished

Stem : 틀[76](Lex Act T104 T120)
End : 어(Aff V)
Sentence Info : pred Ps Finished DES

Stem : 넣[81](Lex V Act T104 T120)
End : 었다(Aff V Pst Fin)
Sentence Info : pred Pe S SFinished

명제정보
sub : 어른들(Lex N Conc Ani Hum T120)
남자 : Lex N T120 T154
— —
obj : 반죽(Lex N T104 T120)
시멘트 : Lex N Conc Atf T120
— —
madv : 급히(Lex ad T120)
— —
etcad : 틀(Lex N T104 T120)
벽돌 : Lex N Conc Atf T120
— —
pred : 넣(Lex V Act T104 T120)
틀 : Lex Act T104 T120
— —
hyperi : 어른들(Lex N Conc Ani Hum T120)
— —
양태정보 : Pst Dcl
— — — — — — — —Sentence End— — — — — — — — — — — —

```
――――――――――――― 절원문 ―――――――――――――
군데군데 빈터에서 살벌한 낯을 한 남자 어른들이
― ― ― ― ― ― ― ― ― ― ― ― ― ― ― ― ― ― ― ― ― ― ― ― ―


――――――――― 절[1]―[2]―[1]―[2] ―――――――――


절성격 : RUnc
Stem : 군데군데[0](Lex ad T120)
End : ( )
Sentence Info : madv Ss Finished

Stem : 빈터[9](Lex N T120)
End : 에서(Aff N Space, adv)
Sentence Info : etcadv Finished

Stem : 살벌하[18](Lex Sta UnC T105 T115 T120)
End : ㄴ(Aff V Prs)
Sentence Info : Ns Np Finished DES OldRecover

Stem : 낯[25](Lex N Conc Prt Bod T120)
End : 을(Aff N Theme)
Sentence Info : obj Np Ne Head Finished

Stem : 하[30](Lex V Act T104 T107 T120 T144 T145)
```

〈표 7〉 구문 분석 예제

이 구문 분석 절차의 대상 문장은 "군데군데 빈터에서 살벌한 낯을 한 남자 어른들이 시멘트 반죽을 벽돌 틀에 급히 틀어넣고 있었다."라는 안은 문장이다. 이는 "남자 어른들이 시멘트 반죽을 벽돌 틀에 급히 틀어넣고 있었다."라는 문장과 "군데군데 빈터에서 살벌한 낯을 한 남자 어른들이"라는 문장으로 이루어진다. 분석 결과에서 '남자 어른들이'라는 명사구가 겹치는 것은 안은 문장과 안긴 문장 모두에서 이 구절이 논항으로 기능하며, '수식―피수식' 절이 이 명사구를 매개로 연

결되기 때문이다. 이러한 문장에 대한 분석의 순서는 '안은 문장→안긴 문장'의 순서이다.[87)]

4.2. 응용 시스템

4.2.1. 정보 추출 시스템

정보 추출 시스템Information Extraction System은 대상 문서에 나타나는 정보를 분석하고 주요 정보를 추출하여 이를 사용자들에게 제공하는 시스템이다. 정보 추출의 결과는 다양한 형태로 가공할 수 있지만, FCG 기반의 정보 추출 시스템에서는 구문 분석 결과를 기반으로 구성한 주요 정보 템플릿의 형식에 맞추어 정보를 추출한다. 이 시스템에서는 사용자들의 관심사를 적절히 추출해 내기 위한 하나의 방법으로 관심 분야에 대한 키워드를 지정하는 방법을 사용하기도 한다. 이러한 키워드는 주요 명사를 미리 등록하는 방식, 또는 추출 시스템이 대상 자료에 나타난 어휘들의 빈도수나 중요도 등을 분석하고 이에 의해 키워드를 선별하는 방식 등을 통해 지정된다.

이 시스템의 사용자가 자신이 관심을 갖는 분야에 대한 키워드로 '인물, 단체, 지역, 브랜드, 제품' 등의 이름을 미리 지정해 두는 경우를 떠올려 보자. 이러한 등록 정보를 기초로 하여 정보 추출 시스템은 신

---

87) <표 7>의 예에서 원문의 서술어는 '틀어넣고 있었다.'로 동사 연속 구성을 이루며, 이는 '본용언—보조용언'의 구성에 해당하는 예이다. 이러한 구성에 대해 <표 7>에서는 '-고 있다'에 해당하는 부분을 삭제하고 본용언으로 정보를 통합하는 방식으로 정보를 처리했다.

문이나 잡지, 인터넷 등의 기사나 전문 분야의 문서 등 정보 추출의 대상이 되는 문서의 구조와 그 내용을 분석한다. 그리고 이러한 내용 중 지정된 키워드와 관련이 있는 정보들을 추출하고 정리하여, 템플릿의 형식에 맞추어 능동적으로 정보를 제공한다.

(97) 정보 추출 시스템의 정의
대용량 문서에 나타나는 정보를 분석하고 주요 정보를 추출하여 사용자들에게 제공하는 시스템

(98) 정보 추출의 절차

절차명	정의	처리 대상
형태소 분석	정보 추출 대상 자료에 대한 형태소 분석	대상 자료를 구성하는 문장의 각 어절
구문 분석	정보 추출 대상 자료에 대한 구문 분석	대상 자료를 구성하는 문장
문서 정보 분석	정보 추출 대상 자료의 구조에 대한 정보를 분석하는 절차	정보 추출 대상 자료의 구조적 정보
개체명 인식	정보 추출의 키워드로 기능하는 개체명을 인식하는 절차	대상 자료에 나타나는 'PLO,' 즉 '인물, 지역, 단체'의 이름과 '브랜드, 제품'의 이름 등
대용 표현 인식	대상 자료에 나타나는 대용 표현을 선행 표현과 연결하는 절차	지시대명사, 지시형용사, 접미사, 직업, 직급 등으로 이름을 대신하는 예
사건 유형 분석	대상 자료 내에서 주요 키워드와 연관성을 지니는 사건의 유형을 분석하는 절차	사건 유형의 분류 대상인 서술어나 서술성 명사
템플릿 변환	형태소 분석~사건 유형 분석 절차를 거쳐 추출된 정보를 적절한 템플릿 형식으로 구성하는 절차	정보 추출 자료로부터 추출한 정보

사전 관리 도구 제작	개체명과 사건 유형에 대한 정보를 빠르고 간편하게 갱신하고 관리할 수 있도록 관리 도구를 제작하는 절차	개체명과 사건 유형 등의 주요 정보

(98)의 '형태소 분석'은 앞 절에서 논의한 방법론을 동일하게 적용하여 어절을 형태소로 분석하는 절차이다. 형태소 분석은 언어정보처리의 가장 기본적인 분석 과정으로, 모든 응용 시스템의 제작에 필수적인 절차이다.

(98)의 '구문 분석'도 이상의 논의와 같은 방식으로 구문 정보를 분석하는 절차이다. 그런데 (98)의 '템플릿 변환'에서 논의할 정보 템플릿을 구성하는 데에는 구문 분석 결과가 기반 정보를 제공하므로, 이 템플릿의 형식에 맞추어 정보를 기재하기 위해서는 추출 대상 자료에 대한 구문 분석의 결과가 정확하게 도출되는 것이 다른 어떤 시스템에서보다 중요하다.

정보 추출에서는 명제 정보의 분석 결과뿐 아니라 양태 정보 분석 결과 또한 매우 유용하게 이용된다는 특징을 지닌다. 양태 정보는 언어 정보처리 시스템의 유형에 따라 그 중요성에서 차이를 지닌다. 흔히 이용하는 검색 시스템에서는 양태 정보 자체가 정보 검색의 키워드가 되는 경우를 제외한다면, 주로 어미 정보로 표현되는 양태 정보보다는 어간의 정보가 상대적으로 훨씬 더 중요한 것으로 간주된다. 검색 시스템에서는 어떤 어미나 조사의 어형이 변화한다 하더라도 그 어간의 동일성을 파악하여 모두 동일한 정보로 검색해 주는 결과가 요구되기 때문이다.

그런데 정보 추출 시스템에서는 양태 정보가 단지 어미의 활용 양태

를 나타내는 것이 아니라, 그 이상의 중요성을 지니는 정보를 담고 있
는 것으로 볼 수 있다. 사용자에게 '필수적인 정보'라는 것은 주로 명제
내용의 측면을 통해 파악할 수 있지만, 양태적인 정보를 통해서도 또
다른 유형의 정보를 획득할 수 있다.

　주요 정보로 추출된 명제 내용은 사실이거나 추정이거나 예측일 수
도 있으며, 정보 내용과 관련한 특정인의 가치 판단이 들어간 논평일
수도 있다. 또한 명제 내용 전체를 부정하는 부정 표현이 들어 있는 예
도 존재한다. 그리고 현재는 확정되지 않았지만 시행 예정인 제도나 출
시 예정인 상품 등에 관한 정보도 있다. 이러한 정보는 주로 동사의 어
미로 표현되는 양태 정보가 담당한다.

　그러므로 주요한 정보를 추출하는 틀로 사용되는 정보 템플릿에는
명제 정보의 유형과 함께 양태 정보에 대한 유형도 마련되어 있으며, 이
둘이 서로 공조하여 유의미한 하나의 정보 단위를 구성한다. 이러한 정
보 구성 방식은 사용자들이 정보 내용의 '진위 여부'나 '실현 가능성'
등을 판단하고, 이에 대비하거나 이를 응용하는 데 대한 편의성을 제공
한다.

　(98)의 '문서 정보 분석'은 정보 추출의 대상이 되는 문서의 전체적인
구조 정보를 분석하는 절차로, 이는 필요한 정보의 위치를 정확하게 지
정하고 관리하여 정보 추출 작업을 용이하게 하기 위한 과정이다. 대상
자료의 구조적 정보에는 '문서의 제목, 작성일, 작성자, 출처' 등과, '타
이틀, 본문' 등의 문서 위치 정보 등이 포함된다.

　(98)의 '개체명 인식'은 문서의 내용 중 주요 키워드로 기능하는 개체
의 이름, 즉 '개체명'을 판별하는 절차이다. 개체명은 'PLO'라고도 불리
는데, 이는 'person name, location name, organization name'의 두문자이다.
이 용어에서도 알 수 있듯 개체명으로는 대상 자료에 나타나는 인명이

나 지역, 조직명 등의 고유명사가 흔히 이용된다.

이와 같은 고유명사는 정보를 추출하려는 대상 문서가 일반적인 성격을 지니는지 특정 분야에 한정되어 있는지에 따라 구별되는 특성을 지닌다. 예를 들어 관심 영역이 한정되어 있으며 그 관심 대상이 기업의 가치나 주가의 변동, 신제품 출시 등에 관한 것이라면, '주가 관련 용어'와 함께 '기업명, 브랜드명, 제품명, 기술명' 등의 내용이 주요 개체명이 될 것이다.

이러한 개체명이 이미 사전에 이미 등재되어 있는 어휘라면, 사전 정보를 이용하여 대상 자료에서 개체명을 인식하고 개체명 사전에 저장한다. 그리고 사전에 등재하지 않은 단어나 신규 단어들이 계속 개체명으로 추가되어야 하는 경우에는 개체명 사전을 주기적으로 갱신하는 방식이나 개체명 인식 알고리듬을 운용하는 방식 등을 이용할 수 있다.

'개체명 사전'은 일반 어휘 사전의 일부로 운용할 수도 있지만, 개체명 인식 절차에서만 한정적으로 사용하는 개체명 사전을 독립적으로 탑재하는 방식에 장점이 있다. 이러한 독립된 개체명 사전의 운용은 목록의 추가나 수정 등의 관리를 용이하게 하며, 형태소 분석 등의 기반 시스템에 영향을 끼치지 않음으로 해서 시스템의 운용에도 보다 효율적으로 기능할 수 있다. 이러한 개체명 사전에는 주요한 'PLO 단어'를 미리 등재하고, 새로운 개체명이 나타날 때는 사전의 정보를 신속하게 갱신하는 방식을 이용하게 된다.

'개체명 인식 알고리듬'은 대상 문서에서 개체명을 인식하기 위해 운용하는 연산 규칙이다. 이러한 규칙의 운용은 사전의 정보와 독립적으로 혹은 서로 공조하여 개체명 인식의 성능을 높이는 데 일조한다. 특히 개체명 사전에 등재되어 있지 않은 개체명을 추출해 낼 필요가 있는 경우에는 형태소 분석 결과의 미등록어나 특정한 형태를 포함하는 단어들을 대상으로 개체명 인식 규칙을 운용하기도 한다.

이러한 개체명 인식 알고리듬은 개체명이 지니는 고유한 특징을 이용하여 작성한다. 예를 들어 인명을 인식하는 알고리듬은 성의 목록과 음절 수 등을 참조하여 작성할 수 있으며, 지역명이나 조직명을 인식하는 경우에는 이의 파악을 가능하게 하는 접미사나 어휘 등 특정 표지의 목록을 이용하기도 한다. 이와 같은 목록들과 완전 일치 또는 부분 일치의 결과를 보이는 표현을 개체명으로 간주하고 이를 개체명 사전에 저장하는데, 그 성공률은 개체명의 유형에 따라 각기 다르게 나타난다.

(98)의 '대용 표현 인식'은 동일 개체명이 고유명사로 나타나지 않고 대용 표현으로 나타날 때 이를 자신의 선행사와 적절하게 연결해 주는 절차이다.

(99) ㄱ. 이러한 '물 이슈'의 중심에는 반기문 유엔 사무총장이 있었다.
ㄴ. 반 사무총장은 국가들의 행동도 중요하지만 기업들도 적극적으로 사태 해결에 나서야 한다고 촉구했다.

(99)와 같이 '반기문'이라는 고유명사가 특정 페이지에 처음 등장하는 용례에서는 '반기문 유엔 사무총장'으로 명명하지만 이후에는 '반 사무총장'으로 언급하는 등, 개체명 사전에 등재된 고유명사를 그대로 사용하지 않는 예는 문서에서 흔히 발견할 수 있다. 이러한 경우 이 두 형태를 동일한 개체로 인식하여야 이 대상에 대한 정확한 정보의 추출이 가능하다.

이러한 대용 표현으로는 일반적인 대용 표현인 지시대명사, 지시형용사와 함께 특정한 접미사나 직업, 직급 등과 관련된 명사 등이 사용된다. 이에는 정치 분야 문서에서의 '대통령, 총리, 장관, 차관, 대표, 총재, 의장, 대변인, 후보' 등과 경제 분야 문서에서의 '대표이사, 대표, 이사, 부장' 등의 어휘, 그리고 전 분야에 두루 사용 가능한 '선생님, 선생, 씨, 군, 양' 등에 이르기까지 여러 분야에 걸쳐 매우 다양한 목록이 존재한다. 이와 같은 용례에 대해서는 처리하고자 하는 분야에 특정적인 대용 표현 목록의 확보가 선행되어야 한다.

이러한 용례에 대해서는 일반적인 대용 표현과 마찬가지로, 대용어 탐색의 영역을 확정하고 이 내부에서 해당 형태와 연관되는 선행사를 찾아내는 방식을 이용한다. 그러나 탐색 영역의 내부에서 개체명 인식과 관련이 있는 특정 형태에 대한 중의성이 발생하거나 대용 표현과 선행사 사이에 다른 선행사의 후보가 존재하는 등의 예에서는 처리의 정확성이 보장되기 어렵다. 또한 대용 표현이 나타날 때마다 선행사를 탐색하는 방식 자체가 처리의 부담을 가중시키기도 하므로, 이 절차는 효율성을 고려하여 운용할 필요가 있다.

(98)의 '사건 유형 분석'은 추출 대상 자료에 나타난 정보 중 개체명과 관련된 사건에 대해 유형화하는 절차이다. 개체명은 대상 자료의 특정 문장에서 주어나 목적어, 부사어 등 다양한 위치에 나타날 수 있다. 이러한 개체명이 나타나는 문장의 서술어는 개체명과 관련하여 어떠한 사건이 발생했는지를 지시해 준다. 동사나 형용사, 서술성 명사 등으로 표현되는 이러한 사건들의 개별적인 형태를 유사한 서술어끼리 사건 유형으로 체계화하는 방식을 통해, 각 사건이 지니는 정보의 동형성과 관련성을 파악하는 등 보다 구조적으로 전체 정보를 분석하는 것이 가능하다.

(100) 사건 유형 예

      ㄱ. 정치 영역 : 만남, 주장, 평가, 발표, 제안, 출마, 공격, 이동, 구성……

ㄴ. 경제 영역 : 매수, 매입, 인수, 하락, 상승, 등락, 출시, 조달, 마련……

(100)은 정치 분야와 경제 분야의 사건 유형에 대한 예이다. 이러한 사건 유형은 관련 분야에서 중요하게 언급된다는 특성을 지니지만, 항구적으로 이 분야와만 관련을 맺는 것은 아니다. 그리고 이러한 사건 유형은 'PLO'와 같은 키워드나 특정 명사구와 함께 나타날 때 유의미한 유형이 되기도 한다. "인수위를 구성했다, 부양책을 마련했다." 등의 용례에서 이를 확인할 수 있다. 그리고 '공격, 이동' 등은 정치 영역 중에서도 전쟁과 같은 하위영역에서 더욱 특정적인 기능을 수행하기도 한다.

이와 같은 사건 유형은 정보 추출 대상 문건의 실제 문장에 나타나는 서술어를 직접 지시하는 것이 아니며, 그 의미 기능을 중심으로 개별적인 서술어들을 자연 부류로 묶어 유형화한 결과이다. 그러므로 '논평했다, 비난했다, 평가 절하했다' 등은 모두 동일하게 '평가'의 사건 유형에 속하는 서술어로 분류될 수 있다.

(98)의 '템플릿 변환'은 이상의 분석 정보를 일목요연하게 추출하기 위해, 템플릿의 형식에 맞추어 정보를 재구성하는 절차이다. 정보 추출 템플릿은 다양한 형식에 의해 구성할 수 있는데, 여기에서는 대상 텍스트 중에서 개체명 정보와 사건 유형 정보가 함께 나타나 있는 문장의 구문 분석 결과를 육하원칙을 위주로 가공하는 방식을 이용한다.

템플릿의 슬롯은 기본적으로 '누가, 누구에게, 누구를, 무엇이, 무엇을, 언제, 어디에서, 얼마나, 서술어, 사건 유형, 양태 유형'의 정보로 구성하며, 이러한 슬롯에 포함되지 않는 정보 중 중요성을 지니는 정보가 나타날 때를 대비해 '기타' 칸을 여분으로 마련한다. 이러한 정보의 틀은 특정하게 분야가 정해지지 않은 일반적인 추출 대상 문서로부터 정보를 추출하는 용도로 이용하는 '범용 템플릿'이며, 특정 분야에 대하여는 그 분야의 특성에 부합하는 구성의 템플릿이 제작될 수 있다.

(101) 정보 추출 템플릿 예

범주	누가	누구에게	누구를	무엇이	무엇을	언제	어디에서	얼마나	기타	서술어	사건유형	양태유형
형태												
수식어												
위치												

　(98)의 '사전 관리 도구 제작'은 개체명 사전이나 사건 유형 목록 등 정보 추출에서 주요 키워드로 기능하는 단위들을 효율적으로 관리할 수 있도록 관리 도구를 제작하는 절차이다. 특정 분야의 문서를 대상으로 정보를 추출하는 경우, 고유명사에 해당하는 개체명과 이 분야에서 중요하게 간주되는 사건 유형에 대한 정보는 반복적으로 나타날 수 있다.

　이러한 정보는 기본적으로 개체명 인식이나 사건 유형 분석 절차에서 중요 정보로 판별하게 되어 있지만, 보다 정확한 정보의 추출을 위하여서는 이러한 정보의 목록들이 주기적으로 갱신되고 수정될 필요가 있다. 이러한 경우 관리 도구를 이용하여 주요 개체명, 사건 유형과 그 개별 목록, 이에 대한 자질 속성 등을 표시함으로 해서 시스템의 효용성을 향상시킬 수 있다.

　정보 추출의 화면 예는 다음의 <그림 4>와 같다.

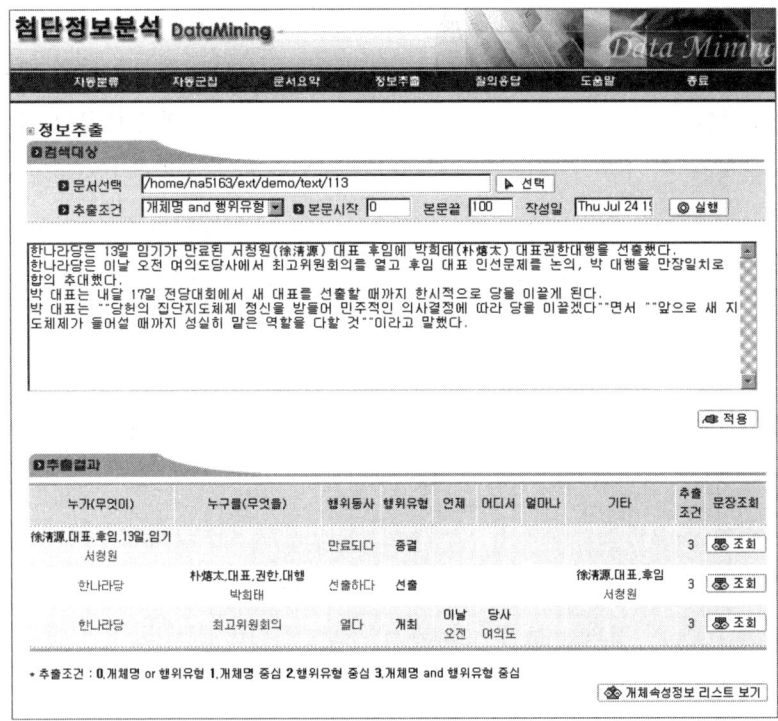

〈그림 4〉 정보 추출 화면

4.2.2. 자연어 질의응답 시스템

자연어 질의응답 시스템 Natural Language Question Answering System은 사용자들이 궁금한 정보를 자연어 문장 형식의 질의문으로 입력하면, 검색 과정을 통하여 적절한 응답문을 사용자들에게 제공하는 시스템이다. 이는 검색의 대상이 되는 대용량의 문서들을 분석하여 특정한 형식에 맞게 그 분석 결과를 관리하고, 이에 대해 사용자들이 질의어를 던지면 관련 연산을 수행하여 가장 적절한 답변을 찾아오는 절차로 이루어진다.

정보 검색 Information Retrieval에서 가장 흔히 이용하는 방식으로는 궁금한 정보를 하나나 둘 이상의 단어로 입력하고, 이에 대한 정보를 취득하는 '단어 검색', 혹은 '키워드 검색'이 있다. 이때 검색의 대상이 되는 자료들은 일정한 기준에 의해 분류되고 효율적으로 관리된다. 인터넷을 이용할 때 흔히 '디렉토리 방식'으로 정보가 저장되어 있는 것을 확인할 수 있는데, 한 포털 사이트의 예를 들면 정보들이 '지식 사이트, 전문자료, 책, 사전, 지역, 뉴스, 쇼핑, 사이트, 이미지' 등으로 분류되어 있다. 이와 같이 정보의 총량을 디렉토리 방식으로 분류하고 이를 또 단계적으로 하위분류하는 정보 관리 방식은 정보 탐색을 효율적으로 수행하고 검색 결과의 성공률을 높일 수 있도록 하기 위해 흔히 이용된다.

검색 시스템에 키워드가 입력되면 정보 검색 자료들을 대상으로 키워드와 일치하는 정보를 탐색한다. 이 키워드와 완전히 일치하는 정보가 있으면 이 결과를 보여주며, 완전일치로 적절한 결과를 얻기 어려운 예이거나 추가적인 결과를 찾기 위해서는 부분일치의 방식을 이용한다. 그리고 보다 진보된 정보 검색 시스템에서는 입력된 키워드뿐 아니라 이에 대한 동의어나 유의어 등을 처리하고, 이 결과도 함께 검색 결과에 포함시켜 제공함으로써 검색의 편의성을 제고하기도 한다.

또한 검색어가 하나의 단어로 표현되는 것이 아니라 다수의 키워드와 관련이 있을 때는 사용자들이 'and나 or' 등의 연산자를 적절히 이용하여 검색 결과의 질을 높이기도 한다. 이는 검색어의 조건을 좀 더 구체화하는 것으로, 불필요한 검색 결과까지도 일일이 확인하여야 하는 수고를 줄여준다. 이와 함께 디렉토리 내부 정보만을 대상으로 재검색하는 방식을 통해서도 검색의 만족도를 높일 수 있다.

그런데 이상에서 언급한 방식에서는 사용자들이 직접 연산자를 필요에 맞게 운용하거나 디렉토리를 지정하는 등의 다소 번거로운 과정이 존재한다. 그리고 이러한 과정을 거친다 하더라도 사용자에게 꼭 필요한 정보가 검색되지 않거나, 지나치게 많은 검색 결과가 도출되기도 한다. 그러므로 여전히 검색 결과 중에서 적절한 정보를 골라내는 데 많은 시간을 소비하게 된다.

이와 같은 검색의 불편함을 줄이고 필요한 정보를 효율적으로 취득하려는 요구가 커지면서 자연스럽게 등장한 것이 자연어 검색 시스템이다. 이는 일상적으로 묻고 대답할 때 쓰는 자연어 문장의 형식 그대로 질문을 할 수 있어서 편리할 뿐 아니라, 자연어 문장으로 검색의 요구를 특정하여 표현함으로 해서 유용한 검색 결과를 얻을 수 있다는 장점을 갖는다.[88]

자연어 질의응답 시스템의 기능을 원활하게 수행하기 위해서는 자연어로 표현된 질의문의 '질의 의도'를 파악하고, 이에 대해 적절한 응답문을 제공하는 것이 가능해야 한다. 하나의 문장으로 표현되는 질의문의 성분이나 형태 중에는 검색 과정에 불필요한 정보들이 존재하므로, 먼저 이러한 불용어를 적절히 처리하여 핵심적인 키워드들만을 추출해낸다.

그런데 이렇게 추출된 키워드를 평면적으로 나열하면, 이는 키워드 검색에서 'and'나 'or' 등의 연산자를 사용하는 것과 동일한 결과를 가져온다. 그러므로 FCG 기반의 질의응답 시스템에서는 이와 같은 방식을 사용하지 않고, 구문 분석 결과를 이용해 질문의 핵심을 이루는 '대상$_{Target}$' 부분과 그에 대한 '조건$_{Condition}$' 부분으로 질의문의 구조를 분석한다.

---

88) 이러한 시스템의 제작에는 구현이 쉽지 않은 언어정보처리 기술이 필요하여 아직 완전한 상용화 단계에 이르지는 못하고 있다. 그렇지만 검색 자료의 형식이나 내용, 그리고 질의의 유형 등을 한정하면 특정한 영역에서는 자연어 질의응답 시스템의 실용적인 이용이 가능하다. 예를 들어 한 조직의 내부에서 조직원들의 '직급'이나 '직무', '임금' 등의 한정된 정보를 자연어로 검색하는 질의응답 시스템의 경우에는 범용적인 질의응답의 예와 비교하여 그 정확률이 현저히 증가한다.

자연어로 질의하고 이에 대해 시스템이 적절한 답변을 제공하는 '자연어 질의응답 시스템' 또한 자연어를 통해 검색을 수행한다는 의미에서 '자연어 검색 시스템'의 하나로 분류된다.

(102) 자연어 질의응답 시스템의 정의

　　　사용자들이 궁금한 정보를 자연어 문장 형식의 질의문으로 입력하면, 검색 과정을 통하여 적절한 응답문을 사용자들에게 제공하는 시스템

(103) 자연어 질의응답의 절차[89]

절차명	정의	대상
검색 자료 색인	검색 대상 자료의 정보를 분석하여 이를 검색에 용이한 데이터베이스로 저장하는 절차	검색 대상 자료
질의문 분석	사용자가 입력한 자연어 질의문을 분석하여 질의의 의도를 파악하는 절차	사용자의 질의문
응답 추출	검색 자료 색인 결과와 질의문 분석 결과를 비교하여 적절한 응답문을 구성하는 절차	검색 자료 색인 결과와 질의문 분석 결과

(103)의 '검색 자료 색인'은 검색의 대상이 되는 정보를 분석하고, 이 분석 결과를 저장하는 절차이다. 인터넷 검색에서는 여러 분야에 걸쳐

---

89) (103)의 '검색 자료 색인'에는 '형태소 분석, 구문 분석, 대용 표현 인식' 등의 절차가 포함되며 '질의문 분석'에는 '형태소 분석, 구문 분석' 절차가 포함되는데, 논의의 중복을 피하기 위하여 질의응답의 절차에서는 형태소 분석과 구문 분석 등을 다시 언급하지 않았다.

다양하게 수집된 자료들이 표면적으로는 디렉토리 방식으로 관리되고 있는데, 내부적으로는 이 자료들이 분석 과정을 거쳐 효율적인 검색에 맞는 특정한 데이터베이스의 형식으로 저장된다. 이 색인 정보는 질의 응답 시스템에서 질의문에 대한 응답문을 산출할 때 이용된다.

'검색 자료 색인'을 다시 나누어 보면, 이는 '문서 정보 분석'과 '주요 정보 추출', 그리고 '문서 정보 저장'의 절차로 이루어진다. 문서 정보 분석은 검색 대상 문서의 구조에 대한 정보나 문서 내용의 분석 결과를 도출하는 절차이다.90) 주요 정보 추출은 문서 정보 분석 결과 중 불필요한 정보나 성분어 등을 '불용어'로 처리하고 핵심적인 정보만 추려 내는 절차이다. 그리고 문서 정보 저장은 이를 정보 검색이 용이한 형식에 맞게 저장하는 절차이다.

(103)의 '질의문 분석'은 사용자가 입력한 자연어 질의문을 분석하여 질의 의도를 파악하는 절차이다.91) 이는 사용자들이 자연어 문장으로 궁금한 점을 질문하면, 이 질문이 어떠한 유형에 속하는지, 검색 대상의 핵심어는 무엇인지, 그리고 이 검색 대상에 부과되는 조건은 어떠한 것인지 등을 분석하는 절차이다. 이러한 절차를 통해 사용자들이 질문을 통해 표현하고자 하는 발화의 의도를 파악할 수 있다.

---

90) 문서 구조 정보는 문서의 타이틀이나 본문 등과 같은 위치 정보, 생성 일시, 작성자, 정보의 출처 등을 분석한 것이며, 문서 내용 정보는 문서가 가지는 내용을 대상으로 형태소 분석이나 구문 분석 등의 연산을 수행하여 분석 결과를 데이터베이스에 저장한 것이다.

91) 질의 의도의 분석을 위해서는 질의문의 화행과 그 담화의 특성을 파악하는 일 또한 중요하다. 김원경(2008)에서는 질의문이 지니는 화행의 특성으로, 항구적으로 '질문 화행'을 수행하며 이 질문 화행에 대한 표현 형식이 일상적인 담화에서의 질문에 비해 상대적으로 더욱 다양하다는 점을 들고 있다 그리고 이러한 질의응답의 담화 특성으로는 '다양한 형식, 단일한 화행, 모호성의 제거, 답변의 강제성, 답변의 정보성, 답변의 명확성, 문제의 일관성, 질의-응답의 인접성, 질의-응답의 단발성, 단일한 질의자-응답자'를 들고 있다.

이러한 자연어 질의문에 나타나는 질의 대상의 종류는 '누구, 무엇, 어디, 언제, 얼마나, 어떻게, 왜'로, 그리고 질의문의 유형은 의문사 존재 여부와 성분어 사이의 구조에 따라 6가지로 분류할 수 있다.[92) 김원경(2005)에서는 질의의 '대상'과 '조건'을 구분하여 다음 (104)와 같이 질의문 구조를 분석하였다.[93)

(104) 질의문 구조

"성곡 미술관의 횡령을 직접 지시한 사람은 누구인가?"

Target	Condition		
Comp	Obj	Adv	Pred
누구	성곡 미술관의 횡령	직접	지시하다

(104)의 구조와 주 92)의 내용을 통해 이 질의문은 '2유형'에 속하고, 질의의 대상은 '누구'이며, 이 대상에 대한 조건은 '성곡 미술관의 횡령'이라는 목적어와 '직접'이라는 부사어, 그리고 '지시하다'라는 서술어로 구성되어 있음을 알 수 있다. (103)에서 언급한 검색 자료의 색인

---

92) 김원경(2005 : 257)에서 분류한 질의문 구조의 6가지 유형은 다음과 같다. 김원경 (2005)에서는 '질의문'이라는 용어 대신 '질의어'라는 용어를 사용하였다.
- 질의어의 구조
    ㄱ. 1유형 : 질의어에 질의의 대상을 표시하는 의문사가 있으며, 전체 질의어가 명사구의 수식을 받는 명사구와 의문사+계사로 이루어진 유형
    ㄴ. 2유형 : 질의어에 의문사가 있으며, 전체 질의어가 문장의 수식을 받는 명사구와 의문사+계사로 이루어진 유형
    ㄷ. 3유형 : 질의어에 의문사가 있으며, 이 의문사가 주어나 목적어로 나타나는 유형
    ㄹ. 4유형 : 질의어에 의문사가 없으며, 해당 의문사에 해당하는 다른 단어로 대체되어 있는 유형
    ㅁ. 5유형 : 의문사가 없고, 의문사에 해당하는 다른 단어도 나타나 있지 않은 유형
93) (106)의 형식은 김원경(2005)를 따랐지만, 예문의 내용은 시사성이 있는 것으로 수정하였다.

데이터베이스도 구문 분석의 결과를 기반으로 하여 문장 단위로 저장되므로, (104)의 질의문 분석 정보와 검색 자료 색인 정보를 비교하여 가장 정확률이 높은 정보를 찾아 이를 응답문으로 제시한다.

(103)의 '응답 추출'은 검색 자료 색인 결과와 질의문 분석 결과를 비교하여 적절한 응답문을 구성하는 절차이다. 즉 응답 후보 색인 데이터베이스에서 질의문의 의도와 일치하거나 유사한 정보로 이루어져 있는 응답 내용을 탐색하고, 이를 정확도 순으로 정렬하여 응답문을 제공하는 절차이다.

> (105) 박관장이 성곡 미술관의 횡령을 직접 지시한 사실을 일부 시인할 것으로 보인다.

(104)의 질의문 분석 구조에는 질의문의 대상인 '누구', 즉 지시를 내린 사람에 대한 정보가 결여되어 있다.[94] 검색 자료 색인 데이터베이스에 (105)와 같은 문장이 존재하면, 이에 대한 분석 결과를 색인 데이터베이스의 형식에 맞추어 저장한다. 그리고 이 색인 데이터베이스의 정보와 (104)의 질의 의도 분석 결과를 대조하여 응답문에 대한 추론을 진행하고, 응답문을 산출한다.

질의응답 시스템에서의 응답문은 아래의 (106ㄴ)과 같이 단답형으로 제시할 수도 있으며, (106ㄷ)과 같이 관련 부분이 들어 있는 문장 전체를 제시하는 형식으로 시스템이 만들어질 수도 있다.

> (106) ㄱ. Q : 제 28회 청룡영화제에서 감독상을 수상한 감독은?
> ㄴ. A-1 : 허진호

---

94) (104)의 질의문은 "누가 성곡 미술관의 횡령을 직접 지시했나?"와 동일한 의미의 질문이다. 질의-응답의 실제 처리 과정에서는 '동의 구조'를 분석하는 절차에 따라 이 질의문이 주어 위치에 나타나는 '누구'에 대한 질의문임을 파악하게 된다.

ㄷ. A-2 : 23일 오후 7시30분 서울 장충동 국립극장에서 열린
제28회 청룡영화상 시상식에서 '행복'의 허진호 감독이 감
독상의 영광을 안았다.

질의응답 시스템의 제작에서도 정보 추출 시스템과 마찬가지로 관리
도구가 제공됨으로 해서 응답의 만족도를 높일 수 있다. 관리 도구는 높
은 중요도를 지니는 정보에 대한 관리를 가능하게 하는 기제로, 이를 통
해 정보 추출의 경우와 유사하게 개체명, 사건 유형, 유의어 등에 대한
목록의 추가나 자질 명세화 등의 관리가 효율적으로 이루어질 수 있다.
질의응답 시스템의 질의-응답 예제를 살펴보면 다음과 같다.

(107) ㄱ. Q : 대선 여론조사 1위는 누구?
A : 공표 가능한 마지막 여론조사 결과(12일 실시해 13, 14일
발표)에 따르면 이명박 후보는 40% 초·중반대의 지지
율로 부동의 1위를 고수했다.

ㄴ. Q : 서브프라임 모기지가 무엇인가?
A : 서브프라임 모기지는 신용도가 떨어지는 개인들을 대상
으로 취급되는 모기지를 말합니다.

ㄷ. Q : 2007년 중 징계를 받은 직원 명단
A : a1, a2, a3 등의 직원 이름

ㄹ. Q : 인사 고과에 반영되는 사내 교육 프로그램95)

---

95) (107ㄹ)은 자연어 질의응답 시스템의 장점을 특히 잘 보여줄 수 있는 예이다. 이 질
의문에 대한 '키워드 검색 방식'에서 가장 성공적인 처리는 '인사, 고과, 반영, 사내,
교육, 프로그램' 등의 키워드를 'and' 연산자로 연결하여 답변을 제공하는 경우일 것
이다. 이에 비해 '자연어 질의응답 시스템'에서는 질의문의 구조 파악을 수행한 후,
검색 자료 색인 데이터베이스에서 '사내 교육 프로그램(target)' 중에서 '인사 고과에

　　A : TWI, MTP, AMT, CGS 등의 교육 프로그램 이름

ㅁ. Q : 임원 연봉 합계
　　A : ~원 등의 액수

ㅂ. Q : 동계 연수는 언제부터 언제까지인가요?
　　A : 동계 연수 일시 : 2008년 01월 17일~2008년 01월 19일

ㅅ. Q : 상품권 수령은 어떻게 하나요?
　　A : 직접 방문 : 대한출판문화협회에 직접 방문하여 수령

　(107)은 '누구, 무엇, 얼마나, 언제, 어떻게' 등에 관한 질의응답 시스템 질의문의 예이다.96) 이는 자연어 질의문이라는 공통점을 지니지만, 이 질문에 응답하기 위한 고려 사항에서는 서로 차이가 난다. (107ㄱ~ㄴ)은 일반적인 검색 용도로 신문기사나 웹 사이트 문서 등의 내용을 검색 자료로 색인한 시스템에 적합한 질의문이다. 이와 같은 자료는 시간의 경과에 따라 빠르게 갱신되므로, 새로운 정보의 수집과 관리가 중요하다.
　(107ㄷ~ㅁ)은 예를 들어 조직 내부의 폐쇄 정보를 SQL structured query language과 같이 검색에 용이한 데이터베이스로 관리하고, 적절한 질문을 호출하면 이에 대해 관련 정보를 찾아오는 검색 방식에서 흔히 이용하는 질의문이다. 이러한 시스템에서의 응답문은 데이터베이스의 각 필

　반영되는(condition)'이라는 조건에 맞는 답을 찾아 이를 응답문으로 제공한다.
96) 정보 추출 템플릿의 슬롯 중 성분어와 관련된 정보는 '누가, 누구에게, 누구를, 무엇이, 무엇을, 언제, 어디에서, 얼마나' 등인데 비해, 질의응답 질의문의 대상은 '누구, 무엇, 어디, 언제, 얼마나, 어떻게, 왜'이다. 이 중 '누구'를 예로 들면, 정보 추출에서는 성분어로 분석한 정보를 기반으로 템플릿을 구성하므로 '누가, 누구에게, 누구를'의 슬롯이 각각 독립적으로 존재한다. 이에 비해 질의응답에서는 '누구'라는 대상에 대한 성분어 분석을 질의문 분석 절차에서 처리한다. 그러므로 절차상의 차이가 있을 뿐 이 두 경우의 처리는 동일한 결과를 가져온다.

드에 속한 정보나 이들 정보 간의 연산에 의해 제공된다. 이러한 시스템에서는 검색 결과의 만족도를 높이기 위해, 검색이 가능한 예제들을 미리 정의하는 '예제 기반 방식'을 이용하기도 한다.

(107ㅂ~ㅅ)은 특정 사이트의 게시판 등에 기재되어 있는 정보를 취득하는 데 이용하는 게시판 검색에서 흔히 쓰이는 질의문이다. 특정한 용도로 제작된 게시판에 자연어 문장으로 궁금한 점을 질의하면, 게시판 내용 중에서 적절한 응답문을 추출하거나 관련 내용이 기재된 부분으로 화면이 이동하는 방식으로 답변을 제공할 수 있다.

질의응답 시스템의 화면 예는 다음의 <그림 5>와 같다.

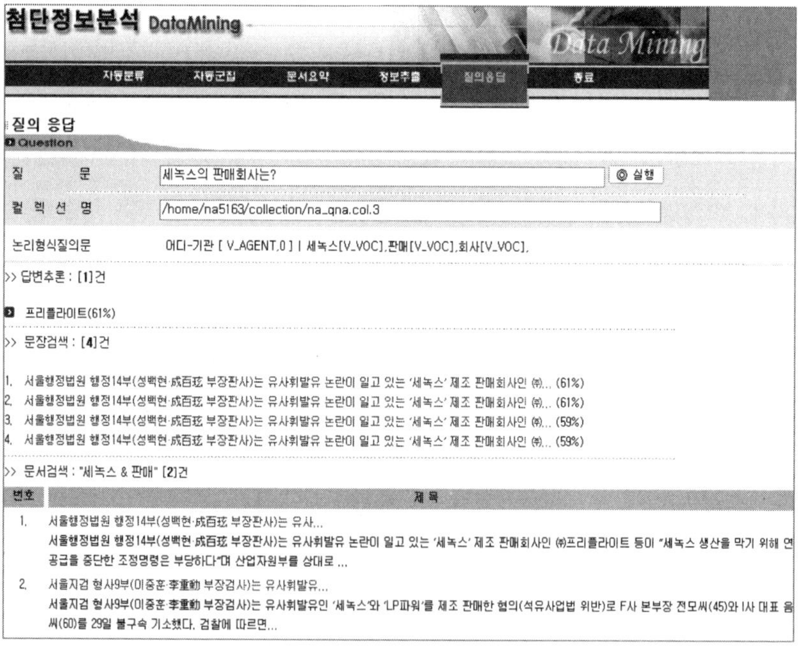

〈그림 5〉 질의응답 화면

4.2.3. 기계 번역 시스템

기계 번역 시스템 Machine Translation System은 분석 대상 언어를 입력하면 이를 분석하여 생성 목표 언어로 번역하는 시스템이다. 언어 유형적으로 서로 유사한 언어가 번역의 대상어와 목표어를 구성하는 예에서는 번역의 성공률이 상대적으로 높은 편이지만, 두 언어 사이의 문법 구조나 용법 사이에 큰 차이를 보이는 경우에는 그 성공률이 낮아지게 된다.

실용적인 목적이나 학문적인 용도에 따라 외국어로 표기된 문서를 참조하는 경우가 늘어나면서, 이러한 외국어 문서들에 대한 번역의 수요도 증가하고 있다. 그리고 국가 간의 빈번한 기술 교류로 '기술 문서'에 대한 '기술 번역'의 필요성이 커지고 있다. 이러한 기술 번역을 포함한 모든 번역 작업은 해당 분야의 전문가가 수행할 때 가장 정확한 결과를 도출할 수 있지만, 기계 번역 시스템이 번역 과정의 한 부분을 담당하는 방식으로 개별적인 번역 작업을 표준화하고 많은 양의 문서에 대한 번역과 검수 과정의 효율성을 높이는 데 기여하기도 한다.[97]

또한 문화적인 측면에서는 기계 번역이 각 언어 공동체 사이에 존재하는 '언어 장벽'에 대한 완충 기능을 담당하기도 한다. 각기 다른 언어를 구사하는 민족이나 개인이 모두 일정 수준 이상의 외국어 구사 능력

---

[97] 기계 번역기가 번역의 전 과정 중 부분적인 기능을 담당하는 경우로는 '특정 영역'의 자동번역이나 '전문 용어'에 대한 표준적인 번역 결과를 도출하는 예, 그리고 '1차 번역'을 수행하는 예 등을 들 수 있다. 번역 과정에서 효율적으로 이용되는 대표적인 기계 번역의 툴로는 '번역 메모리 Translation Memory/TM으로 약칭'가 있는데, 이는 기존에 번역한 모든 결과를 시스템에 저장하고 있다가 이와 동일하거나 유사한 문장을 번역할 때 그 분석 결과를 자동으로 검색하고 이를 이용하는 기술이다. 이와 같이 인간 번역을 돕는 기계 번역의 툴을 '번역 지원 툴 Computer Aided Translation Tool/CAT로 약칭'이라 부른다.

을 보유할 수는 없지만 의사소통의 필요성은 계속 증가하고 있다. 이러한 경우 기계 번역이 이들 사이의 소통을 돕고, 이질성을 줄여나가는 방향으로 도움을 줄 수 있다.

실제로 유럽 국가 간에는 정치, 경제, 문화적인 소통의 필요성도 높으며 또한 각국의 언어가 계통적으로나 구조적으로 서로 유사성을 지니기 때문에, 다국어 번역기 혹은 두 언어 간 번역기의 제작이 활발하다. 그리고 이러한 결과물이 특정 용도에 맞추어 활발하게 응용되기도 한다. 한국어와 일본어 사이에도 언어 간에 구조적인 유사성이 존재하여 번역기 제작이 상대적으로 수월하며, 그 번역의 성능 면에서도 실용적으로 이용할 수 있는 수준에 도달해 있다.

FCG 기반의 기계 번역 시스템으로는 영어가 분석 대상어이고 한국어가 생성 목표어인 '영-한 번역 시스템'과, 한국어가 분석 대상어이고 영어가 생성 목표어인 '한-영 번역 시스템'의 두 가지 시스템이 제작되었다. 이 중 영-한 번역 시스템을 중심으로 시스템의 정의와 절차를 정리하면 다음과 같다.

(108) 기계 번역 시스템의 정의

분석 대상 언어를 입력하면 이를 분석하여 생성 목표 언어로 번역하는 시스템

(109) 기계 번역의 절차

절차명	정의	대상
전처리	대상 문자열을 문장 부호에 의해 문장 단위로 분할하고, 특수 기호, 축약어, 숫자 등을 처리하는 절차	문장 부호, 특수 기호, 축약어, 숫자로 표현된 단위 등의 구절

숙어 처리	숙어, 관용어, 연어 관계를 이루는 표현 등을 하나의 문법단위로 묶어주는 절차	'as a matter of fact, be good at, come up with, get rid of, take care of'와 같은 숙어와 "That's a piece of cake, Walls have ears"와 같은 관용어 구절
구 묶음	적절한 논항 분석을 위해 하나의 구절 단위로 처리되어야 하는 대상을 묶어주는 절차	'be+pp, have+pp, to+infinitive' 등의 동사구 구성과 'Chelsea football, club, The News Corporation Ltd, Mcdonald's CEO' 등의 명사구 구성
중의성 해소	중의 어절에 대해 중의성을 해소하는 절차	'this, that, for, to, close, report, address, spring' 등 중의적인 어절뿐 아니라 'ing, pp' 등과 같이 [ambi] 자질을 가지고 있는 모든 형태
단문 분할	처리 대상 문자열을 각 단문 단위로 분할하는 절차	"His hair was gray, but he did not look old." 등의 이어진 문장과 "My dad thinks that I should decide soon what I'm going to do when I finish school." 등의 안은 문장
절 연결 관계 분석	단문 분할의 절차를 거쳐 단문으로 분할된 문장과 전체 문장이 지니는 절 연결 관계를 분석하는 절차	이어진 문장, 안은 문장, 분할된 각 단문 단위
동사 문형 분석	동사의 용법을 이용하여 문형을 판별하는 절차	동사
형태격 분석	서술어의 활용형이나 통사 구조 등 외현적인 정보를 통해 연산이 가능한 형태격 정보를 분석하는 절차. 주격, 목적격, 속격, 부가어로 분석	활용 명사구
의미격 분석	논항의 의미 기능에 의해 연산이 가능한 의미격 정보를 분석하는 절차. 'Experiencer, Agent, Beneficiary, Instrument, Theme, Comi-	활용 명사구

	tative, Source, Goal, Path, Time, Locative, Possessive, Complement'로 분석	
성분어 분석	문장을 구성하는 각 구절 단위의 문장 성분을 분석하는 절차	명사, 동사, 형용사, 부사, 전치사, 감탄사 등의 구절 단위
양태 정보 분석	시제, 상, 서법 정보 등 명제 정보 밖에 위치하는 정보를 처리하는 절차	시제, 태, 상, 서법 등을 나타내는 문법적인 형식이나 접미사 등의 기능 범주
목표어 생성	분석 대상어의 분석 정보를 기반으로 생성의 목표어를 생성하는 절차	분석 대상어의 분석 결과

한국어 분석과 비교하여 영어 분석 과정이 지니는 가장 큰 특징은 '형태소 분석과 구문 분석 과정의 통합'이라 할 수 있다. 영어와 같은 유형의 굴절어 분석에서는 한국어 형태소 분석 과정의 초점이 되는 '어간과 접사의 분리' 문제가 핵심적인 논점이 되지 않으며, 이보다는 어절 전체에 대한 범주 할당이나 그 기능의 해석 문제가 더욱 중요하다. 그러므로 형태소 분석 모듈을 독립적으로 운용할 필요성이 그다지 크지 않다.

이러한 운용 방식에 맞추어 영어 사전 등재 시에도 어간과 접사를 분리하지 않으며, '어절 단위' 전체를 등재의 기준으로 한다. '명사, 동사, 형용사' 등 다양한 문법 범주로 사용될 수 있는 동형의 등재어에 대해서는 원형과 굴절형의 정보를 서로 참조할 수 있도록 사전을 구성한다. 그리고 문자열의 정보를 사전 정보와 비교할 때에도 어절 전체 단위를 기본으로 한다. 이와 같이 영어의 분석에서는 어절 말의 음절부터 분리하여 사전과 비교 분석하는 과정이 존재하지 않으므로 '우—좌' 분석 방식에 별다른 장점이 없으며, 어순의 진행 방향대로 '좌—우 탐색'의 분석 방향을 기본으로 한다.

'목표어 생성'을 제외한 영－한 번역의 분석 절차는 한국어의 형태소 분석이나 구문 분석의 절차와 기본적으로 유사하다. 이는 언어정보를 분석하는 데에는 언어 보편적으로 동일한 절차가 필요하기 때문이다. 그러나 분석 대상의 내용과 그 단위들의 특성, 구조의 차이로 인해 분석 알고리듬의 세부 내용에서는 상당한 차이를 보인다. 이러한 과정에 더하여 목표어, 즉 한국어의 어순을 고려한 정보 저장 방식과 한국어 생성에 필요한 규칙 등이 더해지면 '영－한 번역 시스템'이 완성된다.

(109)의 '전처리'는 대상 문자열을 문장 부호에 의해 문장 단위로 분할하고, 특수 기호, 축약어, 숫자 등을 처리하는 절차이다. 이 절차에서는 한국어의 전처리 용례들과 함께 아포스트로피apostrophe의 형식으로 표현되는 접어나 소유격에 대한 정보를 함께 처리한다. 영어의 예에서는 '쉼표, 콜론, 세미콜론' 등의 문장 부호가 한국어에 비해 규범적으로 사용되어 언어정보처리에 더욱 유의미한 정보를 제공하므로, 이러한 점에도 유의하여 정보를 분석할 필요가 있다. 또한 대소문자의 정보를 적절히 처리하지 않으면, 고유명사가 일반명사로 번역되는 등의 오류가 발생하기도 한다.

(109)의 '숙어 처리'는 숙어, 관용어, 연어 관계를 이루는 표현 등을 하나의 문법 단위로 묶어주는 절차이다. '번역'이란 이질적인 두 언어 사이의 정보를 변환하는 작업이며, 특히 관용적으로 쓰이는 표현은 관습이나 문화의 차이에 따라 전혀 다른 구성으로도 나타난다. 이러한 표현의 각 요소들은 분석하기도 어려울 뿐 아니라, 분석의 결과 또한 원하는 번역어의 생성에 도움을 주지 못하는 예가 흔히 관찰된다. 그러므로 관용적 표현이나 속담, 격언 등의 문장은 전체 문장을 사전에 등재하고, 이에 대한 번역어를 기입하는 방식을 사용하는 것이 효율적이다.

(109)의 '구 묶음'은 적절한 논항 분석을 위해 하나의 구절 단위로 처

리되어야 하는 대상을 묶어주는 절차이다. 명사 연속 구성이나 동사 연속 구성, 수식 명사구 구성 등이 하나의 구절을 이루는 경우 이를 하나의 서술어 단위나 논항 단위로 묶어서 적절한 논항 분석을 가능하게 해야 한다. 단어가 단어를 수식하는 용례뿐 아니라 절의 형태가 하나의 명사를 수식하는 경우에도 이 절차에서 한 단위의 명사구로 적절히 묶어야 하며, 영어에 고유하게 발달한 '태, 시제, 서법' 등의 구성도 그 형식적 특성을 고려하여 이 절차에서 처리한다.

(109)의 '중의성 해소'는 영어에 다양하게 존재하는 동음이의어에 대한 처리이다. 한국어 분석에서는 하나의 어절을 어간과 어미로 분석하는 과정에서 그 형태소 경계에 대한 '분리 중의성'이 많이 발생함을 언급한 바 있다. 이에 비해 영어 분석에서는 분리 단위에 대한 중의성보다는 어절 전체가 어떤 범주에 속하는지에 대한 '범주 중의성'이 많이 발생한다. 이러한 중의성은 활용형 정보에 의해 어절 단위 내에서 해결될 수도 있지만, 문장 내의 환경 정보에 의해 해소되기도 한다. 이러한 중의성은 어휘 범주뿐 아니라 문장의 전체적 구조를 결정하는 접속사conjunction, 보문소complementizer와 'ing, ed'와 같은 접미사 등 매우 다양한 범주에서 발생하므로, 이 절차의 처리 결과는 이후 분석의 정확성에 큰 영향을 미친다.

(109)의 '단문 분할'은 처리 대상 문자열을 각 단문 단위로 분할하는 절차이다. 이 절차에서는 중의성 해소 절차에서 단문 분할의 지표가 되는 접속사나 보문소 등으로 처리된 형태를 경계로 하여, 하나의 문장을 그 하위 구성 요소로 분할한다. 그런데 예를 들어 영어 문장에서 접속사로 흔히 사용되는 'that, what, which, who, whose' 등의 단어는 보문소 또는 다른 어휘 범주와의 중의성을 가지기도 한다. '쉼표, and, or, nor'와 같은 단어 또한 문장과 문장을 접속하는 기능을 수행하기도 하며 단

2. 공감(empathy)의 개념

국어사전에서는 '공감'을 아래와 같이 아주 간략하게 정의하고 있다.

> 공감(共感)[공 : -]
> 「명사」 남의 감정, 의견, 주장 따위에 대하여 자기도 그렇다고 느낌.
> 또는 그렇게 느끼는 기분.

위에서 보듯 국어사전은 공감을 일종의 느낌이나 기분으로 정의하고 있다. '그들의 분노에 공감하다.', '아마도 제 주장에 공감하시리라 믿습니다.', '고개를 끄덕이는 걸 보니 그도 내 말에 공감하는 눈치였다.' 등의 용례가 뒤따르는데, 용례가 사전적 정의 이상의 정보를 주지는 않는다. 종합하면 국어사전에서는 '공감'을, 남과 같은 감정을 느끼는 동감(同感)이나 다른 사람의 주장에 대해 그렇다고 생각하는 동의(同意) 등 여러 유사 개념들이 섞인, 다소 느슨한 개념으로 정의하고 있음을 알 수 있다. 이러한 섞임은 공감의 개념을 학술적으로 정의하는 것 자체가 쉽지 않을 것임을, 그 자체가 논란거리가 될 수도 있음을 예고한다.

사실 공감이라는 말은 우리가 일상적으로 자주 사용하는 말이다. 그러나 공감(empathy)이라는 학술 용어는 비교적 최근에 생겨났고, 외래(外來)한 용어이다. 독일어에서 기원하여 영어로 번역되고, 독일어나 영어를 다시 우리말로 옮긴 말이 바로 '공감(共感)'이다. 대상어의 의미를 완벽하게 번역하는 것은 불가능하기 때문에, 번역되거나 재번역되면서 애초의 의미가 굴절되고 지칭하는 바가 불분명해질 수밖에 없다. '공감'이라는 용어 역시 이러한 번역의 문제로부터 자유로울 수 없다. 개념 정의가 필요한 까닭이 여기에 있다.

문제가 주목받곤 했던 것이 사실이다. 고려속요에 대한 그간의 연구가 고려속요의 공감성 혹은 공감의 미학에 대해 탐구해온 역사라 해도 틀린 말이 아닐 정도로,[1] '공감'은 고려속요 연구의 출발점이자 도달점이 되었다고 할 수 있다.

고려속요 연구자들은 왜 그렇게 공감의 문제를 붙잡고 끈질기게 탐구해온 것일까. 고려속요의 '무엇' 때문일까. 도대체 고려속요의 '무엇'이 공감을 가능하게 한 것일까. 그 '무엇'을 지닌 고려속요 작품을 문학적 대상으로 경험한다는 것은 어떤 의미가 있는 것일까. 나아가 고려속요가 공감의 시대, 우리에게는 어떤 의미와 시사점을 제공해줄 수 있을까. 이 책에서는 이 질문에 대한 답을 찾아보려고 한다.

구체적으로 이 글의 목표는 고려속요를 문학적 대상으로 수용하는 데서 이루어지는 공감의 유형과 구조를 밝히려는 것이다. 구체적으로 공감 경험을 가능하게 하는 고려속요의 특징이나 자질들에 대해 탐구함으로써 그러한 특징이나 자질들이 어떤 공감 체험을 가능하게 하는지, 그러한 공감 체험이 지닌 개인적·사회적 의미는 무엇인지 탐구해보고자 한다. 이는 공감의 장르인 고려속요의 미학을 밝히는 일임과 동시에 문학 작품을 대상으로 한 공감 경험이 지닌 사회적 의의와 가치를 입증하고, 나아가 공감이 필요한 시대에 고전시가, 더 넓게는 문학이 기여할 수 있는 바가 무엇인지 밝히는 일이 될 것이다.

---

[1] 필자 역시 공감을 가능하게 하는 고려속요의 미적 구조를 탐구하는 것으로 공부를 시작하였다. 졸고(1991), 『고려속요의 미적 구조에 관한 연구』, 서울대 석사.

시대로 나아가야 한다는 방향 설정에 동의한다면, 인문학자들 또한 '공감'이라는 말로 대변되는, 미래적 가치를 실현하기 위한 자기반성과 탐색, 협력과 연대, 그리고 실천이라는 숙제를 감당해야 한다는 점이다. 그리고 공감의 시대로 가자는 슬로건을 넘어 어떻게 공감 능력을 기를 수 있을 것인가에 대해 고민하고 해법을 찾아야 한다는 점이다.

문학은 애초에 세계를 구성하고 형성하는 포이에시스(poiēsis)를 본질로 삼고 있으며, 문학 연구 또한 인문학의 중심에서 늘 시대적 소명과 책무에 충실해왔다. 공감의 시대, 문학은 무엇을 할 수 있을까. 혹은 무엇을 해야만 하는 것일까. 문학이 과연 '공감'에 대한 이해를 깊게 하고 우리 사회 전반의 공감 능력 혹은 공감적 감수성을 길러주는 데 어떤 기여를 할 수 있을까.

사실 '공감'이라는 말은 문학 연구자들에게 익숙하다. 문학 작품은 누군가의 공감을 전제로 생산·향유·유통되는 언어구조물이고, 문학 연구자들은 시공간을 가로질러 작품 속 낯선 타자와 세계를 이해하고 공감하는 일을 업(業)으로 삼아 문학의 공감력에 대해 논구해 왔다고 할 수 있다. 그런 점에서 문학만큼 '공감'의 본질에 대해 성찰하고 '공감의 시대'를 이끌 방법이나 방향을 탐색하는 데 적절한 대상을 찾긴 어려울 것이다.

특히 이 책에서 다루게 될 고려속요는 공감의 장르 혹은 공감의 미학을 지향하는 장르이다. 발생 시점이 한참 지나 기록된 사실이나 기록 후에도 한동안 향유되다가 오늘에 이른 사실만으로도 고려속요가 공감의 장르임을 입증하기에 충분하다. 여러 시대에 걸쳐 여러 주체들에 의해 향유된 장르라는 사실을 접어 두더라도, '공감'하면 국문학의 여러 갈래 중에서도 유독 '고려속요'가 거론되었고, '고려속요'하면 으레 '공감'의

Ⅰ. 공감의 시대

1. '공감'을 말하는 맥락

공감(共感, empathy). 제목이나 부제, 핵심어로 '공감'을 내세우고 있는 책들이 요즘 서점가에서 인기를 끌고 있다. 심리학이나 인문학 코너뿐만 아니라 사회과학이나 자연과학 코너에서도 단연 인기다. '공감의 시대', '공감의 문명', '공감 정책', '공감대', '공감 경영', '공감적 경청' 등. 사회 각 분야에서 '공감(共感)'은 특정 감정을 지칭하는 말을 넘어, 시대에 대한 반성과 대안의 메시지를 담고 있는 일종의 슬로건처럼 사용된다. 이러한 추세는 한동안 지속될 것으로 보인다. 이 말이 부각되는 이면에는 공감 부족 및 불능인, 우리 사회에 대한 진지한 반성과 성찰이 자리하고 있고, 우리 시대의 여러 문제적 현상들에 대한 깊이 있는 진단과 그로부터 나온 새로운 비전이 담겨 있기 때문이다.

사실 '공감'이라는 말의 유행은 우리 시대의 문제적 상황을 역설적으로 증거한다. 여기서 그 문제적 상황을 열거할 필요는 없을 것이다. 그러나 분명히 할 것은 만약 공감 부족 및 불능의 시대라는 진단과 공감의

차 례

않도록 하셨다. 못난 제자와 늘 함께 해주신 선생님께는 그 어떤 감사의 말도 부족하다. 일찍이 고려속요에 '공감한' 연구자들 모두에게도 감사함을 표한다. 그리고 예쁜 책을 만들어주신 역락의 사장님께도 감사드린다. 마지막으로 늘 지적 자극을 주고 실질적인 도움을 주는 남편과, 엄마에게 늘 힘이 되는, 예쁘고 영리한 딸 하윤이에게도 고마움과 사랑의 마음을 전한다.

2013년 이른 봄 저자

실에 대한, 인문학자로서의 위기의식이 그 첫 번째 이유가 된다. 음반, 영화와 드라마, 관광 기념품, 테마파크 등등 여러 모습으로 여러 곳에서 과거가, 과거의 시가가 상품화되어 얼굴을 내밀고, 호고(好古) 취향의 고급 독자들은 과거의 문학과 사람, 제도와 유물 등등에 대해 관심을 가지고 소비하고 있다. 그러나 역설적이게도 과거가 상품화되고 소비되면 될수록, 정작 과거로부터 배워야 할 점이나 본질에서 멀어졌으며 고전시가가 대상화되고 소외되는 문제가 발생했다고 본다.

이러한 상황에 대해 함께 고민하고 대안을 모색할, 고전시가 연구가 턱없이 부족하다는 판단이 다시 도전한 두 번째 이유가 된다. 현대문학이나 고전산문 분야에 견주어 볼 때 고전시가 연구의 장은 그리 활성화되어 있지 않은 편이다. 고전시가 중에서도 상대가요나 향가, 이 책에서 다루고 있는 고려속요의 연구가 더욱 그러하다. 고증이나 해석에 집중한 개별 작품론을 넘어 우리 사회에 인문적 통찰을 제공해주지 못하는 것은 물론이고, 연구의 흐름이나 경향을 형성하기 어려울 정도로 연구의 장이 활성화되지 않은 것이 현실이다.

이에 용기를 내서, 우리 시대 성찰과 대안의 말로 뜨고 있는 '공감'이라는 말을 우산 삼아, 고려속요의 미학을 다시 말하고 고려속요의 당대적 의미는 물론이고 우리 시대의 의의와 가치에 대해 이야기하고자 한다. 고려속요는 소박하고 진솔한 말과 논리로 인간관계의 핵심 문제와 감정을 깊이 있게 다루고 있는 서정시가이다. 모쪼록 그 미학이 잘 드러나기를, 누군가에게 공감이 되고, 그리고 그 공감이 또다른 공감으로 이어지기를 바란다.

부족한 책이지만 여러 분의 도움을 받았다. 특히 김대행 선생님께서는 둔한 제자를 늘 깨우쳐주시고 학자로서의 엄정함과 치밀한 논리를 잊지은 현대시에 비해 과감할 정도로 솔직하고 분명해서 좋았다. 물론 그렇다고 쉬웠다는 말은 아니다. 단지 현란하고 현학적인 어휘와 이미지의 숲에서 어지러울 일도, 비틀고 꼬아놓은 의미를 찾아내느라 미로를 헤맬 필요도 없었다는 말이다. 읽으면 뭔가가 마음에 와 닿고 다시 읽을 땐 그 느낌이 또 달랐다. 마음에 와 닿은 것이 무엇인지 잘 알지 못했지만, 삶의 어느 국면에서 문득 한 구절이나 상황으로 되살아나곤 했고 그럴 때마다 전에 읽은 시가에 대한 새삼스런 이해나 감상이 다시 시작되곤 했다. 아마도 고전시가가 소박하고 진솔한 말과 논리로 인간관계의 핵심 문제와 감정을 깊이 있게 다루고 있기에 가능한 일이라 여겨진다. 특히 지금 여기와 거리가 먼 시기의 작품일수록 그러하다. 거두절미하고 머리를 내놓으라고 협박하고, 공덕 닦으러 오는 심정을 서럽다는 한 마디 말로 담아 여운을 길게 하는가 하면, 가시겠느냐고 거듭 반문함으로써 믿을 수 없는 심정과 가기를 바라지 않는 심정을 동시에 드러내는 묘미를 보여준다. 이보다 경제적이고 친근하면서도 적확한 표현이 또 있을까.

이런 매력이 공부를 시작하게 했고, 고려속요에 도전하게 했다. 지금 여기와 거리가 먼 시기의 노래들, 그 노래들의 정체를 알고 싶었고 또 그 노래들의 미덕을 찾아내 공유하는 일이 인문학자로서 즐겁게 할 수 있는 일이고 또 꼭 해야 하는 일이라고 생각했다. 그 생각은 지금도 변함이 없다. 그러나 석사논문을 쓸 당시만 해도 문학 공부도 인생 공부도 부족하여 짧은 노래에 담긴 넓은 세상과 깊은 생각을 읽어내는 것이 쉽지 않았다. 공부를 더하고 다시 도전해보리라 다짐을 뒀었다.

아직도 공부가 부족하지만, 시간이 한참 지난 지금 다시 처음 공부를 시작했을 때의 문제의식으로 돌아왔다. 그 이유는 두 가지다. 과거가 넘쳐나는 세상임에도 불구하고 정작 과거의 시가는 외면되고 오해되는 현

머리말

　대학 때 공부 모임이 참 많았다. 한국 사회를 공부하는 모임은 이른바 학생운동(?)이 전공이었던 당시 거의 모든 대학생들의 필수 코스였고, 각 전공마다 선배들이 여러 개의 공부 모임을 개설하여 후배들과 함께 했다. 나는 문학 공부 모임을 여럿 참여했다. 문학 공부는 작품 읽기와 이론 공부로 나뉘었는데, 작품 읽기보다는 이론 공부에 열을 올렸던 것 같다. 이론 공부란 서양의 문학 논의 혹은 이론사를 공부하는 것이었고, 누군가가 문학 및 문학 이론이 발생한 토양이 다르지 않느냐고 투덜거릴 때면 잠깐 <문심조룡> 등을 강독하기도 했지만 대개는 서양의 이론을 공부하느라 바빴다.

　그 당시 나는 서양에서 유래한 문학 이론의 눈으로 고전시가를 처음 만났다. 고전시가, 그 중에서도 고려속요의 매력에 빠져있던 나는 내가 공부한 이론의 눈으로, 내가 익힌 문학 분석의 도구로 고려속요를 보고 설명해보려고 애썼다. 그러나 준비한 장비—문학 이론과 방법론, 지식 등—를 조작하는 것도 미흡했고 무엇보다도 장비가 너무 거창했다. 고려속요, 나아가 고전시가 이해에 꼭 맞는 것이 결코 아니었다. 고전시가의 매력을 충분히, 그리고 깊이 있게 설명해낼 재간이 없다는 사실에 당황했다. 문학을 공부한다고 하면서도 나는 내가 무엇을 읽었는지, 어떤 감정을 느꼈는지 스스로에게조차 설명할 수 없었다.

　당시 해독상의 문제나 어려움이 있기도 했지만, 대개의 고전시가 작품

공감의 미학, 고려속요를 말하다

염 은 열

역락

저자 소개

염 은 열

서울대학교 국어교육과를 졸업하고 같은 학교 대학원에서 공부하였다. 현재는 청주교육대학교에서 따뜻한 사람들과 함께 교사가 될 학생들을 가르치고 있다. 1996년 첫 소논문을 발표한 이래 지금까지 다수의 논문과 『고전문학과 표현교육론』(2002년 대한민국학술원 우수학술도서)과 『고전문학의 교육적 발견』(2008년 대한민국학술원 우수학술도서)이라는 저서를 썼다. 고전문학을 읽고 이야기하고 가르치는 일을 좋아하며, 고전문학에 대한 이해가 우리의 언어생활을 풍요롭게 한다고 생각한다.

공감의 미학, 고려속요를 말하다

초판1쇄 발행 2013년 3월 2일
초판2쇄 발행 2014년 7월 14일

지은이 염은열
펴낸이 이대현
편 집 이소희
펴낸곳 도서출판 역락
　　　　　서울 서초구 동광로 46길 6-6 문창빌딩 2층
　　　　　전화 02-3409-2058(영업부), 2060(편집부)
　　　　　팩시밀리 02-3409-2059
　　　　　이메일 youkrack@hanmail.net
　　　　　등록 1999년 4월 19일 제303-2002-000014호

I S B N 978-89-5556-047-3 93810
정 가 17,000원